偶合家庭

林为攀——著

山东文艺出版社

目　录

烟囱里掉进了一只仙鹤　　1

南有嘉鱼　　22

萤之光　　60

既不对称，也不镶嵌的倒影　　79

楼上楼下　　97

星牖月窗　　116

房间里的大象　　153

祖母的昼与夜　　171

所有易碎的都将永垂不朽　　181

蝴蝶效应　　199

烟囱里掉进了一只仙鹤

曾祖父的烟囱堵了,每次做饭都会把厨房搞得乌烟瘴气。他被迫打开门窗,哪怕这样一来会被别人知道他在煮什么。他做饭从不许别人看,在饭菜端上桌后,家人仍不知道做的是什么,只有当他们吃到嘴里,他们才会大喊一声:"哦,原来是鸭肉。"

曾祖父很享受这见证他厨艺的时刻,他虽没有君子远庖厨的迂腐,但也知道食材做好之前一般会让人反胃的道理。就拿杀鸭子来说吧,首先要从鸭察里把鸭子篦出来,拔掉鸭脖上的毛,接着用刀一割,握住挣扎的鸭腿倒立放血。地上有一只碗,上面横了一双筷子,碗里装了三分之一盐水,当鸭血放尽,碗中一片红时,就要迅速把鸭翅膀打结,以防鸭子死里逃生,蹿上哪棵曾祖父也够不到的树上。用开水烫鸭毛时,对洁癖患者也极不友好。最后给鸭子开膛破肚,用手把内脏抠出来的动作,又准会让旁人头皮发麻。见过以上屠杀场景的食客，上桌后一般胃口全无，哪怕大火和调料已让肉香气扑鼻。综上所述，曾祖父做菜不让人看也就可以理解了。

可是烟囱一堵，曾祖父的这些规矩都得打破。他必须在厨房外杀鸡宰鸭，下锅的时候还要打开门窗，即便宰杀的时候无人围观，烧火下锅的时候也会引来许多好奇的脑袋。这些是还不到上学年龄的小屁孩，他们见曾祖父不像别的老人那样板着脸，就成心捉弄他，有的学他背手走路，有的在他方便的茅坑外偷窥，有捣蛋鬼这时就会往茅坑里丢石头或擦炮，曾祖父白花花的屁股就会被粪水溅污。这样一来，他带的纸就不够擦了，他必须央求外面的小兔崽子帮他拿纸。

"除非你给我们做好吃的。"他们人小鬼大，逮着曾祖父落难的时候跟他讲条件。

曾祖父虽然知道茅坑不是谈吃的场合，也得硬着头皮答应，因为再不答应，他的双腿就要蹲麻了。

这帮小孩帮他拿来了纸，曾祖父从茅坑里出来后，还来不及洗手就要去教训他们。可他们早就估到他会来这一手，还没等他出手，就跑没影了，见他追了两步就追不动了，又折回来说："说话不算数，小心做饭打不着火。"曾祖父做饭还能打着火，就是烟囱堵了，所以他决定答应他们，给他们做一顿吃了就忘不了的食禄。

"你们去帮我把鸭子从田野里赶回来。"曾祖父养的鸭子越关越瘦，他只好学别人，把鸭子放养到野外。为了跟别人家的鸭子区分开来，他还把自己的鸭子涂上了各种颜色。

他跟这帮小孩说:"我的鸭子很好认,那些五颜六色的鸭子就是我的。"

这群小孩拿上竹竿出发了。他们来到田野,发现刚栽种稻苗的田野里没有鸭子,只有几只麻雀在田梗边叼青苗。他们又来到一片芦苇丛,还没到秋天,极瘦极高的芦苇还没开出跟蒲公英一样飘蓬的芦花,倒映在水中的影子被风吹皱。其中一个小孩用竹竿去压芦苇丛,以为鸭子躲在里面,却压出了几只受惊的青蛙和水老鼠。

他们赶紧跑开。

四四方方的田野没有鸭子,横无际涯的芦苇丛中也没有鸭子,他们爬到一个就近的山坡,眺望着远近都凹凸不平的地面,其中田野和芦苇丛嵌进了五分之一大地,是大地这副面孔水光盈盈的双瞳。

有个小孩把竹竿横在肩上,指着夹在田野和芦苇丛中间的水塘叫道:"快看,鸭子在那里。"

他们起初没有看到鸭子,因为都被绿色的荷叶和火红的荷花挡住了。当风吹动荷花时,栖在荷叶下的鸭子游动了,终于将五彩斑斓的自己从红艳的荷花下剥离,终于不再让自己与荷花撞色。

游动的鸭群让晚霞失色,但它们的颜色很快只剩一种橘红,其他颜色都在戏水过程中褪了,因此假如此刻有彩虹,它们只能屈居第二。它们出现在小孩眼里时,他们就像看到一团燃烧的火焰在水面滑行,而且水非但不能浇灭火,反能助长其势。

小孩往水塘里丢石块驱赶鸭子，水面被砸了几块石头后，回旋的波纹里纠缠着几根鸭毛。曾祖父为防鸭子有失，背着手过来查看，看到这群小孩拿水塘里的鸭子一点办法都没有，鸭子在竹竿和石块的威逼下，仍在水塘中央打转。有一个小孩甚至想下水赶鸭，被曾祖父叫住了："当心淹死。"这帮小孩齐扭头看他，问："你有办法把鸭子赶上来？"曾祖父没有说话，他站在水塘边眯眼数鸭子，因眼神不好，加上鸭子游来游去不好数，他到底没有数清鸭子的数量。有一个小孩看他这么费劲，说："别数了，总共三十二只。"曾祖父一年前买来雏鸭时有五十只，然后在这一年隔三岔五一个的节日里杀了十八只。杀鸭的次数约等于这一年来大大小小的节日数量。

　　"那就对了，数目没错。"曾祖父开始赶鸭了。这帮小家伙倒要看看这个老家伙不下水，不用竹竿，不丢石头，怎么把鸭子赶上岸。曾祖父站在岸上身子没动，动的是他的嘴巴。他嘴巴里的牙齿还没脱落，所以不看他的头发和皮肤，单单看他的牙齿，不会想到他已到鲐背之年。这帮小孩别看正是初生的旭日，但偷糖吃蛀坏的牙齿还没他一个老人家好。曾祖父嘴巴噘起来，然后从噘起来的嘴巴里传出口哨声，水塘里的鸭子听到口哨声后，排好队迅速游上岸，上岸后抖搂身上的水花，等待曾祖父的下一个指令。

　　这帮小孩眼睛都直了，他们仍看着水面，哪怕水面已经没有鸭子了。他们听到脚边传来嘎嘎声后，才明白鸭子上了岸，此刻正围在这个老人身边啄石子。

"太厉害了,快给我们说说,老太公你是怎么做到的?"有一个小孩终于学会尊重老人了,不过更准确地说,他是在尊重这个老人神奇的绝活,而非他本人。

"这不算什么。"曾祖父卖起了关子。过了会儿,他的神色显得有些不同,他忧伤地说道,"我年轻几岁的时候,在家里吹一声口哨鸭子就会自己跑回家。"

"别人都要出去赶鸭,只有我大门不出,二门不迈,就能把不管多远的鸭子叫回来。"曾祖父想起了他的光辉往事,同时又在哀叹逝去的岁月。对他这种老人来说,每过一天都像在海绵里挤水,不知道哪一天就挤完了。

"那老太公岂不是会把别人家的鸭子也叫回家?"有一个小孩问道。

"假如真的这样,我会把不是我的鸭子给别人送回去。不过倒真有忙人没空去赶鸭,托我帮他们叫鸭。那时,不仅鸭子,就是牛羊,我都能用一声口哨把它们从深山里喊回来。"说到这里,曾祖父的目光越过波光粼粼的水面,放到远山雾霭中。

再过一小时,天就要黑了,天黑之前的深山和天空是最看的时候,太阳的余烬穿不透远山的雾气,远山的浓雾也遮不住天边的余晖。

曾祖父从往事里回过头,又数了一遍鸭子,负手走在前头,这群鸭子自动跟在他身后,鸭子走路一颠一颠的屁股后头是那帮不再叽叽喳喳的小孩。老人与小孩之间隔着三十二只鸭子的距离,这三十二只排队行走的鸭子,让小孩眼里的老人形象越来越高大。

来到老人家门口时,老人突然一个转身,有只肥鸭还没回过神来,脖子上的毛便被曾祖父拔光了。等其余鸭子回到鸭寮后,这只不幸的鸭子已经被放血拔毛了。用鸭肉款待这群小孩,是曾祖父允诺给他们的食禄。

给鸭割脖子时,曾祖父让他们别看,把头背过去,这群小孩不像之前那么顽皮,真的乖乖把头背过去了。当他们再次把头转过来时,发现鸭子的翅膀被打好结,丢到一边,而曾祖父正用筷子不停搅动碗中的鸭血。

有一个小孩去帮曾祖父烧火,但曾祖父却把他赶出去了。小孩以为他做鸭子有独门绝技,不能让别人看,否则就会砸了的饭碗,便不满地说:"老太公,你都是快死的人了,把做鸭子的法子教给我也没什么吧,难不成你想带进棺材里?"

"小兔崽子,小小年纪别一肚子坏心思。我不是怕你们看到我怎么做鸭子,我是怕你们进来被烟呛死。"曾祖父走出来,当着他们的面指了指烟囱说,"烟囱堵了,我要把门窗全打开,才能做好一餐饭。"

"烟囱堵了疏通不就得了,有什么大不了的?"这个小孩还是有点不高兴,不过他很快又说,"那老太公就不怕被烟呛死吗?"

"我一把老骨头了,呛死也没什么大不了的。"谈起死亡,曾祖父的口气越来越哀伤。

"那不行,你不能现在死。"这个小孩总算还有点良心,不过却被曾祖父误会了:"怕我现在死了,没人教你吹赶鸭子的口哨?"

"不是,是现在死不划算,最好晚几年死。"小孩说。

"为什么?"曾祖父问。

"因为我听说只有一百岁的老人死了,才有资格睡棺材,老太公就快一百岁了吧。"小孩回道。

这个小孩的话又在无形中戳中了曾祖父的心事,自打烟囱堵了以后,他对自己的岁数也愈发敏感,因为这个烟囱跟他的年纪差不多,也快一百岁了,还是在他刚出生时打造的。这座两层老屋在近一个世纪里翻新过很多遍,唯独这个烟囱始终保持原样,在近百年的时光里忠实地承担着几代人的一日三餐,曾祖父从小到大也没病没灾,哪怕在他的生命长河中历经过诸多大小不一的动乱。现在烟囱堵了,说明他的大限也将至了,而且,百岁之前死去,还会被挫骨扬灰,只有百岁以后死去,才能全须全尾地睡进棺材里,两腿伸直地葬在祖坟里。

"唉,就怕我没福分活到那一天。"曾祖父说完钻回厨房,门外的小孩很快听到斩得齐整的鸭肉下锅的声音。烧热的锅让用锅铲翻炒的鸭肉冒出了香味,惹出了门外那帮小孩的口水。他们翕动鼻子,趴在门窗上,很快便看不见站在灶前颠勺的老人,只能通过他的咳嗽判断他还在里面,还在他们看不到的一箭之地。

当咳嗽声越来越响后,有个小孩担心老人被烟呛死,便架梯爬上屋顶,用那根赶鸭的竹竿捅向烟囱。烟囱的深度吞噬了竹竿的长度，以目前竹竿能直接贯通烟囱的结果来看，堵住的部位应该还要往下，靠近厨房排气孔的位置。

小孩准备接长竹竿，彻底解决曾祖父烟囱堵住的问题，可他还没从屋顶上下来，曾祖父就先走出厨房，叉腰指着屋顶骂道："哪个打靶鬼捅老子的烟囱？"小孩好心办了坏事，因为他不仅没能疏通烟囱，还把烟囱里的灰烬捅到了厨房，搞得做饭的曾祖父面前飘满了浮游的灰烬。不只锅里有，连他的头上和双鬓也全是，所以当他冒火从厨房出来后，屋顶上的小孩看到这个老人突然变黑的鬓发，以为他返老孩童了。

"老太公，你怎么一下子年轻了呢？"小孩在屋顶上笑道。

曾祖父看了看自己的胳膊，又打水照了照自己的脑袋，也看到了那些不好洗的灰烬，在清洗之前，他先面对能照影的水看了好一会儿，然后才不舍地把头发给洗干净。变回老人模样的曾祖父把这盆污水泼掉，喊屋顶上的小孩赶快下来，等下天黑万一摔下来可就不好办了。曾祖父仰头看不到这个小孩的真面目，他只能隐约看到烟囱旁有一个比烟囱高不了多少的黑影，但他很清楚，多出来的不是烟囱，而是那个捣蛋鬼。

曾祖父把盆拿回厨房，经过架在墙上的梯子，看到梯子在打摆子，梯子上面传来小孩担惊受怕的声音："老太公，你能帮我扶好梯子吗？"曾祖父扶住梯子，嘴里却说着相反的话："你怎么不让你的同伙帮你扶好梯子？"

"他们啊，早就跑回家了。"这个小孩说。

"那你怎么还不回家？"曾祖父问道。

"老太公，你老糊涂了吗？这里就是我的家啊。"小孩回道。

"是吗？那你快下来让我看看你，现在天快黑了，隔着这么高的梯子我看不清你。"曾祖父说。

"老太公扶好了吗？"

"扶好了。"

小孩手里拿着那根竹竿，这根竹竿虽没两层楼高，但却不好拿。小孩让下面的老太公别动，他要丢下一个东西，别把他砸到了。曾祖父还没开口制止他，便听见耳边传来一声巨响，他当即就辨认出这是一根从两层楼高的地方丢下的竹竿，因竹竿很长，所以砸到地上的时候比石头砸地的声音响且阔，换句话说，石头砸地就像文章里一个戛然而止的句号，而竹竿砸地则是文章里的一个补充说明的破折号。

曾祖父的脚往外探了探，把探到的竹竿踢到一边，以免小孩下来后踩上去滑倒。梯子也有两层楼高，小孩却下得很慢，曾祖父让他快点，他还要进厨房看火，别把鸭肉给煮焦了。

"老太公，快上来。"小孩急道。

"上来干什么？"曾祖父没好气地问道。

"路口好像有摩托车。"小孩说。

"摩托车有什么大不了的。"曾祖父说。

"老太公不是说我的爸爸妈妈回家的时候会骑摩托车吗，是不是他们回来了？"小孩问道。

曾祖父也爬上了梯子，一下子承载祖孙两人的梯子有些摇晃，但他们却毫不在意，都急切想知道那辆穿行在夜色里的摩托车是否往这边驶来。曾祖父没爬到最高处，他坐在梯子的中间位置，头上正好是小孩那双雀跃的脚，老人的脚在其中一阶梯子上也有些踩不稳。老人看到了路口那辆摩托车，车灯越近越耀眼。祖孙俩都在期待摩托车开过来后，从车上下来那对多年没回家的夫妻，冲他们两人说道："好久不见了，你们还好吗？"

夜色掩盖了白天的风景，把水塘、田野和忽远忽近的深山都悄悄抹去了，只有那辆摩托车的车灯还能照出大约一拃长的路边野草。鸭察里的群鸭也停止了喧闹，但它们人睡后的掩翅声仍清晰可闻。

摩托车越来越近了，车灯照出的范围也离祖孙俩越来越近，很快他们就看到车灯照到了这座古屋的墙壁上。这座古屋多年来用那对夫妻寄回的家用，先后补好墙，摆上电视和装上电话。这对夫妻在电话里说："马桶和太阳能很快也会有的。"曾祖父回说："你们什么时候回来？"他们说："我们要把老屋变成新屋，变成别墅。"曾祖父回说："你们今年回来吗？"他们说："我要让你们在村里也能过上城里人的生活。"曾祖父回说："你们到底什么时候回来？"电话挂断了，曾祖父还久久地握着传出忙音的电话。他那时不知道打电话的人只要有一头率先挂断，另一头的人就会立马失去对方的消息。

他们最后的期待却落了空，那个明亮的车灯就像过路客往门里探了一眼，很快又继续赶自己的路去了。曾祖父看着摩托车没拐进来,而是继续开往路的尽头,路的尽头在竹林掩映下露出几户人家,这几户人家的烟囱还能冒烟,曾祖父看着不属于自己家的其中一缕炊烟被车灯照亮,炊烟下是那辆回到家熄火的摩托车,有人把摩托车上的人接进客厅,让他们在饭桌上坐好,接着曾祖父便听到了动筷子和碰杯的声音。

车灯带给这对祖孙的光明早已不见了,补好的墙壁在黑暗里仍像残破时一样漆黑。曾祖父坐在梯子上,他的双脚终于踩稳了那阶梯子,小孩的那双脚也终于踩在了它们应该踩的位置上。

"老太公,我饿了。"小孩突然说。

"我们吃饭去,以后我们不必再等任何人一起吃饭。"曾祖父说。

"可是老太公,我们两人吃不完一整只鸭呀,需要有第三张口,第四张口才能吃完一只五六斤重的鸭子。"小孩说。

"那就留给你的小伙伴吃,你明天把他们领家来。"曾祖父说。

夜深了,这对祖孙下来后,曾祖父把打上雾水的梯子横放在墙角,负手走进厨房,拧开电灯泡,掀开锅盖之前先吹掉落在上面的灰烬,可是烟雾还是没有完全消散,曾祖父要把盘子端上客厅的饭桌才能知道这回的鸭肉到底好不好吃。

"太好吃了。"小孩用饥肠辘辘的筷子告诉了曾祖父答案。

第二天,曾祖父一大早把被窝里的小孩叫醒,告诉他厨房做不了饭了,因为烟囱彻底堵住了,堵得严严实实,一丝烟雾都排不出。

小孩揉着还没睡透的眼睛问道:"那我们吃饭怎么办?"

"我去找别人来修。"曾祖父让小孩把锅里温的鸭肉吃了,他要出一趟门,短则一小时,长则三小时准会回来,一定会赶在他把鸭肉吃完之前回来。小孩还在床上磨蹭了五分钟才起来,他跑到厨房揭开锅盖,鸭肉已经凉了,还凝了一层油。小孩端起盘子,倒不掉凝结的油,只好再把鸭肉放回锅中,去生火温鸭。曾祖父说得没错,厨房真的做不了饭了,小孩刚生起火,浓烟就把他呛得咳嗽不止,纵然把门窗全打开也不管用。小孩在浓烟里把电灯拧开,发现灯火照不亮浓烟中的厨房,他决定把客厅的电风扇搬进来驱烟。

这台落地扇很高,放在饭桌的东北角位置,当他们吃饭时,摇头的电风扇可以逐渐吹到包括那对夫妻在内的全家人。可那对夫妻久出不归,所以这台风扇从此不再摇头,甚至在热天里都不再打开,因为只有祖孙俩的客厅,完全可以靠门外的凉风驱暑。小孩把风扇抬到厨房,插上插头,让它吹散眼前的滚滚浓烟。

费电不说,厨房里的浓烟还是没有完全散开,不过也能让小孩看清厨房的灶台了。他前去掀开锅盖,发现鸭肉温热了,盘中的油脂也融化了。小孩徒手把鸭肉端出来,过了一会儿才感到烫,迅速放下盘子,用发烫的手指不停地去摸耳垂。家里只有他一个人,他不愿去坐饭桌,他要端起早饭去楼上吃。

楼上有一间房摆着他和曾祖父睡觉的床，另一间房常年不开，放着他父母的床。其他房间都摆满了杂物，小孩端着饭碗走进其中一间放置杂物的房间，开门那一刻，他用手扣住了碗，以防灰尘掉进碗里。杂物间里结满了蜘蛛网，眼前能看到的锄头、鼓风机、镰刀和簸箕都蒙了尘，脚步声一靠近，这些无处不在的灰尘就会扬起。

小孩关门退出去，不经意往上瞟了一眼。他在房梁上看到一口棺材，盖住棺材的布已经掉到了地上，被他刚才踩出了一、二、三、四、五，五、四、三、二、一，总共五双脚尖脚跟完全一致的脚印。这口棺材悬在小孩头顶，还能在厚厚的灰尘里看到原本的红色，以坐南朝北的位置悬放。小孩开门后，带进的这阵风先是吹掉了盖在上面的布，后又吹散了棺材上的灰，当小孩将退出去时，棺椁头部的"福"字变显眼了。小孩不认识这个字，他认为能写在棺木上的字一般不是什么好字，不懂习俗恰恰喜欢在不祥的东西上刻上吉利的文字，好像如此一来，双方的福煞就能有效对冲一样。

这口棺材显然是曾祖父为自己准备的，他现在还跟小孩一起睡，以后他就会一个人睡，再也没有人会去拽他的被子，抢他的枕头。小孩想起以后只能自己一个人睡，再也没了胃口，他走下楼，把饭碗放回厨房，发现电风扇已经把浓烟吹散了。他把电风扇搬出去，放回原位，坐在门槛上等待曾祖父回来。

中午，曾祖父回来了，他一个人回来的，出门之前的希望在曾祖父进门那一刻化为了乌有。小孩看到曾祖父心事重重的脸,知道他此去一无所获。

"吃了吗?"曾祖父问。

"吃了。"小孩回。

"老太公,你架梯子做什么?"小孩看到曾祖父把横在墙角的梯子竖了起来,这回换曾祖父喊小孩帮他扶梯子了。小孩扶好梯子,看着曾祖父蹀躞着爬上去,说:"老太公,没找到人来修吗?"曾祖父扭头看了小孩一眼说:"都不在家。"曾祖父爬上屋顶,站在比他矮一头的烟囱旁,把头往里探,黑咕隆咚的什么也瞧不清。小孩把竹竿给他递上去,曾祖父径直把竹竿往里捅,也没捅到任何硬物。

今天没有太阳,晨雾久久不散,曾祖父拔出竹竿,横放在屋顶。小孩也想上去,却看到曾祖父哆嗦着准备下来,说:"老太公,怎么不修了?"曾祖父喊他让一让,说:"估计坏的不是烟囱,而是灶台。也不知道你妈最近有没有怀孕。"

修灶台要择良辰,或者说要捡家里的女人没有怀孕的时候。按理说女人怀孕的日子就是吉时,却偏偏不能修灶台,小孩想不明白其中的道理,只是听曾祖父含糊说了一嘴。

曾祖父进屋给孙媳妇打电话,想确认她近期有没有怀孕。最近很多女人都想再生个一儿半女,跟家里已有的独苗做伴,他想着孙媳妇可能也有这个打算。电话过了很久才有人接听,是孙子的声音。孙子在电话里说他们没有再要一胎的打算,起码目前没有。曾祖父抱着电话一直在说:"好,好,好,我晓得了。"孙子在电话里问了一遍家里的情况,着重关心的是这个小孩,今年九月份,他就要入学了,问他是不是还这么顽皮。曾祖父说了小孩许多好话,却把烟囱的事按下没提。

挂断电话后,曾祖父告诉小孩他要修灶台,灶台修好之前的一日三餐都要去别人家吃,问他能不能习惯。小孩问曾祖父,去别人家吃饭能不能像家里一样。曾祖父说不能,要有礼貌,别人给盛多少就吃多少,不能多吃。

"那我不去。"小孩说。

曾祖父没再说话,领着小孩走到路的尽头,掀开挡住眼睛的竹叶,往一户关了一半门的房子喊道:"有人在家吗?"从里面跑出一个小女孩,她一手拽着裤子,一手擦着鼻涕,跑过去牵小男孩的手:"晏耀飞,你怎么来了?"

"你以为我愿意来吗?李雨璇。"姓晏的小孩嫌她脏,不让她牵自己。曾祖父问这个姓李的小女孩:"你家人在家吗?"

李雨璇擦着鼻涕说:"他们昨晚刚回来,今天又走了,只有我奶奶在家。"曾祖父没在院子里看到那辆摩托车,想着这个小女孩没说假话。他领小男孩要走,从房里传出一句话:"晏大爷,有事吗?"是李雨璇的奶奶。

她的头发白了一半,身上系了一张围裙,手里拿着还在择的空心菜,热情地招呼这对祖孙进屋来吃午饭。

"一顿不够,我们想在你家吃好几顿。"见李家主事的不在,曾祖父心头展了展。

"要死呀,你是想吃穷我们?"老奶奶吓了一跳,以为他在开玩笑,拿着菜摇着头掉头往回走。

曾祖父喊住她,把事情跟她说了。老奶奶想了一会儿,说行,但不会收他的钱,这几天她和孙女吃什么,佢和他曾孙也吃什么,一定不会短他们一粒米。

"好耶,那我们就能一块玩了。"小女孩说。

之后几天,每当曾祖父回家修灶台时,这个小男孩就跟那个小女孩一起玩。小女孩领他走出家门,去春水融融的野外玩耍。他们看到抽芽的田野,翠鸟站在芦苇上,在水塘里还看到两只交颈的丹顶鹤。

两个小孩都第一次见到丹顶鹤,不忍靠近,也不忍说话,就怕吓跑它们。他们躲在一块石头后面,露出两只忘了眨动的眼睛。两只丹顶鹤在他们的瞳孔里吻颈起舞,细长的脚踩在荷叶上,就像一滴水落在上面,红冠像是今天缺席的太阳,洁白的身子让他们忘记天上还有白云。

有一个猎人扛着鸟铳经过,就像豆腐堆里突然掉进了一只讨厌的苍蝇。猎人发现了这两只丹顶鹤,猫腰举枪瞄准了它们。

"快救它们。"小女孩急哭了。

小男孩找到一块石头,抛到水塘里,丹顶鹤受惊,旋即飞走了,一片轻盈的羽毛飘落到荷叶上,待枪声响后又落到水上。那片荷叶中了弹,连同那朵荷花也折断了头颅。

水塘里飘满了牺牲的色彩。

小男孩看到自家的烟囱冒烟了,像一粒墨水在纸上晕开,便丢下小女孩跑回家,看到曾祖父从厨房出来,全身上下都变黑了。小男孩冲他喊道:"老太公,我见到了仙鹤。"

"我这把老骨头终于把烟囱修好了。"曾祖父脚边放着一个簸箕,里面放满了乌黑的石头。曾祖父拿起其中一块,在小孩耳边摇了摇,说:"这些都是鸟蛋,那些鸟真有意思,不把蛋下在巢里,却下到烟囱里,我们这几天都能吃蛋了,很可惜,就是有一些破了。"

"可以不吃吗?老太公。"小孩问。

"送上门来的蛋,不吃白不吃。"曾祖父说。

簸箕里的蛋有大有小,小孩偷偷拿了其中一颗最大的蛋,没有找到藏匿的地方,便用枯草给这颗蛋造了个窝,爬上屋顶,将它丢进了烟囱。曾祖父进厨房蒸蛋,小孩看到又能冒烟的烟囱,担心刚放进去的鸟蛋出事,就想探头去看,可曾祖父却喊他下去吃蛋。

小孩下到地上,看到曾祖父抱着一张碗,碗里的鸟蛋堆得很高,洗净了,带有好看的斑点。曾祖父把碗拿给他说:"把这些蛋给老奶奶送去。"看小孩似乎不太情愿,又抢过碗亲自去送,小孩跟在曾祖父身后,来到了李雨璇家门口。

这个小女孩把门关上,不让他们进来。曾祖父闹不清刚才还好好的两个人,怎么说翻脸就翻脸。

小女孩指着小男孩说:"你为什么把我一个人留在那里,不知道那里很危险吗?"

"对不起,我以为你比我胆大。"小男孩说。

"这次我原谅你了。"小女孩把门打开,迎他们进屋。

"你奶呢?"曾祖父问。

"去镇上买肉了,说这几天伙食不好,要去买点肉改改食禄,你们有口福了。"小女孩说。

曾祖父让小女孩去拿个碗,把蛋腾到她碗里,拿上自己的空碗要回去。老奶奶回来了,手上拎着几斤肉,看到他们,喊他们留下:"吃完饭再走。"

"不了,这几天够打扰了,我的烟囱修好了。"曾祖父领着小男孩把脚迈出去。

"有事跟你说,吃过饭再走。"老奶奶再三挽留。

小男孩看着她手里的肉咽口水,小女孩顺势把他推到饭桌前坐好。曾祖父进厨房帮她生火。肉下到锅里沸腾,坐在客厅的两个孩子口水咽了好几回。坐不住的小女孩一直跑去厨房看,然后又跑回去跟小男孩说:"就快好了,就快好了。"可她毕竟不是厨师,说了不算,要她奶奶说才算数。

"好了吧,好了吧。"小女孩去催她奶奶。

"小馋猫,再等等。"奶奶已经在起锅了,她把这盘肉递给小女孩,让她端出去,"小心点,别摔了。"

小女孩把肉端上桌,跟小男孩直直地盯着眼前的肉。厨房里还在炒一盘青菜,但他们却不再关心青菜什么时候炒好。过了一会儿,奶奶端着青菜出来了,曾祖父则端着那碗鸟蛋出来。

两个孩子举起筷子,夹到了同一块肉。曾祖父拦下小男孩的筷子,让他要有礼貌。老奶奶觑了小女孩一眼,把那块肉夹给了小男孩,又给小女孩夹了另一块同样肥瘦相间的肉。

"到底什么事呀?"曾祖父一直在夹青菜下饭。

"我在镇上听别人说要烧棺材。"老奶奶给他夹了一块肉。

"烧棺材?"曾祖父把碗里的肉拨到一边,只顾吃米饭。

老奶奶说:"好像是要找到以前偷埋在地里的棺材,把它们全挖出来烧了,还要挨家挨户去敲门,看看还有谁家里有棺材,要是有,也要抬出来烧了。说是这样能腾出更多地种粮。"

"那些本来属于死人的地被腾出来后,也不见他们用来种粮啊,倒是盖了很多楼房和工厂。"曾祖父说。

"谁说不是呢,搞得很多鸟都不飞来搭窝了,算了,算了,不说了,吃饭。"老奶奶又给那两个小孩各自夹了一块肉。

"我们今天看到了仙鹤。"小女孩从碗里抬起头说。

"快吃,没影的事不要乱说。"老奶奶说。

"真的,不信你问晏耀飞。"小女孩看了一眼小男孩。

"嗯。"小男孩说。

"对了,我记得你家好像就有口棺材吧,这回听我的,赶紧丢了,不然被发现的话还要罚款。"老奶奶说。

"谁要敢抢我的棺材,我做鬼都不会放过他。"曾祖父说了狠话,也吃不下饭了,他放下筷子跑回家,忘了带上他那个还没吃饱的小曾孙。

一路上,曾祖父的心都在打鼓,他的眼神变得很尖,好似能看清每一个生人的面孔,不过每一次靠近看到的都是熟面孔。这些老熟人跟他打招呼，曾祖父却没搭理，依旧瞥着周遭往家里跑去。

中午刚过，路面传来的脚步声让曾祖父手里握的镰刀晃了晃。一回到家，他就搬了一张凳子坐在大门中央，手里握着一把生人勿近的镰刀。

"老太公，你拿刀做什么？"是小男孩回来了。

"今天老太公不能去赶鸭了，你去把鸭子赶回来。"曾祖父说。

"可那些鸭子不听我的话，只听老太公的话。"小孩说。

"你吹我教过你吹的口哨，它们就会跟在你屁股后面回来。"曾祖父说。

小孩转身出去赶鸭子回来，嘴一直在噘圈，就怕待会儿吹不出声音。他在夕阳下往家的方向看了一眼，看到曾祖父坐在架起来的梯子上，紧握那把镰刀盯着路口。小孩在田野里没找到鸭子，那片茂密的芦苇丛用几块石头试探了，也不见有鸭子游出来。

小孩在水塘边听到几声枪响，以为那两只仙鹤被打死了，拽紧裤子跑过去看，没有看到仙鹤，倒看到自己家的鸭子全浮在了水面，几乎每一只都是头部饮弹。那个额上有肉瘤的猎人正在水塘里忙碌地捡鸭子。

小孩看着血流不止的水塘，想起曾祖父放鸭血的碗，看着水面死去的彩鸭，就像晚霞掉落下来，急急跑到岸边，喊道："你为什么杀我的鸭子？"

"眼瞎啊，这是鸭子吗？这分明是鸟。"猎人拎起一只前几天被曾祖父重新上色的鸭子回道。

"这就是我的鸭子,你这个强盗。你等着。"小孩怕猎人把枪口对准他,决定回去喊曾祖父过来。

小孩往家里跑,他赶在了夕阳下山之前回到家,却没在门边看到曾祖父。刚才跑得急,他忽略了高坐梯上的曾祖父。他从门里退出来,把头抬起来,看到曾祖父两手扶着梯子背对着他,伸长脖子向上张望,身子却不敢往上迈一步。他被屋顶上的一只仙鹤吸引了。

曾祖父扭过头让小孩别说话。小孩看着那只仙鹤绕着烟囱起舞,小声问道:"还有一只呢?"

曾祖父没有说话,依旧在欣赏着仙鹤。小孩也要爬上梯子,可他刚走到梯边,便听到烟囱像一杆枪,发出一声巨大的枪响,接着看到一只仙鹤从烟囱里飞出来,嘴里叼着那颗小孩藏进去的鸟蛋。在屋顶上守候的另一只仙鹤也立即飞起来,跟在对方身后。小孩看到飞在前面的仙鹤一边飞,身上黑色的灰烬一边落,不一会儿就变得跟后头的那只一样白了。

两只仙鹤往太阳落山的地方飞去,飞过绿竹掩映的地方也没停留。曾祖父在仙鹤消失之前拉小孩上去看,祖孙俩都站在屋顶上,看到仙鹤越飞越远,直到快看不见了,他们还不愿下去。

"老太公,有枪声。"吃晚饭的时候,小孩突然放下筷子说。

"嘘,别出声,有人来了。"曾祖父又握上了放在脚边的镰刀。

南有嘉鱼

1

公公是个老小孩。婆婆迁就了他一世，七十岁这年，她觉得亏了，用三轮车载他去县医院，看看他到底有没有心脏病。这个富贵病是公公一世不干活的借口。

婆婆讲这个病是公公婚后落下的，他们当时正在太阳下割禾，公公忽然就捂着心口倒下了。婆婆把他放倒在禾上，取凉水喷噀，浇回他一命。从那以后，公公就不干活了，逢人就说自己有心脏病。这个病没有经过医生检验，全凭他一张嘴，除了干不了重活，其他和常人没啥两样。

婆婆后知后觉，过了五十年才觉出有诈，她和公公生的两个儿子也各自开枝散叶，长子全家搬去了县城，次子入赘了吴家，只有过年那几天，公公婆婆才能见到他们，平时他们很少出现。婆婆不跟其他人一样养儿防老,她七十岁照样下田干活,也不要儿子接济。那天她打电话给在家里享福的公公,让他捎一瓶凉茶到田里,公公在电话里答应得好好的,婆婆在田里等得嗓子冒烟了还没喝上茶。

她顶着日头回到家,看到公公在帮邻居劈柴,那个样子可一点都瞧不出有病的样子。婆婆自觉上了当,被这个臭男人骗了一辈子,她把三轮车推到他面前,给了他三个选择,一是去县医院瞧病,二是随她下地干活,三是离婚。

公公最后选择的是去县医院看病,倒不是说他真认为自己有病,而是觉得这么大年纪了,保不齐有个高血脂、高血压、高血糖什么的,说不定这三高也能成为他不用干活的理由。出发前,婆婆用手机叫两个儿子晚上回来一趟,她有事要说。他们找了诸多借口不回去,婆婆生了气,说要是不回来就等着给她收尸。他们这才答应挤时间回去。

婆婆长得很瘦小,风吹日晒,脸上生出许多沟壑,常年不穿鞋,脚趾头的老茧斧头砍了都会起卷,她用农民本色的双腿载公公去了县里。医生检查完,握着公公的手祝贺他比中年人还健康,反倒是婆婆,有各种各样的老年病。公公很生气,用眼睛剜医生,婆婆在一边捂着瘪唇偷乐。眼看两人的角色就要调换过来,公公急得都快哭了。

晚上,两个儿子回来知道后,都在埋怨婆婆:"阿妈,你就好好哄哄阿爸吧,都老夫老妻了,再闹不是让人笑话吗?说句不客气的,九十九拜都拜过来了,不差这最后一哆嗦。"但这显然不是小事,婆婆说什么都要让他明天开始下地干活。让公公干活,等于要他命,又因理亏在先,不得不接受。还是长子帮他解了围:"种田也赚不了仨瓜俩枣,甭种了,二老的晚年以后就包在我们兄弟俩身上了。"婆婆说:"我好不容易种地养大你们,现在不种不就等同白眼狼吗?再说,地是越种越肥,一年不种就废了。"还是搬出老一套,两个儿子仍拿她没办法,临走前,次子问她手机要不要缴费,婆婆回说不需要了,以后都不用手机了。

两个儿子鼓圆了眼睛,说打座机怕二老接不到。婆婆说:"常回家看看不就行了。"

公公的好日子到头了,他已有五十年不握锄头,早就分不清五谷了。后辈都以为他是退下来的领导,每次遇见都会冲他打招呼,发现他只不过是个泥腿子,见到就当不认识了。公公不是不愿干活——说实话,他假装得病前也是干活的一把好手,所有人都夸他插秧方方正正,横平竖直就跟尺子量出来的一样——而是受不了别人异样的眼光,尤其经过五十年的休养生息,他跟同龄人完全不像一代人,其他同龄人都一脸倦容,看上去没几天好活的样子,只有他精气神倍足,说他五十出头一点也不夸张。

然而事与愿违,公公中看不中用,还没干几分钟,就嚷嚷着腿酸。婆婆也明白,他刚捡起农活,是需要时间适应,每天也不让他多干,干到中午就行,下午就休息。但公公连上午的活都干不完,挥几下锄头,就摘下头上戴的草帽扇凉,一屁股坐在蚂蚁搬家的田埂上。

日近中午,公公越来越热,看干活的婆婆越来越模糊。

婆婆瞧出他脸色不对，拎起那瓶凉白开，眼看就要浇上去，公公说他身上有东西。婆婆让他脱下衣服，他还有些难为情，磨磨蹭蹭地把衣服从脑袋上卷出来，婆婆看到他身上爬满了蚂蚁，皮肤都用手挠破了，便把活停了，领他回去擦红花油。

公公要穿上衣服，婆婆没同意，让他光着上身回家。回家的路上要经过那条马路，马路两边盖了一排房子，许多打赤膊的男人端着饭碗蹲在门口吃饭，远远看到光着身子的公公迎面走来，撂下饭碗跑过去看热闹。公公被他们看得很不好意思，用草帽盖住雪白的胸脯，但盖不住他凸起的肚腩，他每走一步，身上的赘肉就晃一下，这可是养了五十年的肥膘，让许多人羡慕无比。这些围观的男人全都精瘦精瘦，身上没有多余的一两肉，他们吃下多少饭，就在地里流多少汗，几乎没有余力用来做其他事情。

他们还是头一回看到胖子，平常公公穿着中山装看不出胖瘦，没想到衣服一脱，这么有料，他们想着哪怕不用干活也不可能长这么胖，只有顿顿吃肉，才有可能达到这种效果。他们住得离公公婆婆较远，不知他是美食家，非常会吃，也能吃，不过他们猜得没错，公公的确顿顿见荤。

公公把婆婆每年辛苦种的粮大都买了肉，以前还只是隔三岔五买几斤，自从取消了农业税后，一天不吃肉他就浑身痒痒了。婆婆能每天有力气干活，说实话也有公公的功劳，他做的饭既可口，又有营养，婆婆上了年纪，还能一顿咽下两碗饭，可以说，这对老夫妻的默契不是体现在田里，而是在餐桌上。公公用婆婆种的粮做出她爱吃的饭，按理说这五十年他并非什么也没干，但因做饭不像务农，大家都看得到，所以许多人都认为他是靠女人养的小白脸。

现在这个小白脸成了老白脸，享福享到头了，也要下地干活了，婆婆就没了胃口，因为公公也要干活，不忍让他继续做饭，就换自己做，但做出来的饭菜狗都嫌。吃不饱，第二天干活就没力气，长此以往，田地就要荒芜。婆婆这才知道公公的作用，本想让他再干几天看看，实在不行就让他干回自己的老本行，没想到这么快他就撑不住了，婆婆索性借坡下驴，提前放他一马。

经过此事，婆婆有了新的体会，她发现人就跟地一样，不同的人适合干不同的活，就像不同的地适合种不同的作物。有的人干活是把好手，有的人做官很有天赋，就像有的地适合种花生，有的地适合插秧。她让擅长做饭的公公去干农活，好比卖掉母驴去买公驴，简直瞎折腾。

公公伤养好后，婆婆不瞎折腾了，仍让他留在家里，她一个人去干农活。公公不用干活，又神气上了，他穿上那身蓝色的中山装，在镜子前把头发往后梳，重拾老领导的派头。那把梳子婆婆没用几回，倒成了公公一个人的专利。婆婆年轻时也一头长发，后来因为干活不方便，就铰短了，养膘的公公却把头发留长，每天都要花很多时间梳头发，不得不说，他的头发的确很漂亮，尤其刚梳完，简直会让蚂蚁滑一跤。他也知道自己的头发漂亮，所以就不爱理头发，实在长得不像话，才会同意剪短一点。

他知道自己区别于其他人的标志，一是这身蓝色中山装，二是这头长发。

他梳好头发出门了，来到路口那棵大槐树下，树下有个矮凳是他的专座。他坐下去，等风吹起他的头发，但一坐下去，头上就掉上了几朵槐花。仰头一看，有人在树上掏鸟窝。他板着面孔喊他下来，让他去别处掏鸟窝。这人不怕他，迟迟没从树上下来，于是公公就来到他家里，喊在屋里吃早饭的男人，添油加醋地说他儿子爬树摔死了。

这男人吓了一跳，跟公公来到路口，发现儿子穿着裂裆裤在树上爬得老高，不敢开口喊，怕一喊真会让他受惊摔死，就提着嗓子眼等他掏到鸟窝下来。

他下来了，把鸟窝端给他老子看。这个男人看到鸟窝里有两只刚孵出的小鸟，一把掷到路面，刚好被一辆经过的摩托车轧扁，一窝小鸟全死了，枝上传来阵阵啼声。

公公坐回树下，看到路面那个鸟窝，有些于心不忍，此时起风了，没了小鸟的鸟窝被风刮走了，被吹起的头发这会儿也让公公觉得不太得劲，他想剪头挪毛了。

他用家里的座机给理发师老袁打电话。老袁是个游动的理发店，腰里挂个手机，肩上提着家伙什，每天走街串巷，只要看到有头发的人都要停下来问对方理不理发，专跟脑袋打交道，方圆十里的秃子他都门清。经常剪着这人的头发，就接到那人的电话，所以手艺就有些打折。

这天，他刚给别人围上布，准备下剪子，腰里的手机就响了，这一接马上就把眼前的脑袋给忘了，提起家伙什就跑。跑了几步,才想起围布还没拿,又返回去从这人身上解下围布,一句解释都没有。

他这么激动是有原因的,如是别人的电话,他大可以干完手头的活再去不迟,但偏偏是公公的电话,所以他才忘了顾客是上帝的祖训,马不停蹄地赶去给公公服务。

公公轻易不让别人在他头上动剪子,哪怕不收钱。本来前几天他下地干活时,准备把头发剪了的,但老袁刚把剪子掏出来,他就后悔了。这次虽然还有可能白跑一趟,但老袁说什么都要再试试。以往谁把脑袋交给他,都由他说了算,他还是第一次遇到到手的脑袋给飞了的情况,所以他才这么想把握这次机会。

他赶到那棵老槐树下,见到公公提前等在那了,甚至还体贴地打好了热水。这盆热水放在一张凳上,上面落了几朵淡黄色的槐花。

打好招呼,老袁就开始给公公洗头发,洗完头发,他撤走凳上的水盆,让公公坐上去,把围布披好,正准备动手,公公就有话说了。

老袁知他不好对付,但没想到事情又坏在开头,就有些生气。公公说他不是成心拿他开涮,而是没镜子看不到脑袋他不放心。老袁只好从箱里掏出一面镜子,让他举在面前。公公觉得这个办法好,可拿上镜子又不安分了,说大路上人来人往,每个人都停下来看他剪头发,他紧张。

老袁只好耐心安抚他,表示他的头发这么漂亮,有人围观是对他的欣赏。公公很吃这一套,乖乖地举着镜子让他剪,老袁见机会难得,想都没想就下了剪子。

一切都进行得很顺利,但有人偏不让公公好好剪一回头,这人就是刚才爬树掏鸟窝的李永元。公公的举报,让他辛苦掏到的鸟窝毁了,所以他也要毁掉公公的头发。他噌噌爬上树,故意把槐花摇落,理发师看到天上槐花落,注意力就不集中了,不是抬头去看树梢,就是用手掸落肩头的槐花,而公公的视线也被槐花转移了,他不再关注镜子里的自己,而是伸手去捏掉进衣领的槐花。

理发师心不在焉,顾客也不老实,不剪坏才怪。

公公最后举起镜子一看,发现自己的脑袋被狗啃了一遭。老袁看到自己剪出的头发,二话没说,揭下围布,拎起家伙什,在公公的骂声响起前,便跑没影了。

李永元坐在树上捂嘴乐。公公看着一地槐花和头发团成团,气不打一处来,忘了做晚饭,被干活回来的婆婆好一顿啐。

2

公公剪坏了头,意难平,整日抱着镜子叹气,婆婆非但不安慰,还笑话他,公公就让她帮自己修脑袋。婆婆的手握惯了锄头,拿不惯剪刀,最后把公公的脑袋剪得更孬了,公公却不恼了,索性自己给自己剪了个秃瓢。婆婆前脚刚走,他后脚就戴上草帽出门了。他要去李家,找李永元算账。李永元不在家,只有他老子李成建抱着碗在喝粥。公公说明来意，李成建放下碗把他儿子找回来，让他当面给公公赔不是。

李永元流着涎水不响，李成建让他去找老袁。公公一想有道理，回到家用座机给老袁打电话，告诉他有生意上门，赶快过来一趟。老袁撂下电话，没过两分钟就出现在了他面前，公公见他自投罗网，摘下头上的帽子，让他看着赔偿。老袁见公公讹上了自个儿，不急，还很从容，告诉公公这不是他给剪的头，由于中间经过了好几道加工，所以老袁就不认账了。公公觉得也有道理，就让老袁免费帮他把脑袋刮一遍，现在这个光头还像没刮干净的猪头。

老袁只好咬着牙答应。从那以后，公公经常让他陪自己讲牙谈闲聊天。那段时间，婆婆在地里干活时，公公就在家炒一盘猪耳朵，就着米酒，跟老袁天南海北地瞎聊。

论见识，老袁比公公广，但论口条，公公却比老袁强，所以还没喝几杯，老袁就会被公公怼得面红耳赤。不管老袁说什么，公公都有办法挑刺，长此以往，老袁就不爱跟他喝酒了，觉得这是吕太后的筵宴，不是好酒，哪怕公公在电话里谎称他炖了肘子或做了红烧肉，老袁都能咽下唾沫忍着不答应。

公公的头发不知不觉地长出来了，但需要老袁修剪才能摘下草帽见人。老袁见是理发的正事，没有片刻犹豫就去了。一进门，公公就拉着他坐下，桌上还有几盘荤菜，米酒也烫好了。公公说这回不剪头发，只谈正事。

老袁的儿子小袁在深圳打工，三十好几了还没讨上老婆。老袁喜欢剪头发，不全是为了赚点零钱，目的是向那些脑袋打听有没有适龄女子。剪了这么多年，也没遇上一个合适的，这期间也看上几个离婚带娃的女子，但小袁死活不同意。现在小袁年纪大了，不挑了，可那些离异妇女却看不上他了。老袁上回只是随口一提，没想到公公竟上了心，说实话，老袁有些感动，觉得儿子的终身大事要有盼头了，忙让公公透露是哪家女子。

公公让他别着急，先喝几杯再说。这回的酒老袁才咂摸出滋味，但他不敢多喝，时刻留心着公公的话，就怕错过重要信息，可公公也不知是喝高了，还是老糊涂了，说话颠三倒四，简直比领导发言废话还多。听了半天，老袁算是明白了，公公压根就没想说，还成心卖关子，搞不好是在暗示他索要贿赂。

老袁照样不急，如真能给小袁说上一门媳妇，出点血是应该的，于是他把腰里挂的手机移向一边，从里头掏出一个鼓鼓的钱包，捏上那个断了一截的拉头，吃力地拉开，但拉链少了几个齿，拉头卡到了中间，里面的钱死活拿不出来。这回，老袁就真生气了，这一生气就使上了蛮力，重重一拉，倒是顺利拉开了拉链，拇指和食指却都刮破了皮，出了血，而且由于情绪激动，钱包里的钱也被弄撒了。

这些钱是他给小袁娶亲的彩礼，前几年还没那么多，现在那个钱包都快塞不下了，放家里不放心，钱包挂腰上也不放心，非得再挂个手机做障眼法才放心。虽剪过无数脑袋，但没人知道他身上藏着巨款，这回冷不丁露馅，老袁急得立马钻到桌下,把钱一张张搬回钱包,就怕整出响。

公公喝得晕晕乎乎,但神志还算清醒,突然看到老袁不见了,揉了揉眼睛,喊了两声,没有回应,起身出门去找,被蹲在地上的老袁撂倒了,这一倒下,才让他重新看到老袁。公公看到满地是钱,也没说话,用脚暗暗踩住几张红票子,慢慢坐起来,此时酒醒大半。老袁把公公家的地都给抹干净了,方才站起,公公再给他满上一杯。

老袁用眼睛最后检查了一遍地板,确保没落下一张,他没敢当公公面数,扭头回去了,而公公也因心里有鬼,没有强留他。

待老袁离去,公公这才把脚挪开,捡起来一数,足有五百元之多,攥上钱就出门去追老袁,但追了几步又折回来,把钱塞进了裤腰带。

当晚,婆婆回到家,看到公公又没做饭,还老是站在门口探头探脑,问他是不是鬼上身了。公公心里藏不住事,全跟她说了,婆婆觉得公公这么大年纪了还拎不清,催他快把钱给老袁送回去。

公公也于心难安,准备出门送还给老袁,脚还没迈出去,老袁倒先上门了。婆婆热心地迎他进来,给他倒了一杯凉茶。老袁看都没看一眼,冷着脸让公公快把钱交出来,否则他可要报警了,让警察把公公这个老小偷抓走坐监。公公理亏在先,任由老袁出气,如老袁到此为止,公公会大大方方地把钱还给他,但老袁得理不饶人,不仅骂他是小偷,还说他小儿子林瀛洲活该入赘。

俗话说，打人不打脸，骂人不揭短。公公婆婆一家看似美满，其实也有难言之隐，那就是小儿子入赘让二老一直脸上无光。而婆婆这么大年纪还劳碌着，就是不想给小儿子增加负担，让他在"婆家"抬不起头。个中缘由就跟老袁随身携带彩礼一样，都是不为人知的，现在被老袁当众提起，婆婆比公公更恼怒，从屋檐下抄起一把扫帚，轰赶老袁。

老袁却厚着脸皮不动弹，说："走可以，先把钱交出来。"他也只是猜测公公拿了他的钱，没有实证，假如公公真把钱拿出来，那可就坐实了他小偷的身份，所以公公只能死猪不怕开水烫，拒不认账。而婆婆也深知干系重大，她不是要贪这些钱，而是在这种紧要关头拿出来会引火烧身，届时可就跳进黄河都说不清了，唯一的办法是事后找机会把钱还给他。公公婆婆又罕见地达成了默契，两人谁也不松口，老袁见状，怀疑是不是自己数错了，冤枉了好人可不是闹着玩的，而且公公婆婆从来都是老实本分，从没听说他们的手脚有过不干净，现在看到他们理直气壮，果真不像刚才那么义正词严了。

那五百块还在公公身上，他却还敢让老袁去搜身，婆婆吓得扶墙摸壁才立稳。老袁没有搜身，他转身回去重新数钱去了。老袁一走，婆婆当即瘫软了身子，公公也一屁股坐在凳上，汗水浇湿了参差不齐的乱发，活像撒了一地针头。公公回厨房拿上那把梳子，照着镜子把头发梳好，但这回不管怎么梳，他都不满意。

公公不再理会头发，把白天招待老袁的剩菜温了一遍，端到桌上喊婆婆来吃饭,喊了几遍都没人应,隐约听到隔壁房间有哭声,前去推开房门,看到婆婆在用那个手机给小儿子打电话。

婆婆说:"瀛洲,你最近还好吗?"

瀛洲说:"阿妈,你怎么了?我很好啊。"

婆婆说:"吃得饱穿得暖吗?"

瀛洲说:"瞧你说的,阿妈你没事吧。"

婆婆说:"钱不够花就跟阿妈说。"

瀛洲突然撂了电话,媳妇喊他做晚饭。婆婆的眼泪在眼眶里打转,像一口满溢的池塘。站在房门外偷瞧的公公,也湿了眼眶。他没有进去安慰婆婆,好强的她不想让他看到自己的脆弱。他轻掩上门,坐在客厅等着婆婆敛容出来食夜。

公公看到案桌上的座机,前去给大儿子林祖洲打电话。电话迟迟没人接听,在公公准备挂时,响起一声不耐烦的"喂"。

公公问祖洲什么时候回来看看他阿妈。祖洲在电话里很不耐烦,说他最近有事脱不开身,公公还想再问,祖洲却把电话挂了。

公公看到婆婆出来,说:"老太婆,我的眼皮老在跳是怎么回事?"婆婆说:"可能是想儿子了。"公公说:"那我们抽空去看看他们。"婆婆听到公公的话,眼窝挤成月牙,说:"明天就去,先看瀛洲,再看祖洲。"

3

公公婆婆要去看儿子了，这可是大姑娘上花轿头一遭。他们起得很早，左邻右舍候在门边，李永元握着弹弓在射鸟，李成建要开车载二老，婆婆没同意。

婆婆说："坐汽车会头昏。"

李成建似有话要讲，公公让婆婆停一停，执着李成建的胳膊觅了一处角落，问他是不是有什么事。李成建搀公公向隅而立，咽了咽唾沫，说上回托他办的事怎么样了。

李家还有个待嫁的老姑娘李淑芬，三十四五还没嫁出去。年轻时曾以色侍人，刮了三回宫，色衰而爱驰。男方提上裤子不认人，淑芬闹了几回，奈何不了他，冷了心，从此萧郎是路人。年纪大了，想结婚了，提的要求却很奇怪：不要房不要车，只求合眼缘。房车都看得见摸得着，眼缘却像算命先生说的话，虚头巴脑，没有多少人能懂。

公公拿着淑芬的照片问遍四周，开始很多人感兴趣，得知她的年龄后，心里就打起了鼓，又打听到她不能生育，全闪没影了。从旁人嘴里听说老袁在深圳的儿子还没娶亲，就打着剪发的由头问了问老袁，发觉小袁对女性没啥要求，心里头暗喜，但因有前车之鉴，就想着这回牛有千斤力，不能一时逼，准备先跟老袁搞好关系，再提这茬，没承想二十五斤四百两竟也出了岔子。

公公不敢看李成建的眼睛。他恭敬公公不全是因为他老，而是有求于他，看到公公的神色，就明白所托非人，准备去找专业的媒婆，花点钱也无妨。公公瞧出了他的心思，拖住他的胳膊，说："只要你今天能载我们一趟，淑芬的事包在我身上。"

李成建既惊且喜，话都说到这个份上了，哪还有不载的道理。婆婆推了几遍，拗不过，公公眼尖，忙搀她搭车。

婆婆不喜欢坐车，次子林瀛洲"嫁"给吴碧春时，有车来接她喝喜酒，还没吃就吐了一路，回去时宁愿走路也不坐车，一个人硬是走了二三十里的路。走到半道就消了食，幸好带了几包喜糖，便走几步往嘴里剥一颗，身子后头五彩的糖纸，被黄昏一照，把婆婆衬得光彩照人。此后，婆婆一看到车就头大，一闻到汽油味就作呕，谁家要是买了车，也从不上前凑热闹。公公知道婆婆的怪癖，将提前备好的晕车药给她，婆婆心里没底，用凉茶灌下去，车还没开，肚里好像就在翻江倒海了。车开了，又不自觉绷紧了神经，既要捂着嘴巴，又要提防肚子，就怕江海冲破喉头，淹了这辆车子。

公公怕晕车药无效，备了一张塑料袋，用两手撑开，对准婆婆的嘴，见车里空气闷，又将车窗摇下，风吹瘪了塑料袋，公公又把车窗摇上，吹鼓塑料袋。

李成建从后视镜里见了，说："公公婆婆真恩爱，让人羡慕，淑芬要是也能找到一个这么爱她的丈夫，我也就死而无憾了。"婆婆说公公在人前做样子，私下里可没那么细心。说是这么说，但李成建分明看到婆婆笑了。

李成建开车很稳,没怎么颠,婆婆不敢看外面,公公侧坐着能看到外面飞掠而过的大山,天上乌云紧追不舍,火蛇深藏不露。汽车开到了镇里,公公见婆婆没事,就把塑料袋揉了,塞进兜里。婆婆也敢扭头去看小镇了,正逢圩日,镇上人群压肩叠背,车也开得慢了。李成建摁着喇叭不松手,才能挤过人群。

　　在一栋二层小楼前,车停下了,婆婆还没落车,便看到瀛洲提着桶在洗衣服,一着急,车门打不开了。公公先下了车,他的心比较大,没能体会到她的心境,过去跟瀛洲说上了话。

　　瀛洲看到阿爸从车上下来,以为打的车,就没放在心上,身上披的围裙没有摘,见李成建跟阿妈也从车上下来,忙扭头进了屋,出来后身上的围裙不见了,鞋子也换上了皮鞋。

　　瀛洲请李成建落座,给他泡茶,但因在家里做不了主,就不知道茶叶搁在哪,忙前忙后,三个人面前的茶杯还是空的。婆婆让他别忙活了,说:"快坐下来,让我好好看看你。"瀛洲坐在沙发上,夹在李成建和公公中间,李成建看他有些拘谨,为了拉近彼此的距离,就拍了拍他的胳膊,没想到却拍空了,这才想起他的左臂多年前折在了锯木厂。

　　李成建有些尴尬,借故喝茶,茶杯空的,也只好举着。公公看了一眼室内,一切都井井有条,让瀛洲好好跟碧春过日子,以前的事就别想了。婆婆心细,看出瀛洲不开心,便当着外人的面问他:"吴碧春待你好不好?"瀛洲还没开口,一个苦笑就让她知道了他的不易。

婆婆问他:"吴碧春去哪了?"瀛洲看了看时钟,说:"她每天这个时候都在镇上的麻将馆搓麻将。"

婆婆没忍住,扭过头去抹眼泪,公公推了推她,婆婆把眼泪强忍住。四人一时无话,墙上的时钟滴滴答答走。瀛洲见时间不早了,留他们吃午饭,让他们稍坐片刻,他出去买点菜。李成建看到他热天也穿着衬衫,空的左袖被风吹起,瀛洲忙用右手去抓,将左袖掖到皮带里。

门外传来脚踢水桶的声音。屋内众人同时听到一声咒骂:"吴瀛洲,你他妈的怎么还没洗完衣服?"瀛洲跑出去把水桶提到一边,让睡觉像大元宝的吴碧春过去,说:"家里来人了。"

吴碧春大步跨进屋里,扫了一眼沙发,看到两个白头和一个半黑半白的头,白头是她吴碧春的公公婆婆,另一个黑白相间的头是李成建。她当没瞧见公公婆婆,直接朝李成建说话:"来也不提前说一声,真不凑巧,我今天有点忙,以后再跟你好好喝一杯。"

李成建定眼一看,发现吴碧春比结婚时更胖了,一脸横肉还涂着口红,丝袜勒得大腿肉一个劲地往外鼓,活像鱼要挣网逃。吴碧春说完匆匆上楼去,婆婆皱了皱鼻子,说:"喷那么多香水也不怕把人给熏死!"

瀛洲背对他们,在门边蹲着继续洗衣服,不敢发出丁点声响,一只手艰难地揉搓着,可恨衣服硬得像屎橛子。过了一会儿,吴碧春手里攥着几张红票子下来了,命令瀛洲快把衣服洗了,晚上她就不回来吃饭了,这回怎么着都要把输的钱赢回来。

吴碧春边吐唾沫数钱,边继续说:"我当年娶了你林瀛洲,手气却越来越臭,从没赢过一回,呸,我看你还是改叫林苏洲吧。呸,瞧我这记性,忘了你早不叫林瀛洲了,而是叫吴瀛洲。"说完讥笑着扬长而去。

婆婆几次欲起身跟她理论,都被公公按住了。吴碧春一走,婆婆就火了,冲到门口,踢掉水桶,说:"瀛洲,别洗了。"说着就去拖他胳膊,"咱们就是饿死,也不看她脸色,我和你爸还养得起你。"

瀛洲挣脱了,扶好水桶,灌满水,坐下来继续搓衣服。公公忙把婆婆推上车。婆婆在车里看到瀛洲洗衣服的样子,活像断了钳子的螃蟹不敢再横着走。不知是晕车药的药效过去了,还是别的原因,当场呕了一车。

瀛洲喊住李成建,右手先在裤子上抹干,接着从兜里夹出一沓钱,说:"这是我存的一点私房钱,一定要收,大老远把我阿爸阿妈载过来,辛苦了。"李成建看到揉成一团的纸票,没有收,拍了拍他的肩膀,嘴里道了声保重,叹了口气便驱车准备送公公他们去县城。

婆婆摇下车窗,把头探出去,看到瀛洲洗完衣服在晒衣服,一只手不方便,就用嘴叼着夹子把吴碧春的内裤胸罩夹上去。

婆婆看得鼻头发酸,车开得有点急,瀛洲的身影看不见了。她摇上车窗,公公在清理被她呕脏的后座,李成建停下车，让婆婆坐前头，让公公别收拾了，待会儿到县里让祖洲把车洗了就行。祖洲在县里的洗车行工作。婆婆没有说话，眉间褶皱像要藏下一座大山。公公在后头把装有呕吐物的塑料袋扔出去。

李成建的手机响了。他一手握方向盘，一手接电话，说："瀛洲，有事吗？"见是儿子打的电话，婆婆不由得凑近了些，公公在后头也留心听，雨点滴窗也不觉晓。天上乌云，似未剥的鱼鳞，越涌越厚，火蛇吐着明晃晃的芯子，在云中来回穿梭。

瀛洲说："有件事想拜托你。"

李成建说："你说。"

瀛洲说："以后没事别载我爸妈过来，我不想让他们担心。"

李成建说："你放心，我明白。"

挂断电话，婆婆问他瀛洲说了什么。李成建安慰他们，说瀛洲说他很好，让他们别太担心。婆婆声音变了调："我家瀛洲从小就懂事，要不是……"公公忙制止："过去的事就甭提了。"

婆婆还在继续说："当年机器铰了他的胳膊，他硬是一声不吭，还反过来安慰我们。"公公再次制止："别说了。"婆婆誓要把苦水全倒干："我真希望瀛洲别那么懂事，不然也不会过得这么苦。"公公再三制止："停车！"

雷电轰的一声，把车里的人都吓了一跳。

4

公公下车生闷气。大雨将至，路上车子急，李成建怕公公出个好歹，停好车，让婆婆待车里，他下车劝公公上车。公公说他不去了，他要走路回家。可他到底不是走惯路的婆婆，认不得回去的路不说，也走不了这么远的路。

李成建劝不好公公，婆婆下车三言两语就让他消了气："死鬼，我错了还不行吗？快上车。"公公忙攥着她上车，这回婆婆不愿坐前头，跟他一起坐在后头。李成建上车继续往前开。

李成建目睹了这对老人的伤心事，弄得他心里也怪不是滋味。他家也不怎么安乐，除了恨嫁的女儿李淑芬，还有个摸螺打海的李永元。他早些年逼儿子逼得紧，以为能逼出个大学生，但李永元在高考那天却突然口吐白沫，倒在地上发起了羊角风，遂休学来年再考，没想到却痴傻了，成了邻居眼中的四六货。

李永元没傻之前，因痴迷写小说，成绩落了一大截，李成建让他考上大学再写，前几回都用劝的，后来见他狗改不了吃屎，就用上了暴力手段，一经发现，非打即骂。雷霆手段起了作用，李永元果真不写小说了，起码没再遭到老师投诉。后来，李成建才知道，李永元只是没再公开写，他把文学事业转移到了地下，经常用课本作掩护偷写，一有动静，马上佯装写作业。

李成建把儿子的小说拿给别人看,左邻右舍没人干这行,谁都说不出个子丑寅卯,他驱车去县里,让那些专门摇笔杆子的文化人看,还真被他碰上个识货的。县文化局的崔亮鸣看了,让李成建快在前头带路,他要马上见到这个天才作家。

李成建大喜过望,载着对方回到家里,把在老槐树上掏鸟窝的儿子喊回去,给他引见县里来的大文人。

崔亮鸣见到了李永元。说实话,第一印象很不好,在崔亮鸣的印象中,作家虽不受世俗羁绊,过分脱尽形迹,但从来没听说有哪国作家会穿着破裤子,流着哈喇子,一见面就冲他傻乐。问这些小说是不是他写的,也答非所问,还想抢过去嚼了吃了。崔亮鸣尴尬地看了眼李成建,后者只好如实相告,说他儿子脑子不好使。崔亮鸣把小说扔还李成建,拂袖离去。

这些小说写得好,比写得坏更让李成建揪心。如写得坏,说明儿子不是这块料,偏偏写得还不孬,李成建就开始失眠了,满目皆是从前训斥儿子的画面。不过他还是没有放弃他,时刻留意着哪里有偏方,可以治好儿子的病。

为了给李永元治病,这些年他至少搭进去四五十万。他让李淑芬早日嫁人也有私心,希望彩礼能给家里暂时纾困,可她却谁都瞧不上,还表示不要彩礼。前几年托媒人相中一个对象,彩礼什么的都谈好了,不想被谁提前走漏了风声,淑芬闹得这事人尽皆知,从那以后无人再敢给她说媒,也就是不怕死的公公敢接这个烫手山芋。

想到这些,李成建的车就开不稳了。他把车靠边,摇下车窗找烟抽。婆婆闻不惯烟味,有些反胃,车外雨点像刮鱼鳞，下不了车，只好憋气待车里。公公安慰他放宽心，说淑芬的事急不来，他既然答应了，就会想法子办好。李成建没有答话，因为他的手机响了，打电话给他的是崔亮鸣。

这个自费出过几本书的文化人，上回虽在李家受到了冒犯，与李成建的关系却没断过，经常打电话问他李永元还写没写过别的小说。李成建翻箱倒柜，翻出儿子从小到大写的作文拿去给他看，他却摇头说不是这些，让他回去再找找。崔亮鸣这回在电话里说，他可以高价收购他儿子的小说。这事他之前也提过几回，李成建当时没有答应，是以为儿子还能治好，现在他终于打算松口。

李成建知道对方心里的小九九，无非是想把儿子的小说据为己有，以他的名义发表。看来崔亮鸣也急了，不再绕圈，直接挑明了。这样一来，李成建却不急了，再怎么说都是儿子的心血，不卖一个好价钱说不过去。他丢掉被雨打湿的烟，在电话里告诉他马上到，其实是在花舌说谎，哪怕他现在就在县城，也不会马上去见他，先让他等上一会儿再说。

李成建踩大油门，将公公他们送到祖洲家。祖洲家没有人，大门锁着。李成建问他们是在这等祖洲下班，还是跟他去见崔亮鸣。公公玩心比较大，要跟他走一趟，去见见世面。婆婆说："我留下来，到时你们过来接我就行。"

公公这回坐在副驾，还没等他发问，就主动说起给淑芬介绍对象的事。李成建认识老袁，不认识小袁，想象不出小袁的样子，以为也像老袁一样秃顶。公公将随身带的照片给他看，李成建瞥了一眼，笑道："有头发就行，有头发就行。"

崔亮鸣在县里的客家菜馆等着了，为了小说，他这回可是下足了本，点了一大桌子菜，都是最正宗的客家做法，鲍鱼炖鸡、春笋煲鸭、五华鱼生和梅菜扣肉，每一道都是硬菜。

崔亮鸣擅长写有关客家文化的随笔，也尝试写过小说，但都不得要领，因为他老想在小说里结合客家文化，这本来没啥问题，问题就出在，大部分客家话没有汉字对应，写下来跟鬼画符差不多，也没人听得懂，不比北方地区，方言本身就与普通话差不多。

原以为这条路是个死胡同，走不通，准备继续写经过普通话转译的客家随笔，没想到李永元这个后生，竟能把客家话运用得像条鲶鱼一样鲜活，让他发现在汉语这口大池塘里也可以加上几尾客家小鱼苗。

这段时间，他废寝忘食地整理客家文化，找到诸多有趣的范例，并制成了简易表格。

客家话与普通话对照一览表

客家话	汉语对照
食夜	吃晚饭
火蛇	闪电
雪枝	冰棍
四六货	二百五
花舌	说谎
摸螺打海	调皮捣蛋
讲牙谈	聊天
歇眼	死亡

等了很久，李成建不来，崔亮鸣便从公文包里掏出本《客家方言概要》，抽出表格，一边饮茶一边看，看得拊掌叫好，点上一支烟，烧到烟屁股了还没察觉。

李成建在外头停好车，携公公进去，望了望，走到窗边，见崔亮鸣低着头，夹鼻眼镜有些滑落，手上烧完的烟，烟灰还没掉，待他一靠近，就磕在地上撞碎。这会儿，崔亮鸣才抬起头，看到李成建，忙起身，见手上还夹着烟，急忙吸上一口，呛得他头晕。他丢掉烟蒂，把表格塞回书中，从烟盒里敲出一根烟，递给李成建，后者接了，招呼公公坐下。

公公已咽了几遍口水，听到李成建的话，找了把凳子把屁股楔进去，眼前只有吃食，耳朵也没闲着，李成建和崔亮鸣说的话，全听见了。崔亮鸣以为这老头是李成建的爸，叫服务员给他端碗茶。李成建让他别忙，说正事要紧。

崔亮鸣吸了口烟，说："你开个价。"窗外落了大雨。雨声掩了人声，李成建听不清，把耳朵凑过去，喊："你说什么？"崔亮鸣把凳子拉近，说："多少钱你才愿卖？"李成建听清了，比了五根手指，崔亮鸣笑道："五千不成问题。"李成建摇摇头："不是五千，是五万。"

崔亮鸣惊起，嘴里嘟囔着："太多了，太多了。"

李成建没再跟他废话，让他想好了给他打电话，走了几步又提醒他千万别想太久，好东西抢的人也多。公公见要走，有些不舍，找服务员要了个塑料袋，胡乱夹了些鸡鸭进去，匆匆走出去。李成建上车了，冷眼瞧着面前的客家菜馆。

公公也看过去，望见那个头发三七分，戴了副金丝眼镜的文化人在背手踱步，见大雨淋湿头发，忙钻进车里，问道："你跟他做什么大生意呢？"

李成建没吱声，载公公回祖洲家。

婆婆等到晚上，祖洲还没回来。她在屋檐下避雨，雨停了，祖洲家还是没人。窗户拉了窗帘，她看不见里面，大门推了几遍，确实是锁着的，给祖洲打手机没人接，给他家里打座机，只听得屋里电话山响，她在外面急得直跺脚。

婆婆看手机快没电了，不敢再打，耐心等待公公回来接她。

车灯照进了巷子，婆婆用手挡住眼睛，听到三声喇叭响，知是李成建的车，迎过去，看到车灯上溅了许多泥巴，像饼干撒了芝麻粒。她顾不上肚饥，打开车门要坐副驾，见公公在那坐着了，喊他坐到后面去。李成建等他们分别坐好，发动车子，婆婆见车灯照在路面，莲藕似的，亮得不圆满。

李成建问见到祖洲没，婆婆说没有，让他把车开到"永丰洗车行"，看看祖洲是不是还在加班。公公在后头给她递吃食，婆婆摆了摆手，没接，公公只好自己吃，都是好东西，他不想浪费，可食物又堆到了嗓子眼，塞不下了，便问李成建要不要吃。

李成建说他开车吃不了。公公见车上有瓶水，就水把好东西灌下去，肚子码满食物，憋得慌。见要吐出来，公公忙用手捂着嘴，能听到婆婆在说话，却腾不出嘴回答她。

婆婆催李成建开快点，歇了的雨复下，车钻进雨幕里，雨水撞着车顶。公公觉得吵，婆婆却没留意。

洗车行不能停车，李成建让她别着急，等他找地方停好车再下，但婆婆却等不及了，冒雨闯进了洗车行。李成建干脆在车里等，很快婆婆就回来了，说："祖洲好几天没上班了。"李成建安慰她："估计有事耽搁了，打祖洲电话试试。"婆婆继续给他打，这回接了，婆婆在电话里骂他死哪去了。祖洲一开口就朝她要钱。婆婆很冷静，问清他的下落，让李成建受累再载她过去。

婆婆在一家网吧见到他，将身上带的钱都掏给他，但祖洲没接。看他的样子，好像好几天没洗过脸，胡子拉碴，一开口就是泡面味。祖洲说这些钱不够，他要五万。婆婆问："你要那么多钱干吗使？"祖洲回："我把一辆宝马车的玻璃洗坏了，车主让我赔五万，不然就卸我条胳膊。"

祖洲他老婆掌管着财务大权，不愿出，扭头回了娘家，任他自生自灭。祖洲防车主上门，躲到网吧，每天上网找老同学借钱，但无人肯借。也是没了法子，才跟老母亲张这个口。婆婆听完红了眼眶，领他出去，让他坐副驾，她跟公公坐后头。

祖洲与李成建是发小，从小学到初中都是同班，上高中以后就没怎么联系了。在李成建的印象中，祖洲混得很好，搬到了县里，工作也轻松，只有大年初二才能在老家的屋里头看到他。这回见到，却换了样，一身臭味不说，还在车里动手动脚,不是去摸驾驶室内摆的那尊菩萨,就是拍拍座椅,好像头一回坐车似的。这还不算,还嫌弃他的车是便宜货,一点都比不上宝马奔驰。

李成建顾及脸面,没发火,表示自己没他赚得多,哪有钱开好车。祖洲倒也不客气,接过话茬说:"你确实赚的没我多,不然早换车了。"看在公公婆婆的面皮上,李成建权当没听到。但他有心退让,祖洲却得寸进尺,一边嫌车里热,一边命令他开音乐,还从他身上找烟抽。

李成建把车刹停,说:"你还是下去吧,我的车载不动您这尊大佛。"

祖洲也不恼,冲后座喊道:"喂,二位醒醒,我要落车了,这里有人不欢迎我,等我有空再回去看你们。"

5

公公与老袁生了龃龉,不想再给他张罗儿媳妇。李成建上回为公公婆婆忙成陀螺,回来后还问了几遍事情的进展,不看僧面看佛面,公公只得继续为淑芬和小袁牵线搭桥,托婆婆朝老袁要了小袁的电话,逮了个空当给小袁拨过去。

小袁在电话里听了,说要先看看对方的照片,公公又求人教他把淑芬的照片发过去,这回小袁打过来了,问了公公一些情况。

公公瞧出有戏,让他请假回来一趟。小袁算盘打得很精,事情没有眉目之前,不愿回来,怕人相不到,还往里贴小几千的路费,让公公把淑芬的电话给他,他在电话里先聊聊看。

电话给了小袁,就没他什么事了。老袁为了五百块的事,不怎么看好这桩亲,索性当个甩手掌柜,公公倒像给自己相儿媳妇,怨言很大,当婆婆面骂了老袁几回。

李成建因是女方家人,不宜表现得过分热情,知道这事有公公把着,便腾出精力专门对付崔亮鸣。现如今是剃头挑子两头都不热,只有公公在中间添火加柴,烧得不怎么旺,小袁那头见公公提防着他,也不怎么主动了,淑芬那头到现在还不知道小袁长啥样,只听她阿爸说过一嘴,说是有头发。

全天下有头发的人这么多,淑芬仍想象不出小袁的样子,几次让公公把对方照片给她看看,都被他训了一顿,说女孩子家家别那么上赶着,矜持点不是坏事。淑芬觉得公公在拿她逗闷子,心凉了半截,也不爱理这事了,照常去县里上班。

婆婆那段时间没去地里干活,她要忙更重要的事,给祖洲凑够那五万块。家里没个女人不成家,五万块什么时候凑够,祖洲的婆娘就什么时候回去。也在电话里给儿媳妇说过,让她把钱拿出来救救祖洲,但她说这钱是给儿子上大学的学费,拿出去了他还上不上学了?婆婆觉得有道理,这事怪不得儿媳妇,全怪祖洲自己毛手毛脚,惹下这么大的乱子。

祖洲还时常打电话给婆婆,问她钱凑没凑够。五万块说多不多,说少不少,捏锄头柄的婆婆死活拿不出来,整日打量着变卖家里的东西。公公把值钱的物件都藏起来了,婆婆又想着去籴米,可米价贱,卖不了几个钱。没了主意,婆婆胃口也不好了,每顿饭只吃几粒饭,肉眼可见地瘦下去,公公心疼得紧,失眠了几宿,有了办法,做了一顿红烧肉,叫坐在房间叹气的婆婆来吃。

婆婆哪有胃口吃,公公进去拉她出来,摁着她坐下。看着满桌红烧肉,婆婆反倒怪起了公公:"就是你每天花钱大手大脚,不会持家,所以现在五万块都拿不出来。"生气的人向来最大,公公也不顶嘴,夹了两块红烧肉到她碗里,说:"老太婆,你只要吃下这两块肉,我就能给你变出五万块。"

婆婆肚里咕咕叫,但还是没动筷子,她不信他的话,这个老男人惯会骗人,只要哄她吃了肉,拿不出钱也有话说。搁以前,婆婆情愿被他骗,但现在事关儿子,她就不愿再上当。

公公见婆婆不信,凑到她眼巴前,告诉她李成建跟县里的崔亮鸣做生意,赚了五万块,只要能让他把这钱吐出来,就能解决祖洲的事。婆婆骂了他一顿,提醒他别狐狸没打到,倒惹一身骚。

公公说:"我自有办法,老太婆你就赌好吧。"

公公来到李成建家,喊他出来,见李永元脸上挂两串鼻涕泡,拿手背去揩,抹得整张脸都亮晶晶,伸手去提往下坠的裤子,又要拉弹弓射鸟,忙得很,麻雀都不怕他,落下来与鸡争食。

李成建正在屋里跟崔亮鸣通电话，崔亮鸣说最多只能出五万块了。李成建又让他加两万，又没谈成。双方都撂了电话，听到屋外公公喊他，忙出去迎他进来。

公公指了指李永元说："怎么不给他拾掇干净？"李成建回道："收拾干净又滚一身泥回来，由他去吧，他意识不到脏不脏，只不过会让撞到他的人污了眼。"公公叹着气进去，李成建给他沏了杯茶。

公公这回也不卖关子了，说："事情就快成了，但还差一个药引子。"这句话好坏参半，但李成建却只捡前半句听，没有理会后半句。这后半句才是他的来意，忙活了半天，眼看就要白费劲，公公只好腆着老脸提醒他："你知道一服药的药引子最重要吧。"

李成建倒觉得，配齐一服药很难，药引子倒在其次，现在淑芬好不容易能说上对象，便不再指望彩礼的事。他把药引子曲解成了彩礼，表现得深明大义："只要能让淑芬顺利嫁出去，我不要彩礼也成。"事到如今，李成建也想通了，与其卖女治儿，不如成全女儿幸福，委屈儿子，因为近来问遍了大大小小的医院，得到的都是李永元的羊角疯没药治。

公公一听就急了，说不是彩礼的事，而是媒人辛苦钱的事。他这段时间可没少为淑芬的事忙活，理应给他酬劳。李成建喝了口茶，笑道："我哪敢忘记公公的功劳啊，一直记着呢。"他以为几百块就能打发公公，淑芬的事八字还没一撇，就从腰包里掏出八百块给他。

公公扫了一眼没有收，李成建又加上几张，他还是没收。这回李成建就急了："不知公公要多少？"公公也比画了五根手指："不多不少，只要五万块。"李成建端茶杯被烫着了，往手指上吹气，抽出几张纸巾擦干茶几："公公怎么不去抢银行？"

公公也不恼，提了他跟崔亮鸣的交易，说这钱也不用他掏，让那姓崔的掏就成，不管怎么样，他都不吃亏。而且现在淑芬的事到了节骨眼，要是为了这点钱葬送了她的幸福，那他这个当爹的可就太不称职了。李成建想想也对，但他仍有疑虑，对公公能否说成这桩亲事心里没底。再三问了，公公都保证没问题。因事情出了变化，如没这五万块，公公办不办得成他都会记在心里，但一旦牵涉到钱，性质就不一样了，一定要慎重对待，最好签字画押。

公公满口答应，表示没问题。李成建忙给崔亮鸣打成电话，崔亮鸣为免夜长梦多，当即给他转了五万块，李成建这才授权对方可随意处置他儿子的稿子。挂断电话，李成建查看了户头，看到五万块到了账，回房间拿出两万五现金，交给公公。

公公数了几遍，说还差一半。李成建说不能只让他出钱，也要让老袁出一半，因为这事他儿子也有份。公公觉得在理，便没多说，将钱收了，接过李成建递过来的笔，签了两份合同，两人各执一份。李成建说："那我就等着公公的好消息了。"

公公又赶去老袁家，看他门关了，知他剃头还没回，坐下来等他。怀里揣了巨款,公公时不时地伸手去掏,拿眼睛去瞧每一个面前走过的人,见谁都像不怀好意。本可以先把这钱放家里,又怕让婆婆提前知晓这个谜底,丧失惊喜,遂随身带着,心跳得飞快,怀里像揣了个火把,脸上也热得慌。

老袁剃头回来了,见到公公没好脸。公公松开拳头,老袁看到他手心里躺着一团红票子,因握的时间有点长,百元大钞都被攥出了汗。老袁抓上钱,掏出钱包,把五张红票子展平,塞进去,换上一副笑脸:"快请进。"

公公嫌老袁的茶难喝,老袁也不生气:"好久没跟公公喝酒了,怪想念您老的厨艺的,什么时候咱爷俩再喝一杯?"公公说机会多得是,他这回就是为了喝酒的事来,但不是平平常常的酒,而是高堂满座的喜酒。老袁问道:"公公家里最近有喜事吗?"公公盯着老袁瞧了瞧:"是你袁家的喜事。"老袁一惊,问说是不是小袁的相亲有准信了。公公说:"那就要看你这只铁公鸡舍不舍得出钱了。"

因女方家的李成建也出了钱,作为男方家的老袁,更敷衍不过去,为了证明此事真伪,老袁让他把跟李成建签的合同给他瞧瞧。

公公把合同拿出来。老袁拿到门外光亮处看了看,见公公没诓人,思考了半天,才答应也跟他签一份一样的合约。公公一听激动了,拿着茶杯的手抖个不停,生怕老袁后悔,不停催他快把合约准备好。

老袁从房里找出纸笔,照着李成建的合约描了一遍,拿给公公过目。他检查没问题，正要落笔，老袁的电话响了。

小袁打来的电话："爸，公公介绍的对象到底有谱没谱？"老袁让他宽心，说就快成了，让他别着急。小袁说："再不着急我可就奔四了，你不想抱孙子，我还想抱儿子呢。"

公公翘着耳朵也听不见小袁在说什么，让老袁开外放，老袁不会弄，公公抢过手机，说："小袁啊，我是公公，你放心，今年准保让你讨上老婆，不信你爹，也要信你公公。"

6

祖洲连番打电话催婆婆，她一急就落了泪，祖洲骂她别再给他添乱，要是哭能解决问题，他早就哭过千百回了。婆婆揩泪说："不然你回来一趟，四邻说不定还能给你拿个主意。"

祖洲说："你不嫌丢人，我还嫌丢人呢。三天之内要凑不到钱，你就当没生过我。"

挂了电话，婆婆急出门去找老头，刚掩上大门，就见他两手托在胸前，跑得上气不接下气，一脚踹开大门闯进屋。婆婆在外头棒子面煮葫芦，正糊涂着，又见他探出脑袋，唤她进去。婆婆推门进去，公公反倒把门锁了。

公公拉上窗帘，跑门后站了会儿，确保外头没人，转身冲到饭桌前，腾空桌上的碗筷，倒出怀里的钱。婆婆见到五捆扎好的百元大钞，觉得这日子过不下去了，儿子欠人钱不说，现在相知相伴的老头又不知去哪偷了这么多钱，遂打开大门，勒令他快把钱给人还回去，否则她就要回娘家。公公笑道："老太婆，你糊涂啦，你早没娘家了，我的岳父岳母早歇眼了。"

婆婆又哭了一回，公公见她误会，说这钱是他赚的。婆婆说："你今天要不说清楚这些钱哪来的，我跟你没完。"公公只好如实相告，婆婆坐下来老半天没说话，末了站起来仍让他把钱给人还回去。

公公问道："为什么？"

婆婆说："地上没有白捡的番薯，你收了钱就准保一定能干成这事？要干不成你拿什么还？"公公说："又不是借的，不用还。"婆婆耐心给他分析："假如撮合了淑芬和小袁，这钱当然不用还，但要是出了变故，你看要不要还？"

公公嫌她胆子小，难怪只能一辈子从土里刨食吃。在他看来，淑芬和小袁两人，一个恨嫁，一个欲娶，两人凑到一块，就没有不成的道理。这要是放以前，都不用媒人帮忙，但凡能打上个照面，第二天就能把事给办了。

婆婆说："快收了你那本老皇历吧，也不看看现在都什么时代了。"公公回："甭管什么时代，男人女人都要结婚生娃。"婆婆理论不过他，越瞧越觉得桌上的钱碍眼，寻了个借口出去了。

公公叫住她，伸手朝她要五百块，见她迟迟不去拿，又催了几遍。仗着一下子赚到了这么多钱，公公觉得自己功劳大于天，就不怎么把她放在眼里了。婆婆也觉出他的变化有点大，倒真应了男人一有钱就变坏的古训，问他为什么还要五百块。公公不耐烦地说:"五万块里抽了五百块还给老袁,只剩四万九千五,再添上五张,才够拿给祖洲还债。"婆婆也有一套自己的理论,如没有这四万九千五,就会觉得祖洲欠的钱永远还不上,现在有了这些钱,就拿剩下的五百块不当回事了。

别人是债多了不愁,在婆婆这,刚好反过来。

婆婆再三提醒公公,让祖洲自己把那五百块添上,这钱也要他亲自拿给他,千万不能直接打给他,要他盯着他把钱还给那个车主。婆婆爱子心切,倒也没丧失理智,知道自己生的是什么货,这要把钱直接打给他,可就是羊入虎口。

事到如今,婆婆觉出这事透着蹊跷,祖洲洗坏人家车玻璃的事,都是他自己说的,没别人说过,按理讲那次去洗车行找他时,他的同事应该也会说漏嘴,因此婆婆才会再三交代公公,务必看着祖洲还钱。

公公没当回事,因为祖洲要真跟父母耍心眼,错的也不是他,而是从根上就错了。公公当然不认为自己错了,因此祖洲当然也不会错,退一万步说,就算祖洲在说谎,他在不在场也没用,因为祖洲大可以提前找别人扮演那个车主。所以,公公几乎问都没问,几日后就把钱给了祖洲,然后回家让淑芬和小袁在手机里见上一面。

用现在时髦的话说,淑芬和小袁是云相亲。公公把淑芬的电话给了小袁,小袁顺便添加了她的微信,一聊才知两人是校友,读的同一所高中,但不是同届。既是校友,又有公公从中说媒拉纤,结婚的事就提上了议程,比所有人想得都要快。公公又神气上了，时不时地去李袁两家邀功，扬言要没有他，淑芬和小袁就不可能好上。

李成建也觉得这钱花得值，几次催小袁回来。因这回出门捡棒槌，有把握了，小袁马不停蹄地赶回来了。

小袁人到中年没有发福，淑芬上了年纪还贼漂亮，两人一见面，各自窃喜。两人在县里约了几天会，看电影，逛母校，两人的感情又升温不少。走在江滨公园，两人心里的一团火越烧越热，小袁话里话外都在暗示开房的事，为免对方又提上裤子不认账，这回淑芬把持住了，提醒他领了证再办事也不迟。

两人很快去领了证回来，可领了证还不算合法夫妻，一定要办了酒才算。两家对领证的日子没要求，却对办酒的日子很上心，问了几个算命先生，都说三天后就是黄道吉日。于是淑芬只好再三劝慰小袁再耐心熬上三日。

三日后，老袁头一回没出门剃头，看来以后都不会再去剃头了，他早就在县里的客家菜馆订了酒席。因邻居多，没那么多车去县里，便与李成建商量，将客家菜馆的酒席原封不动搬到李家。

李家比袁家大，坐得下近三十桌的来客。炮仗从早上断断续续响到中午，客人依次落了座，李成建邀请的崔亮鸣与公公婆婆他们坐一桌。

崔亮鸣的心思不在酒席上，李永元的稿子笔迹含糊，好多字词看不清，翻遍字典仍一头雾水，便想借着喝喜酒的由头当面问问他。一来就发现在大槐树上荡腿的李永元，买了根雪枝哄他下来，掏出稿子让他认字，他却在吹鼻涕泡，只好先领他上桌，再伺机问。

李永元上了桌很安分，握上筷子，等菜上桌，但等了半天，冷盘都还没端上来，便用筷子敲碗，敲得叮咚响。其他桌的客人也不耐烦了，觉得上菜太慢了，有些人甚至跑到了外头抽烟。

公公也咽了好几回口水，还不见新娘新郎出来敬酒，瞧了一眼婆婆，她却把注意力放在了外头。

几天前，婆婆打电话给瀛洲让他今天回来喝喜酒，瀛洲说好，可现在眼看就要开席了，人却还没到。也给祖洲打过电话，但他自从拿到钱就不接她电话了。婆婆总觉得出了什么事，离座给瀛洲打电话，接的是吴碧春，不知谁的嘴没个把门，说了公公给祖洲五万块的事，吴碧春在电话里一句好话都没有，不等婆婆解释，就把电话撂了。

婆婆又给祖洲打电话，还是没人接，回到座位上，越想越不是滋味。

李成建过来把公公叫出去，公公怪他怎么还不上菜。李成建说："还上个屁，小袁要悔婚。"公公吃了一惊："到底怎么回事？"李成建说："小袁跟淑芬领证时忘了做婚检，本来这事不算什么，但他不知道听谁说淑芬不能生育，今天一大早死活要带她去重做婚检，淑芬不同意，小袁一怒之下不想结了，现在两人还在婚房里像锅僵脱了的夹生饭，谁也不理谁。"

公公去婚房哄他们，看到两人的婚纱照刚挂上，可坐在床头两端的新人嘴巴却噘得老长。小袁见到公公,骂道:"公公你好糊涂,怎把一只不会下蛋的母鸡介绍给我?"公公还没说话,淑芬就急了,她一把撕掉身上的婚纱,闯出门去,李成建拿上衣服,追了出去。老袁在角落冷不丁地说:"公公,看来那钱您可要吐出来了。"

公公听完,脸色煞白,嘴唇哆嗦,捂着胸口就倒下了,一头蓬松的白发活像蒲公英。老袁冷哼一声:"装死的狐狸,可逃不过猎人的眼睛。"索性没去管。客人闻听此事,不愿包的红包打了水漂,便冲到门口,朝登记的那人夺回写有自己名字的红包。

崔亮鸣还在想小说的事,被人挤了一把,回过神来,发现李永元不见了,立即跑出去,看到他又挂在树上,用弹弓对准了一只过路鸟。崔亮鸣冲过去,不想金丝眼镜被弹弓挨个射破,登时变成了睁眼瞎,摸着树干坐下来,耳听得四周鸡毛炒韭菜,乱七八糟。

婆婆的手机,在闹哄哄的人堆里乱响,她离座到一旁接听。儿媳妇吴碧春在电话里急道:"我只是随便说了说他,他就敢趁我不注意用皮带上吊。"

婆婆闻听噩耗,分开八片顶阳骨,倾下半桶冰雪水,扶着墙才立稳,手机掉到地上也没注意。吴碧春还在电话里喋喋不休:"真搞不懂他一只手是怎么办到的……"

婆婆这回硬是一滴泪都没掉,慢慢走回家,换掉身上穿的新衫裤,穿上解放鞋,戴上草帽,出门去寻到公公,跟他说:"死鬼,我们去接歇了眼的瀛洲回家吧。"

萤之光

我天马行空的童年，遇到了祖母穷凶极恶的晚年。

我们在不同时段大打出手。在一个回南天的正午，我们发生了有史以来最剧烈的一次冲突。她把做好的饭菜端到桌上，我没等她落座便埋头先吃。等她端着自己的饭碗出来后，看到桌上的残羹剩菜，二话不说就用筷子敲我的脑袋。我们隔桌对骂时，面前的圆桌突然滑出了门外，这让我们可以直接动手。她从厨房抄来一把柴刀，我从屋檐下操起一根竹竿。我们在客厅短兵相接，她手里的柴刀虎虎生风，我手里的竹竿腾挪跌宕。不过还是她略胜一筹，因为客厅可任由她刀劈斧砍，而我的戳、捅、挡、格却会在局限的空间里发挥失常。

我不得不罢兵休战。她把不屑的眼白翻到天上去，我的自尊不允许我当逃兵，便将战场挪到门外。我忘了圆桌挡住了大门，差点撞上去嗑掉门牙，我让她一起把圆桌搬回原位，但圆桌还是在客厅打滑。这该死的回南天不仅让我们的衣服发霉，还让地面潮湿，极大地败坏了我们祖孙俩大战三百回合的兴致。

我们相约等天暖再战。她把家里的门窗全部打开，我则把屋檐下晒不干的衣服抱到屋顶。但我们的默契配合没能搁置争议，她在楼下又叉着腰把我来痛骂，我把头从屋顶上探出去，看到她壮硕的身躯岿然不动，那张年过七旬的脸仍泛着红光，嗓门依然发出如洪钟般的声响。我捂住耳朵，冲她大喊："有本事别骂，再打一架。"屋顶上的风吹起了在竹竿上晾晒的霉衣，一如两军对垒前飘动的纛旗。空气突然静止了，可我知道这是你死我活前的征兆，我等待她的应战，不过楼下却毫无动静，我再次探出脑袋，欲用双眼打前哨，却不见楼下敌军身影。此战还未开打，我便得胜而返，心情可想而知，我率领双腿大军，浩浩荡荡地开赴楼下。

可我还没到楼梯间，便听到敌军士气如虹地杀上楼来。我慌忙躲进屋顶那片阁楼，透过门缝严密注视屋顶战况。不愧是扛过饿的巾帼英雄，那种架势令我辈无地自容。只见她登了两层楼，还面不红，气不喘。她在偌大的屋顶环顾四周，甚至不惜越界，将视线放到别的屋顶，试图开辟新战场。而我却在狭窄的阁楼里一动不敢动，就怕暴露自己的行踪。我打量阁楼，准备找个趁手的武器，发现里面除了毁坏的农具外空无一物，便蹑手蹑脚地翻找农具，看看有没有锄头什么的，但只看到角落里的劳蛛在缀网。

情况紧急，我还没破坏蛛网，便听到敌军靠近的声音。

我立即闩上阁楼门，一双近乎眦裂的眼睛出现在蒙尘的窄窗。她在外面用嘴哈气，而后用厚实的手掌擦拭，不料脏的是里面，任凭她怎么擦都无济于事，她眼前照样什么都看不清。但我却能分明地看到她，战况瞬息万变，顷刻便有利我方，我抓紧时间侦查。我见到她厚实的手掌纹路横生，一如将山川握于掌心；她的脸不惧风霜雨雪的侵蚀，始终红润光泽；她高耸的鼻子恨不得戳进窗户，用气喘如牛涤净里面的蛛网尘埃。只有她微白的头发符合她的年龄。我第一次近距离观察这个伴随我整个童年的敌人，我把她的形象镌刻到脑海，直到长大成人还未彻底忘却。

她很快在窗边消失，但我知道她不会这么快认输，她知道我没有躲到楼下，一定躲在里面。这间阁楼是平时储存谷子的地方，我们把在屋顶上晒干的谷子装进一个个麻袋，然后全凭她一人将谷子或拽，或背，或扛进阁楼。可以说，只要她不面目可憎，就是一个顶天的壮劳力，经年累月训练出来的力量让她不怒自威。可是她阴晴不定，说变就变，一如闽西所在的经纬度，总是东边日出西边雨。我以为我会永远屈服于她的淫威之下，没想到一夜之间，我的力量居然可以跟她打个平手，而且我还欣喜地发现，这场持久战终将会速战速决，况且时间还对我有利，因为我会越来越健硕，而她则会越来越苍老，尽管她并不是会服老的人。不过我不急于一时，不代表她也如此，她似乎也已认识到她最大的对手不是我，而是变化莫测的时间。所以她要在垂垂老矣之前彻底驯服我，以保证她的晚年可继续政行令通，不会受到任何干扰与挑衅。要知道殷鉴不远,隔壁的老人丧失劳动力后,每天躺在床上叫天天不应,叫地地不灵。

于是,她迅速展开反击,冲到门边,用脚大力踹门。好在我的惊吓没有维持多久,我立即将身子挡在门口,她的脚踹扇门确实易如反掌,但如果门后多了她的孙子,她就没那么容易得逞了。她双腿各踹了十几下,从阁楼天花板掉下的灰尘迷了我的眼,整间阁楼都笼罩在一片浑浊之间。我的咳嗽冲破尘埃的围追堵截,很快传到外面,进入她的双耳。她饱满的耳垂在翕动,加大了踹门的力度,同时急迫的声音也响了起来:"听话,快开门,里面空气不流通,只要你出来,我一定不打你,不骂你。"原来她是怕她孙子在里面窒息而亡,不过我不会相信她看似善意的和谈,我担心只要我一开门,她就会不顾口头协议,将我的耳朵拧成麻花,将我的祖宗十八代骂个遍,即便她也是其中一员。

我死死顶住门,空气越来越浑浊。我已看不清那些农具,但我眼前却出现了幻觉,我看到那些毁坏的农具摇身一变,它们变回犁田的犁头,变回割禾的镰刀,变回用脚踩的打谷机。我俨然看到父亲在犁田,母亲在割稻子,我在踩打谷机,而祖母则躲在凉爽的河里乘凉。她的年龄让她完全可以不用干农活,但她的力气却让她始终无法退休。我们作为农民,干不干活不是看你有多老,或有多小,而是视力气而定,如果年纪轻轻却连屙屎的力气都没有,那就可以不用干活,假如七老八十还有一身的力气用不完,也不能什么都不干。这就是我小时候每到农忙都要干活,祖母也不能例外的原因。不过她却三天两头借故偷懒,我有样学样,得到的待遇却完全不同。父母不会当面骂她懒惰成性,可只要我手一停,祖母就会骂我懒人屎尿多。

我在恍惚中听到骂声从头顶飘来,抬头一看,赫然发现祖母的脸出现在天窗里。这间阁楼所在的位置在二楼屋顶,若到二楼,须借助四十阶旋梯,而爬上阁楼则要靠那把十阶竹制直梯即可。竹梯平时倒放在屋顶,只有在阁楼天窗漏水的情况下,父亲才会架起竹梯,扶梯而上,胆战心惊地上去修缮破裂的玻璃。我虽调皮捣蛋,百无禁忌,却也知道高处危险丛生,即便家人不在,也未曾上过阁楼。我的父亲每到回南天总要打开天窗,让自然风晒干里面的霉谷,但自从去年以来,他便将谷子搬到了楼下储存间,这间阁楼随即另作他用。他也害怕常爬阁楼,难免不会摔下来。勿爬阁楼,几乎是我家不成文的家规,迄今为止家人都严格地遵循了这条家规。不料,我那个古稀之年的祖母,却拿自己的老命开玩笑,竟在刮风的回南天私自爬阁楼,而且还没有任何防护措施。她的脸出现在天窗的那刻,我吓得魂飞魄散,立即打开阁楼门,登上那把竹梯,招手让她过来。

她听到我的声音站了起来,而后双手张开,好像扶着一根无形的竹竿摇摇晃晃地走过来。阁楼屋顶仍是用水泥浇筑,幸好父亲没听从他人意见用瓦片,否则祖母此刻说不定会摔下去四分五裂。不过话虽如此,阁楼屋顶因空间狭窄,即便脚下稳如磐石,说不定什么时候也会被一阵春风或者一只南归燕惊吓,从而掉下去一命呜呼。但我却在祖母的脸上看不到丝毫惧色,这老家伙的胆小慎微是装出来的,她张开的双手挡住了整个阁楼屋顶面积,微弱的阳光在地上照出一副展翅高飞的影子。她索性丢掉手中的无形竹竿,双手放到身体两侧,不由分说甩开胳膊走路,活脱脱像走在大路上一般。

我真怕她一脚踏空掉下去,忙一手扶住梯子,一手捂住眼睛不敢看。但耳朵却一刻不得闲,时刻留意着有没有重物抛到楼下的声音。好在只是虚惊一场,我并未听到任何动静。我放下手,扶住另一端的梯子,看到祖母居然双腿悬空坐了下来,我看不到她的表情,只能看到她那膀大腰粗的后背。她这么一坐下来,我的视线被迫从远处收回,聚焦到她后背的汗渍上。

片刻过后,祖母扭头招我过去,我忙下两阶竹梯,只留自己的头顶给她。见她没过来,又上到原位,浮出脑袋,看到祖母一脸慈祥,早没了刚才的咄咄逼人,对她身上出现的巨大反差我百思不解,不得不僵在原地,既不敢上去,又不敢下去。我分明能听到脚下那把竹梯在颤抖,屋顶上晾晒的衣服随风飘动,我看到全家人的衣服在同根竹竿上相依为命,从外往里,分别是父亲的裤子、母亲的上衣、祖母的围裙以及我的内裤。那根竹竿似乎成了一个基因序列,我们三代人依次在上面见风生长。此时的风不大不小,能吹起每一件衣服的形状,却无法吹落它们。我看到父亲穿着那件肥大的裤子在田里忙碌,母亲穿着单薄的上衣卷起袖子在水里洗衣,祖母披着过短的围裙在厨房做饭,而我那时虽仍处于童年，却已到穿内裤的年纪，我花了很长时间才习惯内裤包裆的不适感。

　　我与祖母对视着，我们的距离很近，但因都在高处，我们谁也不敢轻举妄动。我看到自己疑惑的脸庞出现在她的瞳孔里，她和蔼的五官也被我的双眼全盘接收。我能同时看到我们两人的表情，至于她是否也能同时看到我们两人的表情，我却无甚把握。道理很简单，她如今虽力气尚佳，视力却每况愈下。这也是我担心她会在上面发生意外的原因。她看近处模糊不清，望远却一清二楚，长大后我才知道这是老花眼的症状。但于我当时而言，不啻为一种神奇现象，我有时还会让她帮我看天边的那朵云是否有雨，远山上的烟雾是否是有人纵火。她告诉我那朵云洁白无瑕，是晴天的预兆，不会下雨，山上的烟雾是雾霭所致，不是有人放火。我们相隔不到一米，她却可能看不清他孙子的脸，好在我微喘的呼吸让她能听出我还在这里。

　　她再次唤我上去，甚至俯身吹净身边那片区域。阁楼的屋顶上布满灰尘与落叶，还留下许多南归燕的粪便。许多从上空经过的鸟类有时也会停下来歇脚，它们离开时，有时会忘了带走昆虫与种子，所以上面长了许多嫩芽，嫩芽上还有虫眼。我在祖母的眼神里得到感召，终于壮着胆子爬了上去，然后小心地在她身旁坐下来。我们的年纪虽然相差一个甲子，但身高却几乎一致。我们站在一起时，像栽种在田里齐整的禾苗，我们坐在一起时，像山上两棵差不多高度的向阳树。此时我们就像两棵挨在一起的树，发完芽的种子和破茧前的虫子，在我们身后各自为争夺阳光而拼尽全力。

我从未在这个角度看过周遭，我们身处的空间让我们拥有了独特的视野，我看到了一个全新的乡野。我几乎把整个村庄尽收眼底，村庄在我面前剥掉了重重伪装，那副赤裸的模样让我啧啧称奇。俯瞰让我将恐惧忘在了脑后，我终于明白祖母为何要不顾危险登高此处了。我在高处辨认每一缕熟悉的炊烟，这缕缕炊烟都不在同一处，而是没有规则地分布着，有的在马路尽头，有的在河流拐弯处，有的在密林间，有的在田野旁。人们将屋子盖在每一处风水宝地，唯独视野左上角的墓地旁人烟稀少。

目力所及，最多的还是常年葱郁的青山。我们生活在青山环绕中，不知外界是否仍是一重又一重山。我那时还无法想象青山之外的模样，生活对我而言，就像破茧而出的奋力一搏。我不知道这一刻何时能够到来，自从我的身体发生巨变，不得不穿上内裤后，我便无时不在憧憬一个能让我的身体有用武之地的所在。不得不说，我的精力大都用在了与祖母的百般较量之下，但仍有余力用来想入非非。我的脑中时常会出现强烈的幻觉，有时将河流当成强悍的对手，丢石头让其缴械投降，有时又将树上筑巢的鸟鸣当成对我的挑战，用弹弓让其束手就缚，更将傍晚雨后的蜻蜓挨个捕捉到网，断其翅，摘其首，用来喂蚂蚁。

我们此刻临高望远一言不发。我的余光瞥见她的嘴巴严丝合缝，一如孵化千金之珠的蚌壳。显然，她此刻的沉默比世间任何珍珠都值钱。

我看到了那栋老房子，我们全家曾在那里生活过几年，父亲赚到钱盖了这座二层楼房后，我们便从那里搬了出来。但祖母晚上还是喜欢睡在老房子里，新房她睡不着，还说晚上老有人敲门。她在搬进新房的第二天晚上，从床上爬起，打开房门，冲辽阔的夜空大喊大叫。睡在二楼的父母披衣来到楼下，问她怎么回事。

"有人敲门。"祖母的话起初让父母颇为重视，接下来的几天，父亲埋伏在客厅，想看看到底是谁在敲打祖母的房门。他手里握着一把刀，月光从窗户映入客厅，照出了父亲紧张不安的脸。他不敢发出任何声响，只能听到自己咽唾沫的声音。握刀的手心出了汗，浸湿了刀把，他也无暇擦拭。汗水通过刀把流到了刀尖，地上淌满了液体，在月光下乍一看像极了鲜血。声音终于响起来了，听上去不像敲门声，倒像开门声。

父亲慢慢打开大门，把头探出去，没有发现人或动物的身影，原来是虚惊一场。他准备上楼睡觉，转头看到开门者竟是祖母本人，她已从敞开的房门走出，又站在月光下大喊大叫："你为什么如此作恶，成心让我睡不着。"父亲吓了一跳，回去将她扶进房间，告诉她："没有人敲门，快睡吧。"父亲的话没打消她的顾虑，她让父亲把新房四周查看一遍，看看到底哪个挨千刀的跟她过不去。父亲作势查看一番，回到祖母房间，说："是一只野猫，我赶走了。"祖母听完放心地躺回床上，但很快又从床上爬起，来到门外故技重施。父亲不堪其扰，最后甚至动了怒，仍收效甚微。

白天，父亲召开了家庭会议。母亲睁着一双惺忪的睡眼，父亲也在揉搓布满血丝的眼珠，父母的睡眠已被剥夺了好几天，再这样下去迟早会崩溃不可。既然祖母说不听，只能群策群力，看看能否找到解决之法。父亲将我叫到桌前，祖母坐在一侧，看上去她把晚上发生的事忘得一干二净，此刻看到全家人难得聚齐，问："田里的稻子割完了吗？"没有人回答她。父母对此早已没了主意，所谓会议，无非是让我一人拿主意。

"让奶奶晚上去老房子睡。"我的建议让父母诧异万分，父亲盖新居的目的就是为了让全家人都能睡得开，现在盖了新屋又不让祖母入住，传出去无疑会被别人戳脊梁骨。而且老房子跟新宅尚有一段距离，让视力不好的祖母走夜路，这不是造孽是什么？

"我负责给她照明。"我的话让父母交头接耳，过了会儿，父亲用一句话结束了本次会议："先试行几天。"我以为这是一桩简单的差使，没想到夜晚激化了我跟祖母的矛盾。晚饭刚吃下去，她就催上了："快点吃，再晚我可怕走路。"我告诉她我们有手电筒，再黑的夜都能照出路，她还是催命鬼似的催个没完。

走在路上，她也不安分，让我走在前面，她在后面跟，地上那么一摊光亮，非说看不见，逼我把手电筒往后照，这样一来，我面前就真的没路了，于是偷偷把手电筒往前挪一点，只是暗了点，她又不乐意了，还说我是有意要让她摔倒。我只好让她走在前头，让她踩在光里，她又有话说，不是嫌前面没人带路她怕走错，就是骂我是不是没吃饱饭，走这么慢。好不容易来到老房子，她喊我去开门。老房子的门重得很，我费力推开，让她担心门槛，别撞上去了，她却不走了，要我扶她。我只好扶她跨门槛，准备登那个木制楼梯。上楼梯时，轮到我害怕了，楼梯腐朽了，走在上面很晃，便走得很慢，反倒是她，一步跨两级，跑上去推开楼上那间房，在黑暗里喊我死哪去了，怎么还不快点。我把手电筒往上一提，便看到她那张凶恶的脸。

把她安全送到，也不能马上炝蹶子，我要等她睡着才能走。老房子阴森恐怖，我一刻也不想待，屋顶的瓦片好像还会动。她倒是一沾枕头就睡死了，我喊了几声，没回应，知道她睡着了，遂拧开手电筒下楼去，但不敢放出光，只得用手掌捂住，担心刺眼的光弄醒她。光憋在掌心里，就像无法呼吸的脸皮，通红通红。

我下楼的动作很慢，这一慢却增添了我的恐惧。刚才有她在旁，没什么大不了，现在徒留我一个人，不禁让我觉得这里就是漆黑的阴曹地府。走出老房子，路上又让我心里咚咚响起了鼓点，不是担心有人跟踪我，就是害怕前面溜出一个鬼。也不敢把光照到别处，以防普照万物的光照出不干不净的东西，只得把光聚焦到脚下那条路，走一步，往前照一寸。

等回到新居时，差不多已经晚上十点了。父母早在房里睡着了，我从门前经过时，听到里面的鼾声如雷，气得跺脚，想着明天说什么都不干了。但第二天，我还没表现出不满，父亲就先拿话哄我："只要再送几天，我就去镇上给你买好吃的。"我始终期待着父亲许诺的到底会是什么好东西，并在以后的日子里无限放大这份期待，不想最后却落了空，而我也从比祖母矮，送到跟祖母一般高，再这么下去，我的身高迟早会超过她的。

父亲虽未兑现他的承诺，不过我还是照送不误，因为送多了，我就习惯了，有时甚至会迫不及待地喊祖母快点吃完饭，好尽快送她上路。我们的顺序也已心照不宣，我在后，她在前，手电筒照到两人之间，一人分一半光，谁也没话说。送到老房里后，不用再等她入睡就能先走，我已经摸清了老房的脾气，不再被它装出来的阴森吓倒。在回去的路上，也敢将光往四处照，路边并无鬼怪，也无人跟踪，一切都是自己想多了。

这些年来，我用废的手电筒加起来估计有一百米长，驱使过的光连起来或有万米长。我会坚持送下去，直到她老得再也无法走路，不得不睡在新房子里。而那时，新屋估计也会变成老屋，我也会慢慢长大。

祖母睡在老房子里的事，始终无人知晓，夜晚遮蔽了旁人的视线，我们祖孙俩也乐于对此事保密。那条隐秘的夜路白天会有许多人走过，但只要一到夜晚，就会完全属于我和她。我们在白天再怎么打得不可开交，也不会说漏嘴，不是怕别人知道说三道四，而是只要还有那条路，就能保证我们的大动干戈在可控范围内。不得不说，我们只有走在夜路上时，才像一对祖孙，一到白天，我们就会像一对斗鸡，斗得你死我活，然而在这天的阁楼上，我们却首次在白天过从甚密。

我把视线从老房挪开。天已暗下来了，老屋已看不太清了，坐在我身旁的祖母这时才开了口："我不知为什么，每次都要在老房子里才睡得踏实。"她是一个爱唠叨的人，这是确凿无疑的，在我们少有的相安无事中，她会不厌其烦地抱怨自己这些年的过度操劳。

"我也不知道为什么，只有在老屋子里才睡得着。"祖母的话寒气逼人，在这个即将入夜的仲夏黄昏，使我害怕接下来的夜送一事。

我让她先下来，下来再说，父母务农就快归家了，若看到我们坐在阁楼上，说不定会罚我们不许吃晚饭。祖母没有起身，她让我先起来，我起来后，才知道原来她是在一旁护住我。还未站稳脚跟，便伸手拉她起来。她起来后，急匆匆地率先爬下竹梯，我哭笑不得，爬下去后才发现她竟在把竹梯扶稳。

夕阳通过楼梯的窗户照进来，拉长了我们下楼的身影，我们祖孙俩的影子一前一后。在楼梯里我们谁也没说话，好像刚才的对话还是发生在二十世纪。我们听到父母到家的声音，父亲回家不会说话，我们会通过他在屋檐下放锄头的声音判断出来；母亲回家却会说话，但她的话轻声细语，我们听不清，只有母亲进厨房仰脖喝水时我们才知道。我们同时听到锄头落地声和喝水声后，立即下到楼来，因为赋闲在家的这对祖孙忘了做晚饭。

父亲的脸变得极为难看，母亲在一旁念念叨叨。祖母自知理亏，迅速择菜淘米做饭，我则提前去灶台生火，就等祖母舀油下锅，煸炒青菜。五分钟后，祖母炒好了菜，二十分钟后，米饭也出锅了，我看了看客厅的老钟，发现比往常还快了一分钟。我们赶在了时间前头，抢到了这弥足珍贵的六十秒。父亲的脸松弛下来，母亲也不再碎碎念，家庭氛围活跃起来了，父亲说今年是个丰收年，母亲补充说终于可以多桌点钱了。

我在等祖母吃完。父亲说完起身去洗澡，他从屋檐下没看到晾晒的衣服，进来找我拿。我想起衣服还在屋顶上，立即沿楼梯上去，但那根竹竿上什么也没有，衣服全都不见了。我下去拿上手电筒，从屋顶往下照，发现衣服被风吹到了屋后。我迅速下去，光在我脚下晃个不停，绕到屋后，捡起家人的衣服，用光检查有没有弄脏，所幸没有，衣服也干了。我把衣服抱进客厅，说："晾在屋顶了，差点忘了。"父亲没有生气，没再说我办事没头脑，从我怀里挑出他自己的衣服，进厕所洗澡了。

祖母终于吃完了。我跟母亲交代饭碗等我回来洗，我照例让祖母走在前头，我握着手电筒殿后。但我们还没走出几步，就感到不太对劲，因为手电筒好像要罢工，橙黄色的光着实照不清地面。祖母每走一步都要停下来，等我去拍打手电筒，把光拍亮一点。我以为能坚持到送完祖母，没想到在离老宅还有一段路程的时候，就彻底不亮了。我们祖孙俩身处黑暗中，谁也看不清谁，祖母以为我跑了，扯嗓唤我。

"别鬼叫,吵死了。"我的回应让祖母放下心来,她的呼吸在漆黑中逐渐靠近,我让她待在原地,别过来,万一摔伤了我可背不动她。我把电池卸下,放进嘴里咬,有股酸涩的滋味,希望咬瘪的电池还能发挥余热,死得其所。我把电池重新拧进去,有亮了。祖母在光中找回了路,不用我催,便在前头走了起来,我用光跟上她。

我们的速度显然还是慢了,才走了三步,手电筒就彻底打了退堂鼓,任凭我再怎么咬,电池还是不好使。我气得把电池给丢了,握着变轻不少的手电筒不知该如何是好。我们目前所处的位置比较尴尬,离老宅近,新屋远。我一个人黑灯瞎火不敢回新屋拿电池,又不敢继续送祖母去睡觉,因为回去的路上我会更害怕。

我把遇到的难题抛给祖母,让她同意我回去拿电池,可她说什么都不同意,还骂我翅膀还没硬就想丢下她飞走。我任由她骂个不停,懒得搭理她。等她骂累了,我说:"你现在是不是困得睁不开眼了?你要是再骂下去,你今晚就甭睡了。"祖母果真在哈欠连天,我的眼皮也重得很,我们僵持不下,不知该怎么办。我决定继续送她前行,慢慢摸过去,摸到祖母的手臂后,扶着她,并肩走在这条不宽的路上。可她又嫌她那一边路不平,要跟我换,换过来后,又说这边路太滑,让我慢点走。

由于没有光,我们走得比蚂蚁还慢。往常织满夜空的星星此刻也一颗不见了,好像全被人拆了线。我尽力看清路面,但还是什么也看不清,我们都成了瞎子。

祖母索性不走了,掐着我的胳膊一个劲地在喊怎么办。我正愁没有主意,突然看到前方出现一簇幽蓝的微光。我们迎光而上,驱光者不是过路人,竟是夏夜盛产的萤火虫。

萤火虫像坠落的星辰,照亮了我们的走投无路。我很清楚这些尾部装有探照灯的飞虫,它们荤素都吃,喜欢用露珠花蜜搭配蜗牛蛞蝓,是昆虫界有名的美食家。我花了很长时间,才弄清它们发光的原理,无非是为了御敌或求偶,然而那晚照亮我们前行的萤火虫,却充分发扬了传帮带的优良传统,不仅没被我们祖孙俩吓跑,还送佛送到西,一路把我们平安送到了老宅。

当我们抵达老宅时,这群夜晚的精灵并没有立即飞走,而是盘旋在我跟祖母的头顶,从我的角度看过去,祖母俨然变成了头戴光环的观音大士,从她的方位看过来,或许我就是莲花座旁的善财童子。

祖母推开厚重的木门,那群萤火虫见机钻进来,霎时照亮了漆黑的大厅。我借助萤火虫的光亮看清了大厅的构造,那张被父亲遗弃的木桌此刻惹满了尘埃,照到萤火之光时,浮游在空气中的灰尘就像粉末般轻盈,几张还象征父亲努力打拼的凳子,此刻围着木桌错落有致地摆好,我好像看到我们一家人当初围坐此桌吃饭时的情景,那时我尚在襁褓中,经常是祖母怀抱着我。她的粗暴与野蛮在我还不会说话时便显露无遗,她会用自己的嘴巴嚼碎米饭,然后强行塞进我嘴里,几次哇哇大哭以后,我便逐渐习惯带有祖母口水的食物。当然，祖母不敢在母亲在时这么喂我，只要母亲在，她便变得极有耐心，先用调羹将米饭压碎，然后再一口一口地喂我。后来祖母在与我的交手中吃亏时，就会大打感情牌："你怎么敢下这么重的手？别忘了你小时候还是我塞米饭把你撑大的。"

萤火虫让我们回到了往日的时光，祖母瞬间觉得父亲盖新房盖错了，这座老宅远远没到丢弃不住的地步，建造老宅所用的每一抔土，都还结实地熨贴在墙上，抵挡着每日的暴晒或风雨。假如善加修葺，完全比所谓的新房好，要知道红砖堆砌的新房，不是夏天热死，就是冬天冷死，而这座老宅天然带有调节气温的功能。

"不然我们全家搬回来住吧。"祖母说出了她的建议。

"哪有买了新衣还穿旧衣的道理？"我摆摆手道。

话虽如此，其实我也同意祖母的看法，起码搬回来我就不用再每晚送祖母，这样我就可以恢复成在农闲时节卸担子的耕牛。祖母没再说话，她很清楚，这个家她早就做不了主了，即便父母对她恭敬有加，但只要涉及大事，祖母的话几乎比我的话还不好使。她重重叹了一口气，在我听来，像无人问津的老屋在哀叹自己的命运。

那些萤火虫看来很喜欢这座老屋，盘旋在客厅久久不愿离去。我将祖母送上楼，一双稚嫩的脚和一双苍老的脚先后踩在楼梯上，我们加起来上百斤的重量让楼梯不堪重负，每走一步，楼梯就发出可怕的嘎吱声，我只好放慢脚步，等她完全上去后再上。有几只离群的萤火虫也飞进了楼梯间，我在楼梯之下看着楼梯之上的祖母，见到她的背影在萤火之光中危如累卵，立即跑上去搀扶她进房间躺好。

"你一个人敢走吗？"祖母问道。

"敢。"我说。

见祖母躺好，我转身下楼往回走，刚才在她面前强装的勇气此刻就像倾泻而出的光，消失无踪。我每下一级楼梯，对于黑夜可怕的想象便愈发具体，我似乎看到楼下有人在朝我招手，我似乎听到我耳边传来跑调的歌声。那几只离群的萤火虫此刻趴在某节楼梯上，就像一个白炽灯在发出最后一寸光。我扶着墙壁，用脚试探楼梯，每踩到一节，就在心里默数还剩多少节，这期间小心地避过某一节楼梯上的萤火虫，生怕自己踩灭所剩无几的光明。当我踩完第十二节楼梯时，我就知道我安全了，我已经回到了坚实的地面。

重返客厅让我踏实不少，因为我看到那群光明的使者还在，不过当我将两扇大门完全打开时，巨大的夜幕又让我心生恐惧，我坐在其中一张凳子上，托着腮思考该怎么回去。夜晚似戴了助听器，我能清晰地听到楼上祖母打呼的声音。正当我一筹莫展之际，我通过那些闪烁的萤火虫想到了办法。我捕捉每一只够得着的萤火虫，然后拧开手电筒，塞进萤火虫。我这把手电筒恰好是接近于透明的白色，而那些萤火之光则是冷冷的蓝色。这回我没有将手电筒发光的部位朝前，而是把屁股朝前，也没再拧上盖子，而是让这群罕见的蓝色幽灵寄居在没有门的手电筒里，让它们尾部朝后，照亮我回家的茫茫前路。

微弱的光亮流淌在凹凸不平的路面，就像一把锋利的刀切割出了年深日久的年轮，我俨然看到自己坐在最小的一圈年轮上荡着腿，往前依次数分别是母亲、父亲，最后是我那个最阔最大，线条也最曲折的祖母。她同时圈住了我们一家三口，如同列张的日月星辰一般。

既不对称，也不镶嵌的倒影

莫多升只收鸭毛不收鸡毛。我家不吃鸭只吃鸡。

杀鸡时，我会用簸箕装鸡毛，放在开满鸡冠花的院墙上，等日头晒干了鸡毛，锅里的鸡肉也就好了。我左手擎着鸡腿，右手拽紧滑落的裤子，看到李勇出现在我家大门外，他看到我手里的鸡腿咽口水，看到院墙上的鸡毛笑掉牙，他说，我从没见过人晒垃圾。

我说，你怎么证明鸡毛是垃圾？李勇吞口水的动作很响亮，他说，你的鸡腿让我咬一口我就告诉你。我手上金黄的鸡腿还没咬一口，它在阳光下流光溢彩，那是从它饱满的体内流出的油脂。我让李勇保证只咬一小口，李勇举手发誓，说如果咬了一大口，以后就让鸡叼瞎眼。我把鸡腿递到他嘴边，我没想到他的嘴巴可以张这么大，我看到他嘴里七零八落的牙齿，双手握紧鸡腿。他一口吞掉了整个鸡腿，我手慢了一步，只拔出一根鸡骨头。

李勇还没等我哭上,就告诉我说,证明鸡毛是不是垃圾很简单,就看莫多升收不收。莫多升住在镇上,我们住在村里,我们每个礼拜日才会去镇上赶圩,我们赶圩时,莫多升就会来我们村里收鸭毛。我们会在去的半路遇到他,也会在回的半路遇到他。

我听说他收鸭毛,想着鸡毛也差不多,就把鸡毛晒干,等着他今天进村来收。为了把鸡毛卖出去,我今天没吵着去镇上,而是与李勇坐在我家大门前等他出现。莫多升是个驼子,头发比鸡毛还乱,肩上荷根扁担,一头是蛇皮袋,蛇皮袋里到底还套了多少蛇皮袋,就要看他能收到多少鸭毛,另一头挂的是老秤,秤砣撞得秤盘丁零当啷响。我们听响识人。

莫多升久等不来。我们看到很多人走在路上,他们在路上走出大阔步,他们迈着大步蹚过河中河,翻过山外山。我们这里山不缺,河不缺。河穿山,山望河。他们从上午走到中午,才能走到镇上。镇里热闹极了,十里八村的货郎齐聚圩天,摆出的货品让他们挑花了眼。我们看到他们去时一身轻松,回来时步履蹒跚,跟来时轻松,回时困难的莫多升一模一样。

我们在傍晚看到他们赶圩回来,而莫多升还是鬼影都没见到。李勇不想再等,他认为吃我一个鸡腿,陪我等了一天,已经两不相欠了,站起来就要走回他自己家里去。我拽住他的裤子,拽出了两瓣雪白的屁股,他回头喊我放手。我说,你要陪我等到莫多升出现。李勇说,凭什么?我说就凭他吃了我的鸡腿。他说一根鸡腿而已，大不了还给我，但还给我之后，我明天也要陪他在路口等一天。我问等谁，他说等他阿妈上门。我说好。

我随他回家，看他在鸭寮里抓鸭。他把手伸进去，东摸西摸，最后摸到一条老长的鸭脖子。他拎出鸭子，我看到鸭脚在蹦跶。我说鸭比鸡便宜，我不同意用鸭腿补偿我的鸡腿。李勇说他可以把两只鸭腿给我，见我同意，便让我快去帮他抓好鸭脚。我帮他抓好，他褪鸭脖上的毛，我看到鸭脖上被他褪掉毛的地方像一枚戒指。他找来一张碗，里面半碗水，手拿一把刀，让我把头背过去，我听到他在抹鸭脖子，鸭脚蹦跶得更厉害了，我就快抓不住了。

我听到鸭血滴滴答答落到碗里。李勇说，可以放手了。我撒开双手，扭头看到他在给鸭翅膀打结。他进厨房烧开水。我守着这只还没断气的鸭子，看它打结的翅膀有些难受，就私自给它松绑。没想到，抹了脖子的鸭子居然展翅飞了，它飞出星光下的院门，地上的血滴像星辰盛开。我钻进厨房，拉起还在添火的李勇，说，别烧啦，不好啦，你的鸭子飞走啦。

我们出门去追鸭子。很多人吃完晚饭在门外乘凉，他们手里拿着驱蚊蒲扇，眼里看着我们火急火燎地大喊大叫。他们说，你们见鬼啦，大晚上鬼叫什么？我指了指漏出星光的夜空，说，李勇家的鸭子成精飞走了。他们打着赤膊，不再拍打身上的蚊子，而是与我们一起追。

我们沿着一地鸭毛追到了那条河，河边传来几声震耳欲聋的狗叫。有人在过桥,我们看到一个酒瓶子砸到河里,溅起一朵清脆的水花。过桥人丢了酒瓶子就开始说话,他说,大晚上你们就不怕淹死吗?我听出了他的声音,这个人就是李勇那个酗酒的父亲李壮。

　　李勇听到他爸的声音,没有上桥去找他,而是往回走。我拉住他让他叫上他老子一起找。他头也不回地走了。其他人也没陪我上桥,他们都一路拍着被蚊子咬出大包的大腿胳膊回去了。我只好独自跑上桥,李壮醉醺醺的,误把我当成了他儿子,他说,李勇你这小兔崽子,老子不许你明天见你妈。

　　李勇的爸妈离婚了,他爸李壮还住在村里,他妈吴小翠跟她新老公住在镇上。我说,李勇明天不去见他妈,是他妈会来见他。李壮嘴里嘟嘟囔囔,我一个字都没听清。我说,李叔,你有没有见过一只鸭?李壮两腿打滑,我扶着他,他才没掉进河里。他说,被狗叼走了。

　　我松开手,把他留在桥上。走了两步,又担心他掉下去淹死,返回去搀他走完这座桥,把他晾在桥头的树桩上。我回去找李勇,告诉他重新杀一只鸭。我走在回去的路上,将地上的鸭毛一根根捡起来,掺到鸡毛里过几天卖给莫多升。我在路上碰到许多跑过来看热闹的人,他们问我李壮去哪了。我说,快回去睡觉吧,别那么多事。我从看热闹的人群中听到迟建民的声音,他挤出人群,一把揪住我的耳朵,骂道,你死哪去了?晚饭也不回来吃。我讨饶道,爸,松手,我去李勇家吃鸭子了。

迟建民把我拽回家，搞得我很没有面子。幸好老笑话我的李勇不在，而这帮大人是不会笑话一个小孩的，所以我欢快地随我爸回家了。饭桌上给我留了剩饭，我抱起饭碗埋头吃饭。迟建民说，迟凡，你吃慢点儿，没人跟你抢。我说，爸，你的手艺越来越好了，就是饭有点儿硬，硌牙。迟建民没再说话，他在等我吃完收拾碗筷。我说，为什么李叔要离婚啊？他说，大人的事小孩子别管那么多。我说，那小孩子的事大人也可以不管那么多吗？他说，只要老子给你饭吃，你就要听老子的话。

我撂下碗筷，说我不吃了，我要早点儿睡，明天还有大事要忙。迟建民喊住我，问我又在心里打什么鬼主意。我说我明天要陪李勇等他妈。迟建民说，对了，明天李勇他妈要领他的新爸爸来看他。我不管你跟谁一起玩，但你要记住，一不能去河里游水，二不能去山上瞎跑。我说，你不让我去河里我理解，是怕我淹死，但为什么不让我去山上玩？迟建民说，你不知道山被铲车推平了吗？我说，我知道，但铲车为什么要推山？他说，好像是推平种苹果。

铲车推平的山在我们屋后面。有一天我看到村里在修桥铺路，然后铲车就进村了。拢共有十辆铲车，这些大家伙开进来的时候，我们所有人的房子都在发抖，有些人家还是土房子，屋檐下突然下瓦片雨，好在没把人的脑袋砸破。铲车逢山开路，它们开到我们屋后，我跑上屋顶看到它们一辆接一辆铲矮屋后的山。

从那以后，围绕我们的群山就缺了一个口子，这个口子位于东南方向,是最矮的一座山。但铲车推了一半就停下了,因为住在这片山下的人担心雨季到来会发生泥石流,从而埋掉他们的房子,所以就扛着锄头去抗议。他们拦下轰隆作响的铲车,让他们从哪来回哪去。司机师傅没接到停工的命令,与他们动了手脚,他们用锄头砸破轮胎,才压住司机的嚣张气焰。

背后的人始终没有露面,那些司机师傅也不敢再进村,留下这些车轱辘被弄坏的铲车不见了。有人想卸掉铲车当废品卖,被我爸拦住了。他说,现在是我们有理,如果卖了这些铲车,有理都会变成没理。他还不让别人靠近这些铲车,担心哪怕弄坏了一个零件都会被人抓到把柄。

我那段时间常常跑到屋顶去看这些大家伙,它们留在被推平的半边山上,风吹日晒,车身的油漆都掉光了,巨大的铲斗更是有气无力。但我知道,只要它们开动起来,又会变得精神抖擞,就像屎壳郎推粪球一样。李勇不敢涉险上山,我几次央求他都不陪我去,他喜欢去河边。

吴小翠曾经走到河上架的那座桥上,变成了别人的老婆,当她从桥上走回来时,她才会变回李勇的妈妈。我明天就要陪他去等他那个只能陪他半天的母亲。

那天晚上,李勇并没有回家。他不爱回自己家,他在自己家里待不住,一个没有母亲的家,就像一桌没有荤腥的菜。自从吴小翠走后,他就经常走出家门,有时来到我家门前,看我们一家三口吃饭,有时又会跑到别人家,问别人吃过饭没。我们刚开始都会叫他进来,给他一双筷子一张碗,让他随便吃一点儿。但他的随便真的不随便，几乎吃光了桌上的饭和菜。以后，我们到饭点都会把门窗关好，任凭李勇在外头喊破喉咙也没人理他。他见没人再欢迎他，就不情愿地回到自己家，看到清锅冷灶，眼泪就流下来了。李壮一身酒气，还躺在床上手掏裤裆抓痒。李勇跟我说了好几次要找他妈，但每一次他都不敢去镇上，因为去镇上需要过河翻山，他一个人在路上怕发生个好歹。他让我陪他去，可我只有在跟家人赴圩时才去镇上，从不跟别人一起去，因为别人不能给我买我想吃的。李勇没钱收买我，就搁下了这件事。不过，他那晚终于决定孤身赴镇了。他绕过叽叽喳喳的人群，回到桥边，在黑暗中听到有人打呼噜，呼噜中的酒气让他知道李壮这混蛋睡在这里。

他让李壮自生自灭，独自走过了那座桥。夜已经深了，他看到鱼在河面透气，每一处起皱的河面都是鱼的呼吸。他往下丢了颗石子，下沉的鱼摆尾甩完水，河里的褶皱迅速被熨平。

他这天晚上不再是胆小的李勇，天上无数眨着眼睛的星星给他壮胆，地上数不清的石子让他勇气倍增。他走在夜路上的双脚气势十足，这条瘦弱的小路被他走得气喘吁吁。他的脑袋与道路保持着一条直线，他尽量不去看两边黑漆漆的草木，他尽量装作没听到身后的声音。道路两旁是一大片墓地，墓地上是一簇簇磷火，他的余光告诉他两边有人在盯着他，但他一点儿都不害怕，他就像走在两排房子中间的村路上一样，左右两边都是抱着饭碗吃饭的人们。他们会问这个形迹匆匆的李勇,去哪啊?他从不回答这些不必要的招呼。他好像听到了墓地里传出的问候,不过他还是没加快脚步,这些问候都源自熟悉的祖先,他们只是在跟自己的后代唠唠家常,没有想过要吓他。这么想的时候,余光里的目光真的不见了,但身后的脚步声更响了。当他走在村路上时,如果他没有搭理跟他打招呼的人,也会听到身后的脚步声,他知道有人在后头准备捉弄他,于是他就会在对方得逞之前猛一回头,把对方吓一跳。那次他听到脚步声越来越近,他却不敢回头,他怕自己回头不但吓不到对方,还会被对方吓死。

他快哭了,天上的星星和路上的沙子不再给他壮胆,因为星星被乌云遮住了,沙子在水泥路上不再有容身之地。他已经走过了那条最难走的山路,就快来到镇上了。

镇上的灯光还没全部熄灭,这些灯光闪烁在山的怀中,让李勇看到了希望。他把悬在嗓子眼的心按回胸膛,他发现自己的衣服湿了,他蹲下来脱下鞋,倒出里面的沙子,然后他就欢快地跑起来了。他开始敲门,镇上有上千户人家,有上千扇门,有的门很窄,有的门很宽,他敲响窄门时胆战心惊,因为怕从里面蹿出一只恶犬,他敲响宽门时兴高采烈,以为吴小翠能从里面钻出来。但这些门里都没有他的母亲,他的母亲藏在上千扇门的其中一扇,没有那么容易让他找到。

他不知道敲了多少扇门,只有寥寥几扇门给过他回应,大部分门都阴着脸将他拒之门外。于是,他决定开口喊,他不能喊妈妈,因为半夜喊妈妈,会有许多女人冒领,他要开口喊吴小翠。镇上只有一个吴小翠,吴小翠是镇上独一个,所以谁回应这个名字,谁就是他的妈妈。他开始喊了,可是一喊才知道他还没有吃晚饭,他的声音有气无力,无法让吴小翠听到。他摸了摸裤兜,摸出了买两个包子的钱,他找到一家还没打烊的包子铺,买了两个包子,先吃了一个,另一个揣进兜里保温,等喊累了再吃。他的嘴巴塞了一个包子,还有空间喊话,他嚼包子的声音和他喊人的声音一样响,他吞咽包子时不会把喊出喉咙的声音也咽下去。他的喊声带有浓郁的包子味,他只吃了一个包子,但喊了有上百声,这上百声吸引了十几扇窗户的开启,有十几人从窗户里探出脑袋,看到路灯下有个小男孩在午夜喊叫。

  李勇仰头去看这些脑袋,他省略窗户里探出的男人头,直接去看那些女人头。这些头发凌乱,衣衫不整的女人没有一个是他妈,于是他继续喊。窗户里的人头,不管是男人头,还是女人头,都气坏了,他们的美梦被一个小男孩打破,所以他们就想让他吃点儿苦头。他们没有用嘴巴骂他,而是有盆的端盆,有扫帚的拿扫帚,有玻璃瓶的操玻璃瓶,然后一齐往李勇身上丢去。盆里的水把李勇泼成了只落汤鸡,他身上被扫帚和玻璃瓶砸出了瘀青。好在,他及时躲进了一个垃圾桶里,否则他一定会被人们的怒火烧死。

  垃圾桶还是空的,刚好能装下李勇。如果他在早上躲进去,就没那么好运了,因为垃圾桶里会装满了垃圾。他躲进去,合上盖子,听到扫帚和玻璃瓶砸在垃圾桶上,就像耳边响起惊雷。那些人还在不停地丢,有人眼尖,说,那小鬼不见了，别砸了。于是他们都停了下来，用眼睛去找路上的小男孩，真的没再看到，翘起耳朵听，也没再听到喊声。他们看到自家的扫帚什么的都躺在了路上，有些心疼，有些人甚至还往下丢了手电筒。

手电筒倒在地上，光柱射进了旁边一个狗洞，让里面那对狗眼惊慌失措。他们开始下楼，从大门里走出来，去路上捡自家的东西。他们乱哄哄的，有的说扫帚是他的，有的说手电筒是他的。他们在路上找各自的东西，那些东西认不出主人，需要他们动拳脚才能认领。他们觉得不能再这么下去，决定等天光，等白天的太阳帮他们认。那个手电筒的光亮减弱了，微弱的光射在狗洞，反倒让里面那双狗眼亮了不少。这条狗从洞里钻出来，冲着争吵的人群叫了几声。所有人吓了一跳，抱头回家。

李勇顶开垃圾桶盖，看到镇上所有人都出现在自己面前，但就是没有吴小翠，于是又合上了盖子，等他们走光。等了一会儿，他听到外面没动静了，才敢从里面出来，一出来他就闻到了臭味，垃圾桶虽然还没装上垃圾，但他身上已有了各种臭味。他没再停留，撒腿跑回村里，身后那条逐臭犬紧追不舍。

我在早上七点整看到李勇哭喊着跑过那座桥，立即赶过去问他怎么了。他说，有狗追我。我看到他身后什么都没有，只有晨雾弥漫，说，你身后哪有狗啊？我话还没说完，桥边就有人说话了，他说，李勇，给老子端杯茶过来。我看到李壮从树下醒来，身上被鸟屙了几坨鸟粪，我走过去说，李叔，你怎么睡在这里？李壮揉了揉沾满眼屎的眼睛，看了看自己醒来的地方，发现不是自己的床，吓了一跳，说，老子怎么睡在这？他想了半天，终于想明白了，说，老子昨晚喝大发了。他说完像个不倒翁似的回家去了。李勇躲在我身后，看到他老子走掉，才敢挺直胸膛。我说，你去哪了？他说，我昨晚去镇上找我妈了。我说，你找到了吗？他说没有。然后他就告诉我昨晚他在镇上碰到的事，我听得咯咯直笑，说，你胆子真大，居然敢一个人摸黑去镇上。李勇立即忘了刚才的狼狈相，说，那是，这算什么啊，我晚上都敢在坟地里睡。我想到他那个敢在桥边过夜的爸爸，觉得他这回没有吹牛，说，既然你胆子那么大，今天敢不敢陪我上山？他想了半天，说，今天我妈要来看我，改天吧。

我们约好吃完早饭在桥边集合。我回家吃饭，看到迟建民拎着把锄头出门。他把锄头磨得锃亮，不知道要去干什么，现在稻子还在田里抽穗。他说他要挖屋旁的菜地。我说，好端端地挖菜地做什么？他把锄头靠在墙上，自己靠在院门上，从兜里摸出一盒烟，看到烟盒瘪了，说，去房间拿包烟出来。我踏进房间，打开抽屉翻找，我出来告诉他没有烟。他说，算了。我说，你还没回答我的问题，他说，你觉不觉得我们家的房子太小了？我说，我们家有三间房，一间客厅，一间厨房，一间卧室，够我们一家三口住了。他说，现在是够住，但你再长大一些就不够住了。我说，为什么？他说，哪来这么多为什么，我要为以后提前打算。说完他就出门去了。我去厨房端饭碗盛粥喝，听到迟建民在菜地里嘿哟嘿哟地挥锄头。

我听到李勇在外面说话,他不是跟我说话,他跟挥锄头挖地的迟建民说话。他说了多少话我不清楚,只听到一句,他说,迟叔,你还缺儿子吗?迟建民没有回应李勇那些唠唠叨叨的话,只回答了他这最后一句,他说,我不缺儿子,我有儿子。我跑出去,指着李勇的鼻子骂道,李勇你这浑蛋,抢我鸡腿不说,还抢我爸爸。迟建民撂下锄头,将挖出的一块石头搬走,说,傻瓜,能抢走的爸爸还是爸爸吗?这话让李勇鼻子一酸,他想到了自己那个被别人抢走的妈妈,他说,那为什么妈妈就能被抢走?迟建民一愣,搬起的石头差点儿砸了自己的脚,他知道一时半会儿还无法跟他说清此事,他要再长大几岁才能明白大人们的无奈。

我拉李勇走开,让他别影响迟建民干活。我们坐在桥边,等着吴小翠回来。他在晨风中问我,为什么你可以对你爸爸直呼其名?我说,不是所有人都这样吗?他说他就不是,他要是敢叫他爸爸的大名,李壮就会拿酒瓶子砸他。他不像我,不管当面还是私下都敢直呼老子大名,他只敢在他不在的时候才敢说。我说,现在李叔不在,你可以尽情地说。李勇真的照做了,他从树桩上起来,树桩上的年轮被他的湿屁股坐湿了,他冲着雾气蒸腾的河面喊道,李壮你个王八蛋,把我妈还给我。他的喊声比在镇上时大多了,河里的鱼被他吓得撞掉了鱼鳞,我们看到无数只眼睛浮在水面瞧着我们。

我让他多喊几声,没吃饱还是怎么着?他回过头来,张大的嘴巴还没合上，我想起我的鸡腿就被这样一张难看的嘴巴吞了，我起身往回走。李勇跑过来，说，你去哪里？我说，我不陪你了，你答应给我吃的两个鸭腿还长在鸭身上，还没进我肚里。他说，都怪你提什么鸭腿，我肚饿了。我说你刚才回去没吃早饭吗？他说，家里的米只剩几粒，我拿什么做？我有些可怜他，就不想这么快走了，他摸遍全身，说，我现在什么都没有了。但他话说得太满了，因为他从裤兜里摸出了一个包子。这个包子被压扁了，装它的塑料袋也湿漉漉的。他说，我忙的时候不会肚饿，只要没事做我肚子就咕咕叫。他把包子掰成两半，分我一半。我没接，我说，你自己吃吧。他很高兴，先塞进嘴里半个包子，再塞进另外半个，一整个包子在他嘴里他还是能说话，他说，我们等下去河边烤鸭子吧。我说好。

　　他让我回家去拿火柴，他回家捉鸭子。我们各自回家，我回到家，先上茅房，再下厨房。我看到灶台上摆了五六盒火柴，我分别拿起来晃一晃，挑了两盒声音最小的。迟建民在屋外抽烟，我看到他耳朵上还夹了一根。我说，你烟哪来的？他说，别人散给我的。我说，我现在没空跟你说话，我要出去一趟。迟建民说，你站住，你每天往外跑，比老子忙多了，不然今天就别出门了，来帮我搬石头。我说，我还小，大人的活你就自己干吧。迟建民笑了，他抽了一大口烟，说，李勇家不缺房子住，但里头住不满人，我们家不缺人，但缺房子住。我说，挤一挤不就得了。迟建民傻了，他没想到他的儿子说话那么有意思，只要一家人都在，确实可以挤一挤,就怕房间很多,人不齐。他抽完烟,不再挖地,把锄头拎回院里。他不是因为我的话不再加盖房,而是他存折里的钱还没么多。

我裤兜里揣了两盒火柴,一边裤兜一盒,它们在我跑起来的时候撞我的大腿,我双手摁住裤兜,它们才消停一会儿,但这样一来,我又跑不快了。我只好把火柴攥在手里,握着两个好像看起来要揍人的拳头往前跑。路两边的房子里走出了端饭碗吃早饭的人们,他们喊道,迟凡,你怎么像只螃蟹一样举着两个钳子。我没空搭理他们,我一口气跑到了桥头,看到李勇已经到了,地上放了个蛇皮袋,袋子在动。我说,鸭子呢?他蹲下来拨开袋口,从里面提出一只鸭子,他说他怕别人见到说闲话,所以就给鸭子套了袋子。他提着鸭脖子走下河,我跟在后头气喘吁吁。

我们来到一片河床,河床孵出了许多鹅卵石。李勇从裤兜里摸出一把刀子,让我抓住鸭脚。我说,我没有多余的手抓。李勇说,你手里拿的什么?我说,火柴啊。他让我松开手,我把手松开,看到两盒火柴被我握扁了,好在里面火柴棒上的红帽子没掉。我把火柴装进裤兜,帮他抓好鸭脖子。他说,这回可别再让放完血的鸭子飞了。我这次没背过身去,我亲眼目睹了鸭子被抹脖子,没有大人们说得那么残酷,反而有些好玩。李勇给鸭子翅膀打完结,撂在一边,然后去河边挖淤泥。他将整只鸭子包在淤泥里,就像刚才将它装进蛇皮袋里一样。

我则负责拾柴。河边木柴不缺,我把它们拖过来,码成一摞。李勇在沙上挖了个洞，放进鸭子，然后架上木柴，朝我伸手要火柴。我拿出一盒给他，他擦亮一根，两手护着送到易燃的枯叶上，蹲下来不停往里吹气。他越吹，火越小，烟倒越来越浓。我看到河面在撒珠子，说，李勇，糟了，落雨了。李勇头上也落了几滴雨，他忙挖出鸭子跑进一旁的桥洞，让我把木柴拖过去。我拖得有点儿慢，进入桥洞，发现身上湿了几十滴。

雨点溅到河面，密不透风的河水被扎出无数窟窿。李勇在桥洞里重新挖洞，他把鸭子放进去，把木柴盖上去，我把火柴拿出来。他推开火柴盒，看到火柴棒湿了好几根，挑了一根没弄湿的，擦亮。我看到阴暗的桥洞里燃起一束光，光照出了李勇的红脸蛋。这回木柴顺利点着了，我们坐在一旁等火柴烧完。雨越下越大，河水越来越高。我们蹲在一起，都没有说话，过了一会儿，我说，不好了。李勇吃了一惊，说，怎么了？我说，你没褪鸭毛。他说，烤鸭不用褪毛。我说，这样就没鸭毛卖了。他说，莫多升又没进村，卖什么鸭毛？我想起在院墙上晒的鸡毛，鸡毛里还掺杂了一些鸭毛，现在也被雨淋坏了。我没多想，安心等鸭子烤好。李勇见木柴烧完了，把鸭子扒拉出来，揭掉烧硬的泥，扯掉鸭毛，露出鸭身，这只鸭子看上去熟了，但李勇忘了事先剖膛，内脏没挖出来，这样可怎么下嘴？他也意识到了失误，从兜里摸出那把刀子，给鸭子开膛破肚，抠出心肝脾肺肾，用河水洗净，然后片出鸭肉，先塞进自己嘴里一片，嚼了嚼，啐掉了，说，没放盐，什么味道都没。

李勇说完这话,天边闪了一道雷,在河面炸响。我们看到雷电劈在河面,浑身抖了抖,但还是谁都没有说走。被惊雷吓完,又听到头顶的桥在震动。我以为桥要塌了,拉着李勇就往外走。他把我叫住了,他说,别怕,只是桥上在过铲车。我说,你怎么知道?他让我去看河水,我看到河水里的倒影,那些过桥的铲车倒映在水里,一辆接一辆地开走。桥身起码震了有十分钟,十分钟过后桥身才恢复平静,我们在水面才看不见那些铲车。

雨还在照下,雷倒没那么凶了。李勇让我回去拿调料,我很高兴终于可以正大光明地离开了,但大雨又让我高兴不起来。我这样跑回去,跟直接跳到水里有何区别?于是我说,李勇,还是你回去拿调料吧,我在这看着。李勇说,胆小鬼,我家里要是还有调料,也不用让你回去拿了。他捡起那个蛇皮袋,丢到我面前,说,你就披着袋子回去拿,一定淋不湿,回来的时候别忘了带两把伞。我说我家里只有两把伞,两把都拿来了我爸和我妈就撑不了了。他说,你妈不是一直卧病在床吗?不然你家也不会只吃鸡,因为你妈的病不能吃鸭子。你爸大雨天也不用出门。我想想也是,披着蛇皮袋出去了。

路上一个人都没有,刚才那些吃早饭的人都缩回去了,那些房子门窗紧闭。我跑在雨中,双腿争先恐后地踩出水花,跳过路上巨大的打滑的车辙印,一路跑回了也置身雨中的家。迟建民跟邻居坐在家里说话,我跑进去的时候,雨水溅了他们一身,我听到他们在说铲车的事。迟建民说,真要感谢这场雨，不然谁知道铲车什么时候才能开走。邻居说，铲车要是晴天开走倒没什么，就怕它们雨天开走了。迟建民说，为什么？邻居说，雨天铲车一开走，挖了一半的山说不定就会滑坡，铲车如果还在，起码还能压一压。迟建民没再说话，他在思考对方的话，他准备上屋顶看山。我就在这个时候闯了进去，迟建民看到我的样子，怒道，你去哪了？我说，我没工夫跟你说。我把蛇皮袋丢到外面，拿起一个空瓶子，进厨房倒了一些盐和味精，然后进房间去拿伞。

我妈在床上问我去哪，我帮她盖好被子，说，你好好养病，你儿子我现在很忙。我妈叹了一口气，说，要是我身体好，你小小年纪也不用忙前忙后。我说，妈，我帮你拉上窗帘。我妈说，不用，让我看看大雨也好。我跑了出去，看到迟建民正在上楼，我看到他上楼的背影有些佝偻，趁他看到我之前撑开一把伞出门了。外面风很大，我撑着伞寸步难行，干脆合上伞冒雨前行，我两个腋下分别夹了一把伞，占领了不宽的道路，好在对面无人过来，否则他们一定无路可走。

我走到桥边时，远远看到对面有两人走了过来。我等他们走近一点儿才看清他们的样子，一个是收鸭毛的莫多升，另一个揽着他手臂的竟是吴小翠。莫多升肩上荷一根扁担，一头是蛇皮袋，一头是老秤。秤砣磕着秤盘，听得我心里有点儿乱。我忙跑下桥洞，看到李勇盯着桥外的河面发呆，拽他进洞，不想让他看到桥上经过的两人。我把两把伞放到地上，拧干裤腿上的水分，我把装了盐和味精的瓶子拿出来，让他调味，我都快饿死了。天上没有太阳，李勇说，现在几点了？我说，快十二点了。他说，那我要回家了，我妈要来了。我说，下这么大雨，她不会来了，我们吃完烤鸭再说。李勇想想也是，将鸭子调好味，用刀子片出几大块，我们一人拿起一块，吃得满嘴流油。我一直留心听桥上的动静，就怕吴小翠在桥上说话。我看到河面倒映出莫多升和吴小翠的身影，便挡在李勇面前，不让他知道他妈嫁的新老公是收鸭毛的莫驼子。

可莫多升好死不死却喊上了，收鸭毛喽，10元一斤，一斤10元，过了这个村就没个店喽。李勇说，你听，好像是莫多升的声音。我说，你听错了，天上在打雷呢。莫多升又喊了几声，李勇撂下鸭肉，跑了上去。我阻拦不及，不敢跟上去，通过河面看到桥上多了一个人，看上去像极了一家三口，个子比较小的李勇跑到两个大人面前，就像一个雷电砸到水面，轰隆隆炸出水花一片。

我看到他们三个人僵住了，一动不动，接着我隐约听到李勇的哭声，我看到李勇的倒影跑掉了，第一个追上去的是吴小翠，她在他身后紧追不舍，最后跟上去的是莫多升。莫多升追过去的时候，我听到秤砣撞秤盘的声音，宛如回荡着一阵又一阵天塌地陷的惊雷。

楼上楼下

1

我们与他们隔着一层天花板。我们头顶的天花板是他们脚踩的地板，我们因此有了关联，尤其是在夜晚。北京的夜晚到来后，人们借助地铁、公交车或者出租车回到各自的房间，同样的，他们脚下的地板也是别人的天花板，头顶的天花板也是别人的地板。判断到底是地板还是天花板的方式很简单，看它高高在上还是低到尘埃。我们的头顶既没有灿若星河，我们的脚下也不会开出花朵。我们都是一群没有蜜蜂授粉或生活在浓雾中的鲜花与瞎子。

没人能说清楚北京到底有多少间房，但我们都明白北京到底有多少人，住在我们头上的另一对夫妻也知道。我们隔着天花板能清楚地听到他们走动的声音。他们的地板，我们的天花板不太隔音,但很奇怪,我们的墙壁却能隔绝一切嘈杂与喧哗,因此我们只能通过这层天花板体会别人的喜怒哀乐。两人相拥有时或许能抵御孤独,但时间一长,两人身上各自所散发的寂寥又将把我们推开。我们在房间洗菜做饭、铺床叠被、打扫卫生,然后躺在床上拿起手机观看别人的故事。我们逐渐厌倦了这些千篇一律的故事,分别放下手机,看着天花板上的电灯。

每一个天花板都有一盏灯,就像每一个人都应该有一个伴侣。我们觉得电灯太过耀眼,只须按一下按钮,电灯就会由白光变成橙黄色,多年来,我们很少能对自己的生活做主,好在我们还能调暗自己的电灯。但在这个无人入睡的夜晚,我们却想置身于光亮之中。住在我们天花板上面的那对夫妻将在午夜十二点准时为我们带来一场好戏。

这场戏没有导演与编剧,也无须买票进场,除了我们,也不会有其他观众。我们这里有成百上千个房间,有的房间孑然一身,有的房间拖家带口,有的房间空无一物。每当夜幕低垂,我们只要看到哪扇窗有灯,就知道哪间房有人。这些房间以栋为单位,在寂寞的夜晚燃烧成了一截火红的木炭。随着搬离的人越来越多,木炭的火势就会越来越弱,最后只剩下一堆灰烬。每一盏灯都是一团熊熊燃烧的火焰,或是一颗逐渐暗淡的星火。

我们以为他们早晚也会搬走,生出这个念头的时候,我们若有所失,因为我们婚姻生活中的调剂品要消失了。但庆幸的是,他们一直没有搬走,而且给我们带来的剧目越来越精彩。我们通过争吵判断他们的爱情出现了问题。后来我们听到的就只有砸东西的声音，我们头顶的天花板不知承载了多少负重，砸杯子，砸手机，砸电视。随着声音越来越大，所砸之物也越来越大，越来越贵重。砸完后，照旧听到女人的一句收尾："我也是为了这个家好。"

天花板就像电影银幕，只不过看不到画面而已。即便如此，也为我们带来了很大的乐趣，我们在别人的悲剧里笑逐颜开，以至于暂时遗忘了我们自身的问题。我们知道，故事终将会结束，黑夜迟早会变亮。故事结束于黎明，我们在黎明时分要起来刷牙洗脸，去赶最早一班地铁上班。我们在拥挤的地铁里戴上耳机，抱紧胳膊，就怕跟别人有一丝一毫的肢体接触。我们生活在人类社会，很多时候却厌恶人类。我们急需沟通，却拒绝沟通，我们将不多的闲暇奉献给一方小小的手机，我们与生俱来的嘴巴不是用来说话，而是用来保持沉默；我们与生俱来的耳朵也不是用来聆听，而是用来闭目塞听。我们生活在装聋作哑的北京，退化了我们的口鼻眼耳。但在私下里我们却兴致勃勃地窥听楼上的离合悲欢。

我们的感情受益楼上那对夫妻。我们在别人的爱情里发现自己的爱情并非一无是处，而是恰如其分，我们既不会因爱情太过浓烈而无休止地吵闹，更不会因爱情太过寡淡而没完没了地冷战。我们以别人的爱情为参照，得出我们是天生一对的理性判断。当楼上画上休止符后，就开始了楼下的表演，我们躺在床上，津津有味地咂摸着这个故事的余味。直到这时，床上的两具身躯才会靠近一点儿。当爱情趋于平淡后，我们尽量避免接触，接吻也只是蜻蜓点水，床事也只是履行义务，一如打卡上下班。但这天晚上，我们找回了消失已久的激情，我们接吻用上了沉默不语的舌头，我们做爱也加上了眼花缭乱的招式。

事毕，我们的充沛精力并未消失于气喘吁吁。我们相拥揣测楼上那对夫妻大动干戈的原因，这是我们的床笫乐趣。我们都不擅长做阅读理解，不擅长归纳中心思想，但面对爱情这张考卷，我们都交出了满分的答卷。

"我觉得那个女人一定出轨了。"这是她的结论。

"我认为那个男人是个懦夫。"这是我的结论。

女人理解女人，男人理解男人。对我的妻子来说，世间烦恼全在于一个吃着碗里看着锅里，结婚证的作用就在于限定女人只能用一副碗筷吃饭。但我却认为这个男人由于赚得没女方多，害怕妻子会移情别恋，因此几次三番用自己的拳头找回尊严。不管是哪个理由，最后无疑都指向同一个方向：那个妻子会吃别的锅里的饭。因此，我们的结论看似南辕北辙，实则殊途同归，所以我们的分数才会这么高。

2

我们在网上购买了两套运动服，我们耐心等待北京进入秋天。我们留在北京的很大一部分原因是因为秋天。我们换上运动装，乘坐电梯来到小区附近的公园，旁边有一家咖啡馆，我们没有跟别人一样，跑完步再喝咖啡，我们先喝咖啡再跑步。我们叫了两杯已经喝习惯的美式，坐在靠窗的位置，一边喝一边欣赏窗外的秋景。

我们的目光略过停在门口的车辆，来到那些褪色的树上。再过一段时间，这些树木就会落光叶子，到时它们自然会变得毫无美感可言。我们要用手机留住它们最好的样子，我们要它们在我们的手机里继续生长。地上的落叶跟树上的残叶相加，刚好等于一棵春天的树。

喝完咖啡后，我们开始跑步。我们有属于自己的跑步方式，她在前，我在后。这不是说我跑不过她，而是她希望我在后面看着她。她不希望她在后面看着我，她不愿意用目光锁定我跑动的身子，而是喜欢用耳朵聆听我的脚步。我跑步没有那么多要求，只要路还在脚下，不管谁前谁后都无所谓。公园里没有什么人，没有人会在秋天的傍晚跑步，他们只会在夏天的中午跑步，他们喜欢把自己跑出一身臭汗，他们跑步的目的很简单，不是看跑了多长时间，而是看出了多少汗，虽然有时候跑步时长与出汗多少成正比。他们对公园里这条环形跑道没有兴趣，如果跑步出汗不多，他们不会多跑几圈，而是通过打篮球、踢足球或者跳绳出完应该出的汗。

我们不一样，我们跑步不喜欢出汗。我们会在即将出汗时及时停下来，将额头和体内渗出的汗珠憋回去，然后才会继续跑。我们跑步不是为了锻炼身体，我们的体重婚后一直未变，我们不需要通过跑步改善我们的体型。我们跑步是为了有事可做，我们跑步是为了打消两人同处一室时的闲来无事。所以我们不需要流汗，我们只希望跑步前和跑步后始终如一。不过还是会有细微变化，不是体内的变化，而是视觉的变化。我们哪怕只跑了几百米，但双眼已经收纳了方圆几里之内的风景，就像一个看似狭窄的储物箱，却能同时装进可容纳两人的帐篷或者睡袋。

我们会去数自己跑了几步。一个人走路时很容易算清步数，即便计算能力欠缺，也能借助手机软件知道自己到底走了多少路。我们走路时对计算步数没兴趣，只有跑动起来时，我们才想知道自己的双脚究竟跟大地接触过几回。她先算前半程的步数，后半程由我负责，接近中场时，她会猛一回头，将步数通过她那一口皓齿抛给我："五千步。"

"五千零一，五千零二……"我及时接过去。

她的五千步跟我的五千步加起来是一万步，倒不是我们两人各自跑了五千步，而是我们同时跑了一万步。我们通过口头接力的方式共同跑出了一万步。我们与这条橡胶跑道亲密接触了一万次，我们的眼睛同时看了一万次的风景，我们的大脑一起经受了一万次的颠簸。我们的四条手臂协同作战，都甩出了一万次的幅度。我们跑步的样子像拆卸的机器人，但只要我们停下来，我们的四肢又会复归其位。即便我们跑了一万步，可因为这一万步是在三个小时，一百八十分钟，一万零八百秒之内完成的，所以我们成功将汗水挡在了体内，而且我们的呼吸也没有一点儿紊乱。

我们的时间通过我们的跑步肉眼可见，我们知道傍晚之后就是黑夜，我们现在置身于傍晚与黑夜的交叉处，准备用一顿饭的时间迎接夜晚的到来。我们不想回去做饭，我们只想沿着来时的那条路一直往前走，走到那条火车、汽车和行人都能过的铁轨。我们不太幸运，走到铁轨旁时，栏杆刚好放下来，火车灯在五百米之外的远处照过来，照亮了周围的旅馆、饭店和电影院。火车头正在履行一项探照灯的任务，它将灯光所能抵达的一切当成了硝烟弥漫的战场，当成了海波未平的港湾。我们在战场里无处可躲，我们在港湾里迷失方向。我们的眼睛在光亮中失明，这个探照灯能探出我们的方位，而我们却被它捂住了眼睛。

  我们听到火车带来的轰隆作响声。火车在鸣笛，我们想起多年前我们各自在所属省份出发，我在福建乘坐海西号北上，她在辽宁乘坐一辆K350南下。我一路经过冠豸山、南昌、九江、衡水等十五站，途经的路线在地图上看就像一条越来越长的贪吃蛇。她则途经锦州、山海关、唐山等六站，从地图上看还是一条不怎么贪吃的短尾蛇。我为我们的爱情多付出了九站。我们没有同时出发，但最后却同时抵达北京。我们的爱情像一根针，将这两条南来北往的铁路完美地缝补在了一起。我们在北京的傍晚观看一辆近在眼前，却无法再乘坐的火车，我们看到火车在我们面前一闪而过，看到了那些四四方方的车窗，我们知道车窗里有许多饱受困意席卷的旅人，更知道孩童在火车里永浇不灭的热情。他们会通过吵闹的方式引起打瞌睡的父母的注意，他们会在父母的巴掌落下之前及时闭上嘴，在父母闭上眼睛休憩时又开口大喊。

每一列火车都是一座城市。天南地北的人操着南腔北调开始了一段长则三天三夜，短则三四小时的旅程。北京是一座更大更长的火车，以爱情或者工作的名义将我们汇集在一起。不同的是，我们的旅途在这里要用一生来完成，途中会有许多人下车，也会有更多人上车。我们会在商场或者路上碰到，对他们来说，我们是陌生人，对我们来说，他们是过路客。我们甚至达不到在火车上同桌吃泡面的交情。没有多少人能进入我们的视野，除了住在我们楼上那对夫妻。

火车过去后，栏杆升起来了。我们走得很慢，停在了铁轨中央。我们一个往左，一个向右，她看到了火车来时的方向，我看到了火车离去的身影。开始与结束都在相同的两根铁轨上。我们还想多停留一会儿，但其他没耐心的路人不断催促我们快走，我们只好不情愿地走到对面。我们发现夜晚到来了，我们在饭馆匆匆吃完饭，打上一辆出租车回到我们的房间。

3

离午夜还有几个小时。我们不想用电视节目打发时间，不想用刚买的音响听歌，也不想用吸尘器吸地，只想靠在沙发上什么都不做。当我们什么都不做时，地球会放慢自转速度，当我们忙得不可开交时，地球就像踩了油门的车轱辘。我们几乎每隔一分钟看一下手机，发现手机上的时间停滞不前了。

我们会在慢下来的时间里变得格外敏感。就算不用听诊器，我们都能听到楼上那对夫妻的呼吸，就算他们既没争吵也没打架，我们也知道他们已经剑拔弩张。我们决定今晚不躺在床上，而是躺在沙发上听热闹。我们的沙发摆在客厅，客厅连接房间与厨房，只用墙壁彰显界限，就像河流用岸宣示主权。如果没有天花板，高低不等的空间会是一条用光即可贯通的隧道。既然在卧室可以听到楼上的一切，那么在客厅或许能听得更加清楚。

为了接上即将开始的剧情，午夜到来之前，我们还有时间重温昨夜的片段。我们已经得出他们的爱情危若累卵的结论，现在就等着火山彻底爆发，让这个故事达到高潮。或许他们不日就会搬离这里，有另外一对夫妻或者情侣搬进来，最好新搬来的他们感情也不睦，这样我们的观看菜单中才不会显得如此单调。

我们很清楚，不合适的男女住在一起，就像火柴遇到了鞭炮。但我们却忘了还有另外一种情况，那就是也有可能是鞭炮沾到了水。我们知道楼上的爱情属于前者，却不敢承认我们的爱情恰是属于后者。我们在窥探别人的生活，却忘了可能也有人正在窥探我们的生活。地球上七十亿的人口都要互相窥探聊以自慰，就像贪吃蛇贪吃到了一定程度，只能吃掉自己的尾巴变成一条衔尾蛇。留待我们的归宿，只有清空、归零一途。

我们无暇去想这些。我们知道生命的长度有时让人绝望，当我们置身其间时，总觉得生命就像小额贷款，只要想贷，总能贷到，只有在我们的时间所剩无几时，我们才会发现时间银行都对我们停止了放贷。我们看着自己身后债台高筑，知道欠下的这身时间债务再也无法偿还。我们把自己的年华挥霍无度，以为能找到一些可供证明的意义，但往往都像转瞬即逝的飞机云。

我们好几次意识到了这个问题，但每次都没办法停下来，我们窥探与自己无关的隐私成瘾了。我们两人只要有一个人喊停，另外一个人就会停下，但我们都对彼此抱有不切实际的幻想，都把"喊停"的权利交付给了对方。我们秉承一样的想法，却相距甚远。

我们都在羡慕楼上那对夫妻。他们的感情摆在桌上，谁持股多，谁持股少，一目了然。他们的争吵很简单，无非是一个想持更多股份，另一个想维持现状，所以一个就用眼泪谈判，另一个就用拳头解决问题。虽然他们的爱情摆在了明面上，但要说清楚双方的占比并不容易，因为爱情不像开门做生意，能收支两讫，能自负盈亏，能申请破产。爱情是一根白了一半的黑发，是一场太阳雨，是一种超现实主义，都是没什么道理可讲的。

在爱情里从来没有公平可言。人们会在职场与官场追求公平，却很少听说会在情场追求公平，因为这么做会让爱情破灭，会使婚姻破裂。

爱情是一种幸存者偏差。

因此我们并不是在羡慕，或者说我们的羡慕并不纯粹，就像米中掺沙，酒中灌水。我们掺杂使假的内心让此时的气氛显得有些微妙，我们没再躺在沙发上，而是端坐其上，目视前方，我们都在等待对方说话，但我们的话语早在时间中流逝，早在岁月里埋葬。我们已经感受不到彼此的心跳，生活这个造物主已把我们改造成了行尸走肉的机器人。或许在不久的将来，我们将会研发出一种能代替我们谈恋爱的机器人，它们在爱情里永不疲倦，每一天都是蜜月。

楼上准时传出的哭泣声，让我们的精神为之一振。我们立即跑进房间，钻进被窝，垫高枕头。我们忘了开灯，也不想开灯，我们在黑暗中能听得更清楚。哭泣声断断续续，我们在微弱的信号中亟待发掘真相，我们将哭泣当成摩斯密码，尝试还原这场爱情战役的全貌。

"你为什么这么对我？"继"我也是为这个家好"之后，我们终于听到了另外的线索。那个女人带着哭腔说出这句话后，楼上开始了长时间的沉默，想必那个男人正在思考怎么回答对方。我们在黑暗里能听到彼此的呼吸，都没有说话，我们担心错过一场风花雪月的争吵。

过了会儿，那个男主角也开口说话了。我们还是第一次听到那个男人说话，我们之前之所以单凭一个哭泣的女人，和那些砸东西的声音就敢判断楼上是一对夫妻，就在于那个女人的哭泣。她的演技让我们知道这不是一场独角戏，现在那个男人的话音果然证实了我们的想法。

"对不起。"那个男人说。

"对不起"之后，我们又听到砸东西的声音。这次好像桌椅板凳被丢掷在地的声音，桌脚和凳脚在天花板上相互撞击，发出震耳欲聋的声响。它们虽不及电子产品昂贵，但声音却更加响亮。在没有生命的世界里，存在感从来不以价格高低衡量。只有我们人类才会用金钱判断价值。

咚咚咚。我们竟然能听到楼上有人在敲门。或许那个男人砸的桌椅引起了邻居的不满，所以邻居就用敲门声提醒他们声音小一点儿。敲门声持续了很久，就是没人前去开门。而且敲门声越来越响，越来越清晰，就像有人在我们面前将我们的耳膜当成门一样敲个不停。楼上砸完东西后，那个男人又在咆哮，他说话时中气十足，但咆哮时就会扯起嗓子，像在撒泼打滚。

敲门声还在持续。我们发现敲门声好像不是来自楼上，因为显然不像这出戏的配乐，倒像荧幕外，观众席里发出的声音。我摸黑打开灯，来到客厅，原来是我们的门被人敲响了。我透过猫眼看到一个快递员，我将门打开一道缝，声音从门后发出去："你找谁？"

"林先生住在这吗？"

"对。"

"你的快递。"

我看到一个包裹从门缝里塞进来，我接过去还没说话，那个快递员就走了。我还没来得及关门，一股冷风从门缝钻进来，暖气和冷空气在室内相互交融，我抱紧了胳膊，迅速关上门。

"谁啊？"她在房间喊道。

"快递。"我在客厅回道。

我在拆包裹,她披着毯子从房间出来。我们都忘了这个包裹的存在,打开淘宝才知道这个包裹的确属于我们。她没对包裹里的东西感兴趣,而是问我为什么包裹沾满了水。我也不知道水从何处来,应该是霜,快递员踏着秋霜为我们送包裹,霜打湿了他的身体,也打湿了我们的包裹。

　　我们将包裹拆开,是一副手套。她准备在即将到来的冬天戴上一副手套上下班,北京的冬天需要全副武装,不然我们的身体就会被来自西伯利亚的冷空气冻僵。她在夏天能穿多少穿多少,在冬天也能穿多少穿多少,对我来说,穿多穿少都一样,冬天的地铁里不愁暖,因为拥挤会让我与那些陌生人都暖洋洋的。

　　她戴上这副毛茸茸的手套,舍不得脱下,她要戴着它们睡觉。她就是这样,什么东西都想第一时间尝鲜,时间一长却弃之不顾。我提醒她明天再戴,如果戴着过夜,明天或许又会嫌弃它们折旧,从而将它们丢进垃圾桶了。

　　以前她不会听我的,但这次却很听话。她将手套仔细叠好,放到桌上,拉着我回房间睡觉。我们躺下来后,楼上也结束了,我们看了看时间,已经半夜两点了。我们相拥而眠,比以往任何时候睡得都踏实。我们都没有做梦,我们的睡眠没有打一丁点儿折扣,我们还是第一次这么有默契。

4

　　我们那天都没有加班,都在晚上七点之前回到了房间。

我先她一步打开了房门，第一次看到只有我一个人的房间，但我没觉得寂寞，而是发觉空间陡然间变大了。我在没有她的空间里抽了一根烟，等钥匙开门的声音响起后，我忍不住打了个激灵，打开窗户，将烟掐灭丢了下去。烟在夜色里像流星划过，很快坠落在地，旋即置身于深秋的寒冷中。

她开门后，闻到了烟味，皱了皱眉头。我对她撒了谎，我说我的烟已经戒了，她闻到我身上没有烟味也相信我戒了烟，我每次抽完烟都会嚼一片口香糖清新口气，将掐烟的那两根手指用洗手液仔细搓洗。她闻到我身上像一片春天的绿叶，也就相信我戒了烟。但这次她当场把我抓了个正着，发现我一直用枯叶冒充绿叶，便对我发了火。她的怒火让我无所适从，我只好向她保证从今以后再也不敢撒谎。

窗户还没关上，我不能让烟味停留在室内。烟味摸不着，但能看得见，就像耸立的烟囱冒出的浓烟，我们与它相距百米，却能一眼看清，不会将它当成炊烟或者在冬天哈出的白气。我要等烟味散尽，可她却在开窗的房间咳嗽，我知道窗外的冷风侵略了她在秋冬之交脆弱不堪的身子，便在烟味散尽之前关上窗户。我透过关上的窗看到对面一扇扇开着灯的窗，在那些窗户里，人影幢幢，我把窗帘拉上。房间又只剩下我和她。

我不知道该怎么跟她解释。一个男人抽烟不需要解释，但有时这一点又恰恰需要解释。我对此有无数种理由，但也知道没有一种能说服她，说服不了人的理由不算理由，所以我干脆不说。我已经不是几年前的我，那时的我凡事都需要一个理由,来北京的理由是为了梦想,结婚的理由是继承香火,上班的理由是养活自己。

她见我不说话,也不说话。我们都可以不说话,我们能控制自己的舌头,却阻止不了我们的肚子抗议。已经七点零五分了,已经到了我们吃晚饭的时间。我去厨房淘米下锅,但剩下的米显然填不饱我们两个人。我拿上手机叫外卖,问她想吃什么。她说随便。这是一道最复杂的菜,几乎独立于八大菜系之外,自成一体。我不是厨师,做不来这道菜,便让她把要求说清楚点儿。

"随便。"她还是一样的回答。

我们来自不同的地方,我们中间隔着好几个饮食习惯不甚相同的省份,我们之间的众口难调,早已注定。我们在一起之后,不分彼此,同处一室,但现在我们要在吃的方面泾渭分明。她吃东北菜,我吃福建菜。没有一家饭馆能同时做这两个地方的菜,所以我们要分开来点。我的福建菜先到,量小,她的东北菜后至,量大。她见我没吃饱,就把吃不完的东北菜分我吃。我和她在我的肚子里又不分彼此。

她将只戴了一天的手套从包里拿出来,我看到这副手套脱线了。手套用毛线织成,现在又散成了毛线,我可以将一条毛巾拆成一根毛线,也可以将一副手套拆成两根线,却无法用一根毛线织一条毛巾,也无法用两根线织就一副手套。我们只有刚来北京的时候是两根针,我和她的针分别在南方和东北穿针引线,共同织出了如今我们温暖的小窝。

我去找针线,找到了一根生锈的针与一团跟这副手套颜色不一样的线。我怕她又说我以次充好,就想去网上另购一副手套,她却默许我在她的白手套上用黑线缝补的做法。我怎么也没办法把线穿过针鼻,我将线头用舌头蘸湿,眯着眼睛穿过去,好像穿过去了,针却掉在了地上。我用线拎不起这根针,就知道针没有爱上线,线也抛弃了针。

手机能照明,划屏点开那个手电筒标志,就能照亮我们的地板。我蹲在地上,一寸寸寻找那根遗落的针,找不到,针隐藏在了光中。我想起房间的磁铁,我最后没用光找到针,倒用磁铁吸引了针。看到针被磁铁吸附,我用手指将它解救下来,又用线将它捆绑。

世界是补出来的。我们用桥梁缝补大地的伤口,我们用挖掘机剜掉大地的疮疤,我们用化妆品掩盖我们不漂亮的现实,我们用爱情掩饰我们孤独的本质。这副补完的手套,虽然不好看,但它能御寒,我们有时通过缝缝补补赖以为生,我们通过药物治愈疾病,等什么时候我们无法缝补了,我们的生命也就走到了尽头。

我看到手套戴在她的手上,就像看到竣工的桥梁可以通车了,看到一张上妆的脸有底气面对镜头了,一个孤单的行人终于找到同伴了。她戴上手套要去丢垃圾,不能让刚才的外卖盒过夜,它们会在夜里发出难闻的味道,虽然现在的天气没有那么快滋生细菌。很多东西只要不吃进肚里,不穿在身上,就等于是垃圾,所以我们要把它们丢到它们应该去的地方。我说我一个人去丢,她说要两个人一起去丢。两个人去丢垃圾,也可以像是去买钻戒,同样充满仪式感。

我们在等电梯。电梯还停留在负一层，那里是停车场，是属于车辆的房间。现在是人们回家的高峰期，他们在电梯里就像在地铁里，到站下车，我们看到电梯上来了，在我们面前开了门。我们看到他们还要继续往上，我们的起点不是他们的终点，他们的终点在我们楼上。我们知道他们住在我们楼上的楼上，他们是一家三口，小孩左边的是爸爸，小孩右边的是妈妈。这个小孩爸爸妈妈都有一半，所以他们把孩子放在中间，这样谁也不多，谁也不少，正好两人各一半。

我们进入下来的电梯。我摁了一楼的按键，电梯开始在楼层之间颠沛流离，我把手靠在铜墙铁壁上。她让我别害怕，电梯是条驯服的狗，让它停就停。我没有说话，眼睛盯着楼层数，就怕突然坠到楼底。电梯有惊无险地降到一楼，我们将外卖盒丢进垃圾桶。我们看到有人在小区里夜跑，我们看到他们消失在夜色中，过一会儿又出现在我们面前。

5

我们还没开门，便听到楼上有高跟鞋的声音。我们开门后，高跟鞋就在我们的头顶踢踢踏踏，楼上的女人下班后也不脱下高跟鞋，她将自己的家当成了舞厅，当成了迎来送往的名利场。

我们听到高跟鞋踩出了节奏，我们也想起舞。我们沉浸在舞步中，以为我们楼上有别人取代了那对夫妻。我们不太习惯不是一地鸡毛的争吵，我们还不适应我们的天花板突然变得这么罗曼蒂克。

但很快我们就知道楼上没有换人,楼上还是那对夫妻,因为高跟鞋的声音停下来了,我们听到砸玻璃的声音。这个玻璃不是杯子,而像一个鱼缸。杯子只能砸出一颗雪花破裂的声音,但鱼缸却能砸出雪崩的巨响。我们听到鱼缸在天花板上像一串逃脱绳子的珠子,我们听到鱼缸里的金鱼在地上挣扎求生。

我们的头顶有一片海。这片海水源枯竭,养不活一条金鱼。海水从天花板上蔓延开来,那些墙壁挡不住它们,它们会通过门缝进入他们的房间,他们的厨房,他们的厕所,直到让整个空间汪洋一片。我们不知道薄弱的天花板能否拒绝水的渗透,就像不知道稀薄的臭氧层能否经受紫外线的照射,可我们知道我们楼上的那对夫妻正在水中打架。我们听到了拳头与哭泣声。

现在还没到午夜,每个房间的人都还没睡觉。他们有的还在吃饭,有的还在看电视,他们很多人都听到了那对夫妻发出的声音。他们有的住在他们的隔壁,有的住在他们的楼上,却也能听到他们在打架,我们这些人的房间连起来就像一个魔方,而那对夫妻的房间正好处于魔方的中间。以往他们只在午夜闹矛盾,所以这个魔方的每一面都是不同颜色。现在他们将矛盾提前,一下子吸引了上下左右的注意,所以我们这个魔方罕见地还原了。

他们不像我们,喜欢这么剧烈的动作片,他们就像那种看到胳膊就想到生殖器的卫道士,他们一定会去报警,去叫物业来阻止这场好戏的上演。我们不想让他们这么干，但他们很快这么干了。我们听到警车在几分钟后开进了小区，我们听到房间外有很多脚步声，我们知道这些脚步声是去我们楼上的，会有一帮好事者跟在警察身后，通过敲开的门观察里面的一切，如果能看到一个衣衫不整，掩面哭泣的女人，他们会心满意足地回去睡觉，第二天小区里就会传出各种版本的八卦。

我们也在等待警察敲开楼上的门，但我们自己的门却首先被敲了起来。我透过猫眼看到两个穿着警服的警察，我将门打开告诉他们走错了，但他们却一把推开了门，看到了地上一双鞋跟断裂的高跟鞋，还有一地的碎玻璃，几只金鱼已经在地板上停止了呼吸。

星牖月窗

上篇　燃灯者

栽种灯芯草的另一端是北方的延续,在孩子的嘴里是大河尚未被剪断的脐带。这个小孩已在这个世间看过七次春秋的更迭,他像河边绿了又黄的灯芯草,正处于一生之中最无忧的时刻。

他住在一栋可以眺望到河的房子里,每天开窗望去,河边的船帆像白鸽的翅膀在他面前展翼高飞,艄公的号子吹散了天边席卷的朝霞,水里的游鱼将河水戳出一个个圆圈,就像一个高明的裁缝在给大河缝补避免它发大水的纽扣。小孩清澈的眼睛倒映着他无法触及的美景,好在双眸可以代替手脚,让他能饱览斑斓的世间。他每天早上准时从床上醒来,推窗把河水映入自己的心田,让昨天褪色的大河能在今天继续奔涌。

这个小孩渴慕大自然，可大自然却会让他生病，他七年来走过的最长的一段路，就是从母亲的肚里来到这个世界，此外，他哪都没去过。医生说他得了一种怪病，一生只能待在家里，春风夏雨，秋霜冬雪，都只能透过那扇小小的窗户浏览。那扇每隔一段时间就会结满蜘蛛网的窗户，是他的第三只眼睛，为了不让蛛网蒙住世间的颜色，他会用扫帚清理。蛛网酷似他簸箕状的指纹，垂挂在窗边，第二天就会装满落叶与过路蚊虫。他把清理蛛网的扫帚靠在墙角，继续托腮眺望所能目视的一切，区分南北方的灯芯草长满南岸，帆船从中穿梭而过，带来了一天劳作的开始。

一场始料不及的大雨遮蔽了他的视线，他听到骤雨在冲击自己脆弱的心脏。一眨眼的工夫，河水漫岸决堤，帆船在河里像被折断的筷子，依稀只能看到被撕烂的风帆漂浮在水面。他还不想关窗，在过去的七年里，他从没见过大自然发怒，他以为大自然永远脾气温和。雨浇打着窗棂，卷来了远处的污秽，他看到窗下漂满了垃圾，他看到了这个世界最丑陋的一面。这些垃圾生前是他和家人吃进嘴里的食物，然后变成让他作呕的垃圾，被父母丢到无人觉察的隐秘角落，接着一场大雨又硬生生撕开了他们的遮羞布。大雨未来之前，他觉得窗外洁净如洗，现在他终于明白电视所言非虚——地球资源已然耗竭，人们要节省水电，而且随着资源的耗尽，地球上的景物也会逐渐减少，速度堪比当初的渡渡鸟灭绝。在不久的将来，人们甚至会重新点上煤油灯，照亮同桌吃饭的几副凝重面庞。雨越下越大,他只能把窗户关上。

在他闭门不出的第七年,他终于决定要想办法走出去看一看,哪怕真有生命危险也不怕。关窗之前,澄明的大河已泛滥,好像全世界都已污水横流。只有高耸的灯芯草始终屹立不倒,给他带去不日远游的勇气。

当晚,父亲坐在饭桌前心事重重,母亲也一句话不说。

"爸爸妈妈放心,我不会偷偷跑出去的。"他主动安慰他们。

父母相视一笑。他觉得灯火暗了许多,遮住了父母倦容上的皱纹。

"我来洗碗吧。"他首次承担了洗碗的任务,没像父母一样把厨余垃圾倒到屋后,而是用垃圾袋装了,准备明天出门时一起带走,把它丢到遥远的地方,哪怕雨水再大,也无法再把它冲到他的面前。

他躺在床上睡不着觉,起床把电视机看得飘满雪花却仍没有睡意。雨水敲击着每一片瓦,他害怕某一片或某几片薄弱的瓦片会被大雨洞穿。屋顶匍匐在夜色里,而夜色被雨水扎破,他感到头顶不安跳动的瓦片似乎随时要离家出走。午夜时分,响声惊扰了他脆弱的梦境,他披衣起来,看到窗外有片瓦坠落,屋顶上传来小动物的脚步声。

这是守夜的夜游神,奶奶还在世的时候跟他说过,夜游神有尖脸颊、红肩膀,只在晚上出来工作。有时她又会把最让她担心的小叔说成夜游神,因为小叔年过三十仍旧孑然一身,每天游荡在镇上的麻将馆,十天半月才会回家一趟,一回来就朝奶奶伸手要钱。奶奶月末刚取的养老金转眼就到了小叔手上，但依然填不满小叔的贪得无厌。奶奶只好跟父亲要钱，填补小叔在麻将桌上落下的亏空。父亲得知此事后，不再给奶奶一分钱，小叔在老母亲身上无法再榨出最后一滴血后，从此不再踏进这个家门一步。临走前，他对着临窗眺望的侄子说："下来，我带你出去玩。"小孩摆摆手说："不行，外面很危险。"小叔头也不回地走了。小孩看到披着旭日远走高飞的小叔，心里挂上了一幅世界地图。小叔走后，奶奶每天都会出门打听他的下落，但她最后没有回来，有人说她掉进了河里，被河水带去了大海。父亲在岸边给奶奶挖了个衣冠冢，对前来奔丧的亲戚说："回去吧，她也算因祸得福了。"后来岸边长满了越割越多的灯芯草。

  小孩打开窗户，看到屋檐下垂挂着一只尖嘴蝙蝠，雾水打湿了它的脊背，看上去就像荷叶上收留的一滴露珠。窗外依然朦胧一片，看不清昼夜不歇的河水，岸边长势葳蕤的灯芯草也踪迹全无，不过水到底是退了。在小孩看不到的屋顶上，仍然还有许多动物停留在那里，窗外那棵旅人蕉在他出生之时栽下，经过七个春夏秋冬的野蛮生长，如今夏天可以给整个屋檐带去一片阴凉，秋天可以给屋檐下住的一家三口遮风挡雨。许多从遥远的南方以南飞来的候鸟会经停此处，稍作休息。但自从电视上说大自然被破坏后，他就没再见过那些羽毛鲜亮的候鸟，那里成了流浪猫的地盘，每天不停追逐老鼠，不知踩坏了多少瓦。父亲夜里睡觉时，走到二楼发现月光透瓦，便知道又该去修屋顶了。过几天他搬来一个梯子,架到小孩的窗前,小孩只能看到窗外的几节梯子,上下部分全被墙壁遮住了,他可以凭空看到父亲突然出现在窗前,父亲爬梯子时脑袋先在他面前浮现出来,父亲下梯子时双脚先出现在他面前。他发现父亲的脑门上多出了许多白发,但父亲脚上还是穿的那双缝缝补补的解放鞋。父亲在他头顶安新瓦,他听到屋顶上传来小心翼翼的脚步声,透过那几块缺失瓦片的空隙,他能看到父亲与天齐的头颅。父亲把破瓦丢到地上,然后屋顶便在他面前出现一扇长方形的窄窗,随着父亲加快揭破瓦的动作,屋顶出现了更多的长方形。他透过这些湛蓝的方形空洞,看到了天空一角,就像把天空挖出了一块可以吃的蓝莓冰棍。随后出现在窄窗里的天空会变成红色或者灰色,那是天空在一天之内变幻的几种颜色之一。有时他还能看到有鸟从父亲宽大的背上飞过。当父亲用新瓦补好屋顶,他就知道始于这个凉爽早晨的"俄罗斯方块",终将会止于这个炎热的晌午。父亲爬下梯子,他先看到父亲的双脚,再看到父亲的腰身,最后看到的是父亲的脑袋。先后顺序的不同,注定了头顶这片瓦也变得不同了。父亲在楼下喊他:"喂,下来吃饭了。"晚上父亲上二楼睡觉时,看到严丝合缝的屋顶,挡住了灼人的月光,满意地钻进自己的房间,跟母亲说:"往里让让,睡觉别霸床。"

修好的屋顶本来可以保持半年,但流浪猫的增多,让屋顶半个月就要修补一次。那棵旅人蕉上还多出了许多可疑的巢穴,父亲终于明白那些流浪猫不是罪魁祸首,那棵旅人蕉才是。

父亲决定砍树。

父亲的决定从春天推迟到夏天，又从夏天推迟到秋天，最后拿上斧头时，已经是第二年的春天了。这个春天刚被大水漫过，一切都像新生的样子，大河里被打翻的船帆向东流到了大海，灯芯草根根竖立，遍插南岸。小孩在砍树声中醒来，昨晚窗户没关，给他的床畔带来了早晨的第一缕微风，旭日从风中照耀到他脸上。他睁开眼睛用手挡住这些耀眼的光芒，听到窗外父亲的嗨哟声。

他跑到窗外，看到那棵笼罩在晨雾中的旅人蕉，它向阳生长的头颅超过房屋的高度后，又像路灯一样垂挂到屋顶上。他看不到屋顶上的累累青蕉，但能想象它们摞在一起的样子——一座座宝相庄严的佛塔。春天时它和草木颜色相仿，等到秋天，它又会全身焕发金光，不过成熟则意味着死亡。不出一天，不是被父亲全部摘下，就是被过路人用石头投掷得所剩无几。现在，旅人蕉还未成熟，却要死于父亲的斧头之下。父亲很有力量，他浑身的肌肉就是证明，他的力量源于持之以恒的肩挑手提。父亲身上紧绷的线条让他可以轻易提起任何重物。他看到父亲赤膊上阵，宽阔的脊背上已有汗水蔓延。

那棵旅人蕉即将被砍倒，几个路过去河对岸上学的孩子停下蹦蹦跳跳的脚步，走到父亲面前问："叔叔，你为什么要砍树？"父亲没有理他们，停下来等他们过去后再继续，因为他害怕掉落枝头的青蕉砸到他们。这群小孩子又抬头看了窗户一眼，看到了窗边这个不用上学的同龄人。

他们冲着他喊道:"真是太羡慕你了。"他没有跟他们说:"其实我也很羡慕你们。"这群上学的孩子在他五岁时开始每天出没于窗下,时隔两年,他们长高了,肩上背的书包也重了,笑声一年年变弱,脚步也一年年缓慢。等到这个清晨,再次与他们不期而遇时,他们眼里充满了对上学的恐惧,而他刚好相反,时刻憧憬着书声琅琅的课堂。他们转身继续往学校走去,刚刚还弥漫四周的晨雾,转眼便消散如烟,他能清晰地看到他们走到桥边,没有看河水一眼便迈过了那座桥。没有人知道被他们忽视的这条河是他每天都想去的地方。他收回视线,重新放到父亲身上,父亲弯腰把地上的青蕉抱走,以防撂倒骑自行车的过客。

旅人蕉上的巢穴在这个早上感受到了危险,从不同的巢穴里先是飞出了金环蜂,这种小蜜蜂长得跟电视里的美猴王一样漂亮,但当它们蜇到身上时就会让人觉得像经受了九九八十一难一样。只见这群金环蜂倾巢而出,很快遮蔽了方圆五里之内的天空。这是一群游动的污渍,时而涂污蓝天白云,时而让河水变成一团再也无法刷碗的钢丝球。但它们只盘旋在大河以南,它们无法适应北方,只能继续在这里寻找下一个筑巢之地。它们飞过丛林,又飞过二分之一河流,对岸边的灯芯草产生了浓厚的兴趣,但溅起的河水又让它们旋即飞离灯芯草。它们飞回来了,飞回到了那棵旅人蕉阴影下的房屋面前,正在一边扇动翅膀,一边观察爬满黄金葛的墙上有没有合适的洞穴。小孩立即把窗户关上,把它们的振翅声挡在外面,他怕它们蜇他。等他再也听不到振翅声后,他才敢把窗户重新打开,金环蜂果然没再出现在他视野周遭,它们应该在墙上找到了合适的家。就在这个当儿,他突然听到整个屋子都在轻微震动,房屋俨然成了一个巨大的蜂巢,那群蜜蜂已在里面辛勤地酿蜜。

紧接着,他又看到旅人蕉上的另一个巢穴里飞出几只堂前燕,它们本该把燕巢搭在屋檐下,可父亲嫌它们吵,而它们又好巧不巧,总把燕巢筑在大门顶端,每次进出家门,父亲都会踩一脚燕粪。不堪其扰的父亲只好用竹竿把燕巢捅下来,安到几步之外的旅人蕉上。现在,燕子又居无定所了,它们从巢里飞出来后,绕着前方的田野飞翔了很久,但它们也不敢飞过河流,去到那个高楼大厦扎堆的对岸。灯火通明的建筑物让它们没有安全感,总觉得那些经久不灭的电灯是一束能把它们烧死的火把。它们最后也打上了墙壁的主意,好在墙上的洞穴应有尽有,它们有的是时间甄别哪些洞穴里已有住客,哪些洞穴里还空无一物,就等着它们进去陈蕃下榻了。

那个早上,砍树的父亲用斧刃晃动了旅人蕉上的所有巢穴,以金环蜂为首的动物开启逃亡之旅后,那群春燕也在墙上找到了安乐窝,后来乌鸦、麻雀也先后在墙上定居下来,甚至还有壁虎、蜈蚣,以及最会让小孩冒鸡皮疙瘩的蟾蜍,也次第把家搬到了墙上。一个早上加一个上午的工夫,小孩的家便成了动物园,那里成了节肢动物、脊椎动物和爬行动物的天堂。小孩虽然无法再看到它们的身影,但通过轻微震动的墙壁,便能知道它们正在打扫新家。金环蜂把洞穴里的蛇蜕清理出去，那条透明的蛇蜕已无法辨认究竟是哪种蛇褪下的壳。春燕把枯稻草用喙叼出去，稻草上铺满了老鼠屎，它们不想与老鼠同席共枕。乌鸦和麻雀都在奋力把洞口啄宽一点儿，屋檐下卷起一股灰尘，犹如沙漠之中突然吹起的风沙。壁虎、蜈蚣和蟾蜍没这么多事，它们甚至共享一洞，哪怕挤得喘不过气也不愿再挪窝。在这堵说大不大，说小不小的墙壁上，也像电视里说的动物世界那样，具备了等级森严的食物链：金环蜂和春燕在最顶端，乌鸦麻雀居中，壁虎、蜈蚣和蟾蜍则在最下面。

　　小孩没有告诉父亲他们的家里多出了许多不速之客，因为父亲还没砍完那棵旅人蕉，不是因为他没有力气，而是他每抡一斧，就有东西从头顶掉落。先是那些没成熟的青蕉，有的直接砸到他头上，有的则掉到屋顶上砸坏瓦片后又滚落到地，清理青蕉和心疼瓦片占用了他很长时间。后来又是各种巢穴从眼前坠落，父亲敢直接清理那些青蕉，但不敢用手触碰那些充满未知的巢穴，在他看来，未知意味着危险。他用他的经验判断这些巢穴里有蜜蜂，有蜈蚣，还有蟾蜍，尤其是迷宫状的蜂巢，更是抑制了他涉险的冲动。有了这些令人胆寒的巢穴，春燕、麻雀和乌鸦那些纯良无害的巢穴他也只能用一根烧火棍把它们夹到厨房烧了。做完这些，到中午了，再看那棵旅人蕉，刚砍到一半，豁口就像小孩还没学到的锐角三角形。

　　父亲把斧子丢到地上，拍着身上的灰尘回屋吃午饭，他的上身没有穿衣服，汗水像从笊篱里漏出的清汤。他走到门口的水井旁，压满一桶水把自己浇干净。中午的太阳照出了父亲的男子汉气概，站在二楼目睹这一切的小孩巴望着将来有一天也能像父亲这样强壮。

父亲仰头朝小孩笑，笑容里充满了旅人蕉的清香。父亲的笑容在见到小孩那一刻有些异样，敏感的孩子第一时间就发觉了。小孩把头背过去，看到一天二十四小时除了吃饭时不待的房间，真想跟楼下的父亲说："爸爸，我想出去玩。不让我出去，我就从楼上跳下去。"他知道结果还是会像上几回一样，父亲把眼一瞪，回道："不行，你要敢出去，我就把你绑起来，跟绑年猪一样。"说完这句话，父亲就会放下一切，坐在能看到小孩窗户的位置，看他敢不敢从上面跳下来。这回小孩换了一个策略，他对楼下的父亲说："爸爸，下午让我来帮你砍树好不好？"父亲这回没瞪眼，可说出的仍是拒绝他的话："不行，赶紧下来吃饭，饭要凉了。"

小孩噘着嘴来到楼下，看到父亲帮他盛好了饭，但妈妈却不在饭桌上，桌上也没有给她预留的饭菜。"妈妈呢？"小孩问。父亲用手指了指屋外，小孩心领神会，妈妈又端着饭碗去邻居家"抖跳蚤"（串门）了。吃饭的时候，小孩嘴里塞满了饭粒，他在嘴里塞满饭粒的同时，也把出游的计划塞满了大脑，等他把米饭咽下肚，他脑海中的想法仍然一团乱麻。他找不到合适的机会跑出去。他试探性地问父亲："爸爸，你下午还砍树吗？"父亲正在收拾饭碗，听到小孩的话后说："砍，下午不单要砍树，还要修屋顶。"父亲一天都在家，小孩只好不情愿地把出游计划无限期搁置。

小孩吃完饭，躺在床上午休。在他用手枕着后脑勺休息的时候，墙壁里那些动物却没有休息，它们刚搬了新家水土不服，有的用嘴发出喧哗，有的用翅膀扇出骚动，还有的在用牙齿试图拓宽洞穴。小孩被这些大大小小的噪音吵醒了，他从床上起来，走到墙边，墙壁外面可以看到那些密密麻麻的洞穴，就像无数黑洞洞的枪口。但在里面，墙壁依然完好无损，好像墙壁里浇筑的仍旧是结实的泥土。小孩把耳朵凑到墙上，就像在聆听掌心的春生万物。窗外，父亲又在砍那棵旅人蕉，许是午后天凉的缘故，这回他穿了上衣，把袖子卷到弓起来能看到"小老鼠"的胳膊上。那棵旅人蕉已在午后的风中摇摇欲坠，父亲只抢了一斧，它就倒下来了，它没有往屋子的方向倒去，否则会把整个屋顶砸坏，它倒在了那条可以直接通往大桥的路上。旅人蕉倒下来后，小孩的感受不是视线变宽了，而是他头顶的屋顶变得更灼热了。他看到屋顶上的漏洞更多了，犹如夜空下出现无数明亮的星辰。父亲把旅人蕉砍成五段，搬到屋檐下垒好，底下插了一块残砖，以防它们滚到路上，让走夜路的人摔个狗啃泥。

屋檐下堆了很多瓦片，但父亲却没挑选出几片好瓦，大部分瓦片都被屋顶上流窜的流浪猫弄坏了。它们在屋顶上追逐老鼠时，会把屋顶上的瓦片刨下来，因此屋檐下的瓦片是被屋顶上的瓦片砸坏的。父亲眉头紧锁，没有瓦片修屋顶，遇到下雨天，二楼睡觉的房间就会水流成河。雨水会浇湿他们的被褥，假如雨水很大，夜里睡在二楼的一家三口甚至会被水连人带床冲到楼下。父亲把这些破瓦用来填雨后会变得泥泞的马路。他的双脚把破瓦踩实,然后在一阵带有鱼腥味的风中看到了岸边茂密生长的灯芯草。

他仰起头对儿子说:"我出去一趟,你在家好好待着,哪都不许去。"小孩很激动,但尽量不让准备外出的父亲看出来,他表现出不舍的样子回道:"爸爸,你要快点回来。"父亲往腰里插了一把镰刀出发了,小孩看到父亲插在腰后的镰刀,像把天上的月亮摘下来,熨在了父亲宽大的后背。

待父亲走后,小孩像一根被擦亮的火柴,立马着了。他从床下拖出准备多时的书包,这个几年前父亲买给他的书包,最后没能装上课本和文具盒,而是装上了一些为远走高飞准备的干粮。小孩把书包背在身上,学着那些经过门前去上学的同龄人那样,用双手把书包晃了晃。他没听到书包里的知识互相打架的声音,他听到的是食物互相纠缠的摩擦声。

小孩满意地下楼了,走到楼下时,突然听到楼梯上奶奶在喊他:"乖孙子,回来。"小孩转身没能看到奶奶的身影,只有那个长长的楼梯,一端承载着他七年闭门不出的艰难困苦,另一端却寄托着他获得自由的兴高采烈。出门之前,他时刻在心里擘画这一天到来之后的义无反顾,但等这一天真的到来时,他的步履却没有想象中的迫不及待。叔叔站在大门口冲他招手,朝他吹响了象征自由的口哨,可他只要再往前走几步,奶奶在身后的声音又会再次响起:"快回来,快回来,外面很危险。"叔叔仍在他面前描绘着:"外面的世界非常精彩,作为一个男人,就要勇敢点,快,只要踏出这个门槛，以后你就是男子汉了。"小孩被叔叔感召，不顾奶奶在身后一再苦口婆心地相劝，一心要出门去闯世界。

"你背书包干吗去？"父亲抱着一捆灯芯草回来了。

"我给爸爸带吃的。"小孩灵机一动。他立即把书包从身上摘下，慌忙把里面的干粮拿给父亲看。

父亲把灯芯草放到屋檐下，他没有把它们摊开来晾晒，因为把它们铺到屋顶上时，自然会被太阳晒干。他指着那个跟孩子小腿一样高的门槛，让他把脚踏回去，别再踏出来。这个门槛像一条晨昏线，割开了小孩的两重世界。父亲把梯子搬来架到屋檐下，那捆还未丧失水分的灯芯草被他夹在胳膊上，让他登梯的速度慢了许多。小孩不敢踏出门槛，他跑回二楼，还没摘下书包，便从窗口看到父亲的胸膛，那捆被父亲夹在胳膊里的灯芯草，就像螃蟹钳中的猎物，已无处可逃。小孩把书包放回床下，仰头看到残破的屋顶被铺展开来的灯芯草补好了。小孩把头从窗口探出去，对屋顶上的父亲喊道："爸，我不能出去，我能上去吗？"他渴望远处，也渴望高处。

父亲在屋顶上想了想，他考虑的时间很长，小孩以为没戏了，但父亲却把双手伸了下来。小孩激动地抓住父亲的大手，由父亲引领踩到梯子上，很快爬上了屋顶。屋顶上刚铺满灯芯草，这些他一直临窗远眺的植物，如今能够近距离接触，对他而言不啻远行成功了。

那群小孩放学了，他们在桥的另一端等红绿灯，那个拥有红黄绿三种颜色的路灯，决定了谁先走谁后走。绿灯亮起，小孩排队走到桥上，屋顶上的小孩看到大桥晃了晃。这群小孩走过大桥，把夕阳抛到看不到的屁股后面，等他们走到他家门口时，有一个小孩发现了不对劲，因为泥泞的路面结实了，眼前也宽敞了，而且，原先栽旅人蕉的地方像被掰掉了牙齿，空了。

有一个小女孩指着墙壁喊道："快看，墙中枪了。"其他孩子看到墙壁上满是拳头大小的洞穴，不禁把好奇的身子靠过去。那些疲累的动物，已在洞里睡着了，因此这些小孩什么也没看到。他们又从墙壁边走开，走到可以仰望高处的地方，问那个在修屋顶的男人："叔叔，你在干什么呀？"这个男人回道："我在给自己的屋子动手术。"他们觉得很奇怪，因为只有病人才能动手术，从来没听说屋子也会生病。

那个小女孩继续问道："叔叔，你的屋子得了什么病啊？"

"感冒流鼻涕。"男人说。

这个小女孩恍然大悟，抚着两根辫子跟同伴说："今天课堂上老师说地球病了我还不信，现在一看真是这么回事，因为只有地球病了，房子才会病。"

另一个小孩问："地球为什么会生病呢？"

小女孩回道："因为地球上电灯太亮了，把地球都照得发病了。"

这个小孩继续问："可地球不是总照太阳吗，以前怎么没有生病？"

小女孩想了想说："因为太阳不是每天出来，有时会阴天，可电灯却日夜发光，而且没有人会记得关灯。"

这个小孩说:"我懂了,只有关了灯地球才能痊愈。"

小女孩朝这个男人喊道:"叔叔,老师说今天是地球停电日。今晚千万别用电哦,一定要记得,就像记得除夕晚上不能关灯一样。"

小女孩说完跟同伴雀跃地走开了,留下这个男人在屋顶上一脸疑惑。他看到儿子本来站在自己身旁,现在却慢慢往屋檐边走去,眼看就快掉下去了,忙开口大喊:"喂,站住,你待在这别动。"小孩看到父亲抛下他沿梯而下,匆匆走进客厅,他听到父亲在开灯。

电灯没有按钮,用的是一根绳子,握住这根绳子往下一拉,电灯就会发光发亮,再拉一下,整个客厅又会重回深不见底的黑暗。父亲把绳子往下拉了几下,始终没看到客厅有灯光孵化。客厅自始至终都是夜幕来临之前的昏黄。

父亲从客厅跑出来,对屋顶上的小孩说:"糟了,停电了。"他把小孩接下来,让他去房间老实待着,他去去就回。临走前,父亲还把小孩的房间上锁了。同时锁住的还有在小孩面前急剧扩散的黑暗。

那个傍晚,父亲跟每次吃饭都要去串门的母亲一样,把自己的脚踩进了别人家里。这些人打开电灯开关,指着依然一片黑暗的屋子说:"我们家也停电了。"在父亲到来之前,他们检查过保险丝,也检查过电灯泡,都没发现问题,于是他们就知道真的停电了。他们抢在父亲面前,买光了店里的蜡烛。等父亲从这些人家里出来后,店主在窗外照射进来的夕阳里不好意思地跟他说:"抱歉,蜡烛卖光了,火柴也卖完了。"父亲把脚踏出店门,一出来就发现门里门外都黑了,身后的店主马上擦亮火柴,点燃了三根蜡烛,店里顿时亮堂一片,店主开始在光明中做晚饭。父亲把头转回来,看到很多屋子里都冒出萤火之光,只有自己的家漆黑一片。站在二楼窗户里的儿子,面容也逐渐被黑暗吞噬,最后父亲只能凭借记忆在黑暗里走回家。

小孩自父亲离开后,一直站在窗边,他亲眼看着天慢慢黑下来,就像一个老人渐渐闭上了沉重的眼皮。他沉浸在黑夜里,其他白天能够自由行动的人也浸泡在黑夜里,他觉得所有人都跟他一样,寸步难行了。他享受这种与他人同病相怜的时刻,唯有父亲回来后又出门了。父亲手里握了一个手电筒,小孩看到光在哪里,便知道父亲在哪里。光最后照亮了河边还没被父亲割尽的灯芯草。

父亲回来时,左手拿着那个越来越暗的手电筒,右手捏着三四根二十厘米左右的灯芯草。父亲仰头叫小孩下来,但怕没有光会让他从楼梯上滚下来,便自己上楼去。手电筒在楼梯里更暗了,父亲看着模糊的楼梯,几次像踩在水里。他被困在楼梯中央,不知道是该继续向上,还是扭头往下。这个楼梯他每天都要上上下下,了解它的程度仅次于了解自己的妻儿,现在不过是没有灯火,他就在自己的家里迷路了。就在这时,他的脚下突然出现一团浑圆的光芒,他立即把脚踩到光中,每往上跨一步,光也会往前一步,他低着头盯着光,生怕来之不易的光突然出现又突然消失。等他终于走完这段漫长的楼梯时,才发现光明使者竟是自己的儿子。他压制住内心的喜悦，质问小孩："快说，手电筒哪来的？"

小孩慌忙捂住手电筒，霎时整个屋子又回到了黑暗里，黑暗同时捂住了小孩做错事惊慌失措的脸。父亲收缴了小孩的手电筒，还去把小孩床下的书包拽出来，发现书包里都是这几年家里突然消失的物件。除了那个手电筒，居然还有他的刮胡刀。

"你这么小用得着刮胡刀吗？"父亲哭笑不得。

"我终有一天会长大。"小孩盯着父亲的眼睛说。

"这事以后再找你算账，帮我拿好手电筒。"父亲说。

"爸，你要把手电筒还给我吗？"小孩问。

"不，我是要把我们失去的光明都找回来。"父亲说。

二楼有个储物间，里面放置了许多闲置不用的物品。早些年让小孩沉迷其中的竹蜻蜓、陀螺、发条青蛙和四驱车等玩具都在里面。父亲让小孩把手电筒照到他面前，别去照那些如今狗都嫌的玩具。小孩调整手电筒的方向，父亲在光中摸出一个锈迹斑斑的煤油灯，灯芯像燃尽的蜡头，只剩短短一截。

父亲捏掉灯芯，用双手揉搓其中一根灯芯草，然后揭开煤油灯，把灯芯草浸入剩余的半瓶油中，一头稍出外，最后从兜里摸出一个打火机，点燃煤油灯，轻轻用手捻亮。

整间屋子立时一片光亮，父亲看到了小孩激动万分的脸，小孩也看到了父亲十分得意的脸。父子两人在彼此的眼中都收获了光失而复得的惊喜。父亲拿上煤油灯，小孩跟在其后，关闭手电筒。父亲所经之处，光明像水流淌一片。父子两人一前一后走下来，最后把煤油灯放到饭桌上，照亮了客厅的桌椅板凳和墙上挂的日历。

父亲提前撕了一张日历，说："新的一天到来了。"

小孩摸了摸自己的肚子，说："可是我和爸爸还没吃晚饭呢。"

父亲看了看漆黑的门外，说："你妈怎么还没回来？"

父亲的话刚说完，就看到妻子出现在了门边。她摸黑回来，摔了几跤，衣服都弄脏了，但她在见到家里的一豆灯火时转怒为喜了。

"没想到我们家也能阔绰一回，看，我们家的灯比其他人的都亮。"她指着身后四邻的屋子骄傲地说道。

下篇　觅光者

　　电停了三天，那四根灯芯草相继变成灯芯，最后在煤油耗尽之前率先完成了自己的使命。第四天，电在小孩躺在床上神游四方时突然出现，他头上本来是一望无际的黑暗，光明的到来让他看到灯芯草在屋顶发了芽，嫩芽从缝隙中延伸到了小孩能够一目了然的天花板。小孩的房间成了培育灯芯草的花盆。他从床上起来，推开窗户让雨丝飘进来。在停电的日子里，又开始下起了雨，下了三天的雨水让河水变浊了，家门前的路也难走了。小孩的屋子在雨中越来越脆弱，不是大雨浇坏了他的房子，而是那些栖息在墙壁上的飞鸟蛇虫在使坏。它们在这段时间用各种方式增阔了墙上的洞穴，它们的巢穴是宽敞舒适了，但这家人的房子却出现了问题。没停电之前，父亲只须修好屋顶，停电以后，那些斜下的雨水又会通过墙上的洞穴浸湿室内，有些洞穴几乎贯穿墙壁内外，所以这家人好几次早上醒来时，都会看到房间和客厅出现了一大摊水。

　　父亲用紧皱的眉头表达对大雨的不满，但他更不满的是那些鸠占鹊巢的不善来者。他同时在等待供电和雨停，最后电恢复了，雨还没停止。雨让父亲白天也要开灯，他坐在电灯下，头上笼罩着一层光晕，屋外飘洒的雨水模糊了万物。小孩依旧站在二楼的窗边，雨的到来一再推迟他外出，而且随着时间的推移，他外出的决心已不像当初。他听到墙壁里的小动物在叫唤，它们无法阻止雨水破坏它们的洞穴，只能蜷缩一团，等待太阳出来。那些把洞穴贯穿内外的壁虎与蜈蚣，则公然躲到室内。小孩有一次踩到了一条蜈蚣，他的惊慌失措引来了父亲。看到室内都已被这些动物侵略，父亲觉得不能再等待，他决定做些什么。

父亲穿起雨衣，戴上斗笠，手里拿着菜刀，走到屋外。他先捡起石头塞住墙上的洞穴，发现有的石头过大，有的石头又过小，与墙壁上的洞穴无法完全贴合，便拿起刀，把屋檐下堆放的旅人蕉砍成与墙壁厚度差不多的长度，然后直插进洞穴。有的刚好合适，旅人蕉在墙壁上像画了一个圆；有的却插不进去，哪怕使劲推，还是推不进去；有的一插进去就从室内滑出来了，父亲只好喊小孩帮忙把旅人蕉从里面的洞口推出来。通过这次对墙体的查缺补漏，父亲发现墙壁同时遭受了三种不同程度的毁坏，之后他会着重处理第三种，也就是洞穴贯穿墙体这个问题。

几天后，雨还是照下，父亲把墙上的洞穴补得差不多了，只剩寥寥几处。他先在室内把可疑的洞用水泥封住，然后出去继续用旅人蕉插好。旅人蕉的横截面有七圈，倒放着小孩从现在到过去的七年时光。在父亲封住洞穴的时候，小孩却在担心那些小动物的下场。他一度央求父亲，封洞之前，能否先用烟把它们熏出来，放它们一条生路。

父亲没有同意。

修好墙壁了，夜晚吃饭的时候，一家三口头上的灯光不再从洞口溢出屋外，所有光线都牢牢照在客厅。为防光从门缝和窗边逃逸，父亲还用报纸把门缝和窗户塞住了。小孩端着饭碗没有胃口，他在担心那些被困在洞中的小动物。他跟父亲持不同看法，父亲认为那些小动物都死了，小孩却认为它们还活着。动物面对困难的韧劲高出人类，电视早就确凿无疑地指明了这一点：每次干旱到来，缺食的动物总会跋涉数万里，最终会找到下一个水草丰茂处。即便被困在悬崖上的猎豹，也不会轻言放弃，总能拖着残缺的肢体化险为夷。更不用说那些误入沼泽的老虎，只需一块朽木，便能成功逃生。动物在数亿万年的进化中，早就进化出了能与大自然和睦相处的秘诀。或者可以这么说，大自然就像一个良师益友，教会了动物生存的各项绝技，而动物又反过来促使大自然改善了自己的奖惩机制。因此，父亲补洞的举动，非但不能杀死洞中的动物，或许还会让它们进化出可掘墙求生的超能力。

小孩突然说："爸爸，我怕我们的家会变成一个巨大的动物乐园，到时所有的动物都会来我们家做客。"

父亲说："傻孩子，那些动物才不是客人，它们来了我们就遭殃了。它们要敢来，我就把它们全部杀死。"

小孩说："爸爸，我们就不能好好招待它们吗？就像用好酒好菜招待上门的亲戚一样。"

父亲说："因为那些都是动物，我们是人。我们有智慧，它们没有。而且它们不是会咬人，就是会下毒，因此人与动物永远势同水火，这也是我们的祖先会从大草原走出来的原因。"

小孩说:"可是爸爸,电视上说过我们人类要善待动物,善待大自然。"

父亲说:"你不听爸爸的话,只听电视的话,罚你以后不许再看电视。"

小孩说:"不管是电视的话,还是爸爸的话,只要是好的话我就听,不好的话我就不听。"

主持人在客厅的电视机里说:"人,这种长有四肢,双足着地,直立行走的动物,难以确定它们出现在地球上的时间,也无法说清它们是怎样降临于大地之上的。一部分人深信自己是由一个万能的神,依照自己的模样用泥捏造出来的;还有一些人运用他们那超越其他动物许多的思维能力,冥思苦想,最后推断出人是在一个相当相当长的时间里,由最聪明的猴子变成的。"

小孩好像对这档节目很熟悉,只见他接下去说道:"终将有一天,所有的动物都冲破关束它们的樊笼,奔向自然的时候,这一天将是野生动物的盛大节日。"

父亲不满地说道:"把电视关了,吃饭。"

父亲因孩子的话担心起了看似补好的墙壁,他知道墙壁表面看上去仍然完好如初,但里面早已残缺不全。看着打满补丁的墙壁,父亲摇了摇头,他没有钱另盖一屋。他用手挨个敲击那些补丁,就像别人在刚装修好的新房检查空鼓一样。他发现四面墙体都空了,里面早已被那些动物完全侵占,甚至在他补洞的时候,那些动物把洞穴从内部完全相连到了一起,很有可能还把出口放到了墙角或者烟囱。父亲沿梯爬上屋顶,小心地踩在铺就的灯芯草上,慢慢地来到烟囱面前,俯身往下看,却什么也没看到。他走到小孩房间所在的那片屋顶,掀开发芽的灯芯草,看到小孩又在整理那个书包,地板上放满了从书包里倒出来的物品。

父亲喝道:"你在干什么?"

小孩听到父亲的声音在耳边响起,赶紧把书包推到床下,然后躺回床上。父亲喊他后,并未走进来,小孩左等右等不见父亲出现,又缓慢地从床上起来,等他准备钻进床底把书包拽出来时,父亲的话又响起来了。这回小孩才知道父亲的声音从天上来,他抬头看到父亲的脸出现在屋顶上,生气地说道:"爸爸,你这么大人了,别这么幼稚好不好?有什么事到我耳边说就行,别爬到屋顶上吓我。"父亲不好意思地揉了揉鼻子,他首先跟孩子道歉,说他不是有意的,随后又质问他为什么老藏着那个书包,是不是想去上学?最后话锋一转,让他快去厨房生一把火。

父亲说了好几句话,但小孩只记住了第二句,他仰头回道:"爸爸,我不能去上学,就不能让我看看书包过过瘾吗?"父亲觉得孩子说得有道理,他确实不应该剥夺他这仅剩不多的爱好。见孩子没记住自己的吩咐,父亲又换了一种脸色:"你现在忘性是越来越大了,对我的话是越来越不当回事了,干脆你做我老子,我做你儿子好了。"小孩仍旧昂着头说:"爸爸,你别蛮不讲理,哪怕我同意把我们的位置换过来,不出一天,你一定又会仗着比我高大强壮欺负我。"父亲咧开嘴笑道:"你这小兔崽子倒挺聪明,快去厨房生火,等下让你看好戏。"

在小孩去厨房生火的时候,父亲立马从屋顶下来。他要检查四处的墙角,确保那些动物最后不会从墙角逃生。墙角没有可疑的洞穴,只有不知名的花挨着墙角盛开:在向阳处野花长得过分美丽,在背阴处,野花则萎靡不振。父亲看到大雨初歇的天上冒出了炊烟时,再次登上屋顶。

小孩生完火跑到二楼房间,把头探出窗外朝屋顶上的父亲喊道:"爸爸,我把火生起来了,可锅里什么也没有啊,快把油放下去,把菜倒下去啊,不能干烧呀,等下妈妈回来又要骂了。"父亲没听到小孩的话,他在仔细观察从烟囱里升起的炊烟。这是一个雨后天晴的上午,许多因雨滞留在家的人先后走到野外,对多日不见的野草和微风产生了不同以往的感觉。河水退却后裸露出一片洁白的沙滩,有许多跟他儿子一样大的小孩在河边捡贝壳、戏水、游泳。小孩同样在窗边看到了河岸的人头攒动,沙滩上留下一串串让他垂涎的脚印。他抬头跟父亲说:"爸爸,我们出去玩好不好?就一次。"父亲没有说话,他在考虑带孩子出去玩将会带来的风险,最后他不顾小孩的期待回道:"不行,外面很危险,别看那些人现在玩得欢,到时要溺了水可就有的哭了。"

小孩没再说话,他所渴望的沙滩很快被炊烟遮盖,徜徉在炊烟里的孩童犹如沐浴着晨雾,不断为自己的心花怒放添砖加瓦。

"上来。"父亲再一次把他拉上屋顶。

小孩站在屋顶上,看到河岸边有许多次第撑开的遮阳伞,那些从河对岸过来的游人都是和和美美的一家三口,有的夫妻两人走在身后,任由孩子在前面的沙滩上狂奔;有的把小孩提在中间,左边是父亲,右边是母亲;有的父亲把孩子驮到肩上,一旁的母亲用手仔细呵护,生怕孩子掉下来。炊烟里的画面让屋顶上的小孩湿了眼眶,他看着限制自己出门的父亲,第一回感到自己的爸爸没有别人的爸爸好。桥面上都是往来穿梭的汽车,这些开窗通风的车辆也感受到了河岸的喜悦,纷纷把车开到河岸,从封闭的车厢下来,享受空旷无垠的大河两岸。被父亲割稀的灯芯草已在几天的风雨中重新长出来了,游客争先恐后地站在灯芯草边拍照。小孩没有拍过照,也没有可拍照的手机,他所能做的就是在自己闭门不出的日子里,尽量把自己的眼睛聚焦于户外,把目视的一切储存在大脑深处,等到夜深人静时再拿出来仔细重温。

"快看。"父亲的提醒让小孩发现烟囱开始不一样了,最初从里面喷出的是灰黑色的炊烟,现在从里面冒出的是彩色的羽毛。小孩下意识地靠近烟囱,准备俯身往下望,却被父亲拦住了。父亲骄傲地说道:"这是我给你放的烟花,漂亮吗?"父亲眼里的烟火在小孩眼里是残酷的代名词,他知道这些颜色都是用依附在墙内的动物生命为代价的。

"我要下去把火给灭了。"小孩说完独自爬梯而下,父亲及时把他拦住,以防他踩空摔下去。小孩两手扶着梯子,冲父亲说:"我现在给你两个选择,一去把火灭了,二去把墙上封的洞揭了,不然我就从这里跳下去。"看着孩子一脸严肃，父亲有些忍俊不禁，可又不敢不听，于是他说："好，我听你的，等下就去把火灭了。"小孩一刻都不想等，他要父亲马上下去灭火，因为他不再相信父亲。

父亲说："你为什么这么心急？心急吃不了热豆腐，知道吗？"

小孩说："因为爸爸说话不算数。"

父亲说："胡说，爸爸一向很诚实。"

小孩说："医生说我不能出家门一步，但爸爸却几次拉我上屋顶。你老实跟我说，我到底是真的不能出门，还是你不想让我出门？"

父亲想了一会儿说："医生的确说过你不能出家门，但我认为到屋顶上不能算离开家。而且我认为只要我们家的屋影能照到的地方，都算家，都算没出家门一步。"

小孩看了看接近中午的阳光，这是一天之内最短的阳光，房屋、树木和人都会被阳光无限压缩，但只要一到傍晚，阳光又会把房屋、树木和人拉长许多，因此小孩马上脱口而出："爸爸的意思是，白天跟傍晚我的自由也有所区别，白天我不能走很远，傍晚我就可以多走几步，只要还在房子的影子里，我就算没有走出家门。"

父亲看了看正午之前有些灼烧的阳光，无奈地点了点头。小孩在父亲的话中如蒙大赦，他催促父亲快去灭火，可父亲却把两手一摊说道："来不及了，墙壁里的那些动物都被熏死了。"小孩立即回到屋顶，走到烟囱边，隐约闻到烤肉的香味。春燕的花衣裳在烟雾中烧焦了，变成星星点点的灰烬蹿到空中,又被来自远方的春风吹到大河两岸,直到再也不见。壁虎的尾巴像一截小木棍,突然升到空中,最后砸到门口,在屋顶蛰伏许久的流浪猫见状,飞快跳下去,叼起尾巴夺路而逃。蜈蚣的腿则升到空中像小学生在黑板上写的潦草字体。

小孩目瞪口呆地望着这一切,看到父亲像被踩到尾巴一样迅速爬下梯子。他钻进厨房,很快又满脸乌黑地跑出来,对屋顶上的小孩喊道:"快下来,厨房着火了。"当小孩从屋顶上心惊胆战地下来后,父亲已经在提桶打水灭火了。小孩没有理会父亲,他径直走到墙边,趁父亲无暇顾他,立马把封洞的旅人蕉给揭了。起初那些重见天日的洞穴口毫无动静,后来便在小孩的面前如漏水的水管,涌出一大群小动物。这些小动物有的逃向蓝天,有的钻进草丛,还有的往路上飞奔。自此,它们终于从哪来回哪去了。

大河两岸无人知晓这座房子发生的一切,只有几个小孩看到屋子里长出的蘑菇云,稍微中断了他们嬉戏的乐趣,不过很快又继续沉浸在绵软的沙中和清凉的水里。

父亲还在厨房灭火,他提着一桶又一桶的水浇进厨房,直到厨房的门口流出污水。污水里夹带着饭粒和木柴,还有个蚂蚁窝。蚂蚁困在流动的窝中慌不择路,有些不幸落水被冲到屋前的沟渠里。小孩不敢走进污水横流的厨房,只能等待父亲提桶出来。厨房里都是灭火之后燃起的浓烟,小孩听到父亲在浓烟里咳嗽,等他看到父亲踉踉跄跄出来后,已经不认识这个讲卫生的父亲了。

父亲的头发和眉毛都被火烧没了，衣服只剩一件内裤。大火把父亲身上所有能烧的都烧得一干二净。

父亲在屋前洗澡，当几桶井水泼到他身上后，他身上的污渍全部被洗干净了。井水把那个洁净的父亲还给了小孩，只是容貌跟往日有所差别。小孩看着无发无眉的父亲，掩嘴笑道："爸爸，你现在就像一个和尚，奶奶常去的寺庙里有很多你的师兄弟。"父亲把身体擦干净，检查完身体后长舒一口气："好险，幸亏没烧到肉。"小孩突然伤感了，他的话中带出了生死不明的奶奶，他仿佛又看到奶奶站在门槛边，手上挽着一个装满香烛的竹篮，对他说："乖，你在家好好待着，我去寺里烧个香，给你小叔祈福。"说完奶奶就一边叹气一边走了。小孩对父亲说："爸爸，我想奶奶了。"

父亲眼睛一红，刚才的大火都没让他落泪，但下落不明的奶奶却让他红了眼眶——这对母子身上仍系着那根即便死亡也无法中断的脐带。

父亲抑制着伤心把厨房收拾干净，小孩坐在井边——阳光刚好照在了井沿，木桶里还有水剩下，小孩把头探到桶里，看到自己的脸在水里有些难过。他揭开井盖，把头探到井边，井水里出现的那张脸难过得更加明显。井壁有许多蕨类植物，这些嗜阴的植物即使没有阳光的照射也能葳蕤生长，有几株鹿角蕨的叶梢无限弯曲成一个令小孩垂涎不已的棒棒糖。井底漂浮着几只伸展四肢的蟾蜍，背部似乎被夜晚的星星烫伤了，留下几个黝黑的斑点。井水无风自动，卷起的波纹数不清到底有多少圈，只知道像百年老树锯断的横截面，年轮依次往回数总共有一百圈。这口深井俨然是一颗不是向阳生长而是掘地求生的大树，深不见底的地心和至高无上的天空同样能够给树木提供足够的生长空间。小孩在梦里才到过低处，梦中的他无数次被一只看不见的巨手往下拽，又会在他即将坠底的时候突然惊醒。看着自己满身是汗，他不知道自己在梦中赶路是否也会大汗淋漓。从此他明白，哪怕他白天哪也没去，晚上仍会在梦里把该走的路都走上一遍。小孩看着深邃的井底一动不动，井盖的揭开，让井水有了一次直面太阳的机会，也给了小孩一次看清井底世界的机会。

父亲收拾完厨房出来，没能第一时间看到趴在井口的孩子，他以为孩子仍在二楼房间。当他在二楼房间没有看到小孩后，心里的慌张比妻子对年龄的慌张更甚。他把这座两层的房子找了好几遍，可孩子既没出现在储物间，也没躲在楼梯间。储物间凌乱的物品拼凑不出小孩那张忧心忡忡的脸，楼梯间那些三十度斜放的楼梯也还原不出小孩那双跃跃欲试的腿脚。父亲在最熟悉的家里丢失了自己的心肝宝贝，他坐在小孩每晚睡觉的床上以泪洗面，看到墙壁上的洞穴不知何时已被全部腾空，他可以直接透过这些洞穴看到外面的世界。他看到了那条马路，马路呈现的椭圆形限制了他的视野，随后椭圆形的大河也让他的视线只能往回收缩——他所能看到的一切都比从前窄了很多。他起身来到客厅，看了看一望无垠的天际，猜不准下午会不会落雨，只好穿上雨衣，戴上斗笠，出门去寻找自己的孩子。妻子每日揽镜自照的镜子出现在案上，镜面的灰尘跟每日清理完仍会出现的蛛网一样。他把镜面用袖角擦干净，很快在镜中看到了一个陌生人。此人无眉无发，但他的一颦一笑却格外熟悉：忧时眉间皱纹像缝补的扣子，乐时嘴角笑容则像敞开的拉链。他根据这些熟悉的忧喜，辨认出了镜中人。他冲镜子里的人打招呼："你好，你这些年感到累了吗？"他自顾自回道："虽然有时会累，但想想明天就不累了。"他继续问镜中人："你现在实现了年少时的梦了吗？"他看了一眼略显破落的客厅，回道："梦毕竟是梦。"父亲被镜中人吸引了注意力，全然忘了他还要出门去寻子，等他身后出现一声响亮的"爸爸"时，他瞬间泪眼模糊地跟镜中人说道："我虽然没能实现年少时的梦，但我有一个比梦想更美好的孩子。"说完他弃镜奔到门边，一把抱起儿子慈爱地说："儿子，爸爸好想你。"

"爸爸，我也好想你。"小孩在父亲的怀里闻到了井水的味道。父亲把小孩抱进房间，给他铺被子，让他在自己面前安枕入睡。待小孩睡着后，父亲来到客厅，脱下身上的雨衣和头上的斗笠。门外的天空有乌云聚集，父亲出门去收拾屋檐下的一片狼藉。墙壁上的那些洞穴如今像一把筛子，里面那些小动物像筛出的米粒一样所剩无几。父亲望着这些洞穴，不知那些小动物如今去了哪里。他扭头往外看了一眼，它们现在应该在那些树上和草丛里重新安了家。

父亲再次封住洞穴，封住洞穴意味着要缝补自己的漏屋。在他做这些的时候，小孩在二楼的睡梦中首次没有悬空坠落，也终于停止了在梦里的长途跋涉。父亲这回没用旅人蕉直接塞住洞穴，也没用水泥浇灌洞穴，而是用稻草把洞口填补。稻草里即将盛放动物世界的万千美梦。

小孩在睡梦里有许多动物陪伴，这些都是他的梦境繁殖出的动物。在这些幻想动物身上，他看到野猪有翅膀，鸟儿可潜水，蛇能立地伸直……他骑在猪背上，看到潜水的群鸟在追逐鱼群，大鱼把大海像被子一样掀开，裸露出海洋之心，直立行走的蛇首次接近天空，远离大地。小孩的梦中还有百花盛开，不过没有人会去采摘一朵沾上露珠的玫瑰，也没有人会去嗅闻百花丛的怡人芬芳，因为花香充盈着每一个角落，只有嗅觉不好的人才闻不到这扑鼻香。

父亲的举动不像在补洞，倒像在缝补孩子残缺的梦境。他把小孩漏水的梦境巨细无遗地补好后，发现孩子终于不在梦里踢被子，不在梦里翻身频频。小孩也终于学会用靠近心脏的那一侧睡觉。

天空中的乌云终于揉碎了大雨，豆大的雨点落在以这座房子为圆心的四周，尤以这座房子遭到的雨点最多。父亲利用屋檐躲雨，墙壁上用稻草填充的空洞很快被雨水溅湿，没有空洞的墙壁也很快被雨水抓花脸。此刻父亲觉得雨水跟阴影是同义词，都是一种对阳光的强力拒绝。他回到客厅，看着悬挂的日历，最上面一页显示着春日将尽，夏日已至。在这个春天的最后一天，屋外的风雨却把墙上的日历直接翻到了岁末——时光在疾风骤雨下飞逝，略过了接下来的盛夏与晚秋，一下子来到了数九寒天的隆冬。父亲前去与风雨博弈，极力让墙上的时间按照正常速度流逝，他把被风雨卷成一团的日历往回翻，一页页地往回翻，就像把自己逝去的韶华翻找回来。他把日历又翻回到了春天的最后一天，然后继续往回翻，他翻到了自己的青春年华，看到了儿子刚出生的时候，然后又看到了自己结婚时的模样，那是他一生中最幸福的时刻，笑容永远镌刻在相框里，谁也无法合上他的唇齿。随后他看到了那个长大后嗜赌如命的弟弟，跟在母亲身后，前方是那座烟雾缭绕的寺庙，那时的大河比现在宽，桥却比现在窄，母亲走过颤抖的桥，来到对岸那座隐藏在大山深处的寺庙，跪在佛像前为全家人祈福。时间在这一刹那成了永恒，父亲看着幼时的自己，无法再看到更早之前的岁月，因为从这一刻起他开始真正记事，往前的事情他一无所知，往后的岁月他同样无从知晓，只有现在年逾四旬的父亲才能了然记事之初的这段时光，就像父亲通过翻日历能知晓一整年的时令一样。在这段时光里，有太多记忆的灰尘落在了上面，犹如他的笑容永远印在相框里一样，这些灰尘同样亘古不变。

"爸爸，你在干什么？"孩子不知何时下来了。他站在楼梯口看了父亲许久，时间跟父亲盯着墙上的日历一样久。父亲转过身，看到孩子的脸色被熟睡照顾得很好，便让他回房间，继续睡一会儿，假如惹到此刻门口的雨风，说不定就会感冒。小孩没有听话，他要跟父亲待在一起。父亲只好关上一半大门，让另一半大门敞开，使他们依然还能待在白天带来的微光里。

父子两人坐在一条长凳上,这条长凳横放在门口,那半片关起来的大门就像长凳的牙齿,另一半没关的大门则像被打落的门牙。他们坐在门口这个残破的口腔里,望着门外被雨水洗皱的世界。河的对岸许多人开着汽车回家,河的这边许多人在雨中徒步回家。一条大河把世界分割成两种不同的形态,就像古人来到了现在,或者今人回到了古代,时空带来的错觉让大河两岸的人都有些恍惚。不过,即便如此,那座隐匿在对岸深山的寺庙仍能同时脚踩古今,不管在哪个时空都不会突兀,因为不管古人还是今人,都要求神拜佛,就像古今的人类都要吃饭一样。

小孩在充满禅意的雨中想起了奶奶,想起了那个每天都会给他讲佛语的老人。每次他在家里待烦时,奶奶就会给他讲兔、马、象三兽渡河的故事:"这三种动物由于体型和个头的关系,过河的方式极为不同。兔子过河是浮在水面,马过河时马蹄有时能触底,有时不能触底,只有大象过河皆触底。"小孩回道:"我看电视上很多人过河,直接坐船。"奶奶脸有愠色,说道:"别打岔,佛是用这三种动物过河的方式告诉人们兔马过河不可取,我们要像大象过河一样脚踏实地。"奶奶第一次讲起这个故事时忽闻岁暮,那时寒风呼啸,衰草转枯,林空无果,他们也如现在这般坐在这条长凳上,门外是衰草连天的残冬,一切皆被寒冷涂成灰白。起初小孩还会认真思考奶奶的话,后来在电视上看到动物迁徙时各有不同,终于明白万物有灵,没有高低之分,造物主恩赐了每种动物最合适的生存法则,一切都是人类的过度解读。从那以后，小孩就不愿再听奶奶的信口雌黄，而她也逐渐看出孙子的漫不经心，从此闭上那张极欲与人说话的嘴，往寺庙跑得更勤了。后来的结果证明，求神拜佛没用，起码对奶奶没用，因为她的小儿子沾上了赌瘾。

"爸爸，奶奶真的永远不回来了吗？"小孩的突然发问令父亲措手不及。父亲不知该如何回答儿子，但不回答又会让他此后都会被这个问题纠缠。"奶奶去了天边。以后我们也去天边的时候就能跟她团聚了。"父亲的回答让小孩此刻看到了天边的具体形状：一个漏水的水龙头，正不断往他们面前泼水。

"那小叔去哪了呢，也去天边了吗？"小孩对小叔还有印象，他仍记得小叔最后一次走出家门时，嘴里叼着一根牙签冲他招手："喂，小鬼，敢不敢跟我出去闯一闯？"小孩没有去，他依旧待在了这座牢笼一样的房子里，他看到小叔出走时的背影。那天的太阳很大，好像要把小叔融化一般。从那以后，这个家里没有了奶奶与小叔，就像口腔里缺少了两颗牙齿，在父亲看来，这两颗牙齿对咀嚼功能无碍，是可有可无的智齿。但对小孩却很重要，缺少了这两个牙齿，他变得不爱笑了，好像缺失了两颗最关键的门牙，一笑就会丑态毕露。

"没人管他的死活，你以后千万别跟他学。"父亲说完这句话后，天又慢慢黑下来了。他让小孩前去把电灯打开。小孩跳下长凳，去到墙边拉了拉开关，没看到电灯泡发光，大声对父亲说道："爸爸，又停电了，快点灯。"

父亲摇摇头说："煤油灯里的油用完了。"

天空好像知道要停电似的，在小孩说出这句话的同时，也把瓢泼大雨给停了。室内昏暗如墨，门外却明亮如镜。小孩用上楼磕破膝盖提醒父亲光明的重要性，父亲听到楼梯间传来的磕碰声，跑到楼梯口关切地问："小心点，没事吧？"父亲看不到近在眼前的儿子，小孩也看不到几步之遥的父亲。父子俩犹如远在天边。小孩坐在黑暗的楼梯上，以为父亲很快也会走上来拉住他那双没有依靠的手，可听声音，父亲却走出去了，走到了刚下过雨的大门外。

小孩迅速把二楼的窗户打开，借助霞光，他看到父亲正要架梯爬屋顶。小孩冲父亲大喊："爸爸，现在开了窗有光了，你又上屋顶干什么？"父亲正在爬梯子，听到孩子的话，加快了爬梯的动作，很快整张脸都出现在了窗边："现在是还有光，但很快光就会消失，因为快到晚上了。"父亲没有告诉他上屋顶的用意，他要赶在夜晚到来之前来到屋顶。小孩看到父亲的脸离自己远去，很快那双强壮的腿也不见了，最后只剩下梯子的中间部分，在窗前呈现一个陌生的"目"字。

小孩在房间里看着光慢慢流失，转瞬之间，窗外也全被黑暗浸染。小孩破天荒站在没有光的房间，看到夜空中点亮了星月，好像高居天上的人也要掌灯照明。星月的光辉像别人家的灯火，甚至连他的窗前都懒得停留。小孩为了捕捉到星光，不惜把自己的手伸出窗外，可萦绕掌心的光又像一只飞走的萤火虫。小孩看到墙壁上此刻填充稻草的洞穴，摸黑从储物间找到半截竹竿，依次疏通那些洞穴。很快，墙壁就像六棱形钻石，折射出了窗外熠熠的星光和如银的月光。

父亲也在屋顶上清理枯萎的灯芯草，当他把铺满屋顶的灯芯草一把掀掉时，重新见到了屋顶上布满的伤痕，这些由破瓦制造出来的伤疤，在照耀到月光的那刻，就如真正的伤口涂上了膏药，这座坐南朝北的房子彻底得到了治愈。看着月光穿过破瓦洞洒到室内，父亲不由得在屋顶上手舞足蹈，小孩也在漏满星光的房间兴高采烈，不过父子俩很快又在为谁给屋子带来了光明而争执。

小孩说："是我把光从墙上的洞穴里引进来的。"

父亲说："明明是老子让月光从屋顶照到了房间。"

小孩说："爸爸欺负人。"

父亲说："我是你爸爸，欺负一下你怎么了？"接着又说，"好了好了，都别争了，是我们父子俩共同的功劳好吧。"

小孩说："这还差不多。"

星月之光让整座房子光彩十足，这座房子成了一个身上扎满光耀的刺猬。

小孩抬头对父亲说："爸爸，我们的家像不像电视里原始人的洞穴，点了篝火就能睡好觉的暖洞？"

父亲说："臭小子，你还别说，还真有点像，没想到我们越活越回去了，直接变回了原始人。"

小孩说："今晚那些迷路的动物看见我们的光，应该会回来吧？"

父亲说:"有可能你的奶奶和小叔也会回来。爸爸答应你,如果它们回来了,我再也不把它们赶出去了。"

小孩说:"真的吗?谢谢爸爸。"

父亲说:"好儿子,想不想上来让月光摸一摸你的小脸蛋?"

小孩高兴地说道:"好。"

房间里的大象

1

我七岁那年决定离家出走。他们都不知道我背着一个书包走了,以为我还在床上等待天明。我走出了这个他们共同生活了七年的小区,我在黑夜里还能看到那个秋千,我还能记起他们分别站在秋千的两端,把我从地下荡到半空。我最后一次荡秋千时,朝右边的她问道:"爸爸呢?"

她没有回答我的问题,而是要我选择跟她还是跟他。他们留给我的考虑时间只有一个夜晚,我决定用夜晚的时间离家出走。我把眼睛从秋千上挪开,放到小区门口,很多人回到小区,没有人再走出小区。我走到门口,还没把脚迈出去,门卫就用声音和肢体同时截住了我:"回来。"

我决定把我前面那个男人当爸爸,门卫看到我见到了爸爸，便放我过去。这个男人瞧了我半天，发现我不是他儿子，让我滚远点儿。我终于走出了小区，我还是头一回没有他们陪伴地走出小区。

我走在路上，头顶有很多星星在注视我。我不知道该走到哪里去，小区之外的世界没有我的房间，没有我的床，我只好走到天桥下，跟天桥上来来往往的车辆共度一夜。我打开书包，从里面掏出一个面包填饱肚子，又从里面掏出一本书垫屁股。我的离开一点儿都不仓促，我做好了万全准备。

每一辆车都有四颗眼睛，它们看到我蜷缩在天桥下，我看到它们像萤火虫一样移动。我处在一个由无数颗眼睛监视的世界里，我决定闭上眼睛当它们不存在。每一辆车都有一张嘴巴，我看不到它们的时候，它们就发出刺耳的声音吸引我的注意。我捂住了耳朵，却捂不住喇叭声，它们像洪水一样灌进我的双耳，我发现我离开了他们，他们还是在我耳边争吵不休。每一辆经过的汽车都会夹带来一股有汽油味的冷风，我闻到他在故意不开窗的家里抽烟的味道。

我的出走并不顺利，我要抛弃天桥，寻找别处过夜。我从地上起来，把那本我最喜欢的图画书装回书包，我不能剥夺它在书包里过夜的权利。我走过被绿灯照亮的斑马线，看到左右两边的车辆眨着眼睛放我过去。我知道走过去后，我就会找到一个适合过夜的地方。我回头看了一眼斑马线，那些车轮压在斑马线上，就像电视里的医生给病人做心脏复苏。

我饿了。我要走到一家店里，用书包里的零钱买所有他们不让我吃的垃圾食品。道路两旁只有路灯还在亮，那些房子里的灯都熄灭了，我找了很久都没有找到一家 24 小时营业的便利店。

我书包里的储钱罐在说话。它告诉我现在还不到打碎它的时候，只有当它的肚子再也塞不下一枚硬币的时候，我才可以打破它，把里面的钱拿出来，把它们交给为钱争吵的他们手上。我存了很多年的钱，我存钱的速度赶不上他们决裂的速度，还没等我的钱存够，他们就决定打破他们感情的罐子，从此一拍两散。

他们以为他们的感情已经像耗尽水分的海绵，但赫然发现还有一个我，我像一根鱼刺堵在他们各自的咽喉里，让他们此生都要想起他们曾经跟最讨厌的人生活过七年，还共同孕育了一个生命。

我的出走正好帮他们解决了难题。我决定在这个夜晚打碎储钱罐，我知道那些便利店在没看到我的钱之前，不会对我开门，我要将钱捧在手上，它们才会对我说一句："欢迎光临。"我之前就是因为太慢打碎储钱罐，他们才会把我当成拖油瓶。

我把储钱罐从书包里掏出来。这是一个大象储钱罐，他本来要帮我买一个小猪储钱罐，他说我的生肖是猪，理应买一个小猪储钱罐。现在想来，他说的话并不对，他们是我的父母，应该跟我共同生活，现在却着急把我一脚踢开。那个时候，他还会听我的，见我确实喜欢大象，即使十二生肖中没有这个动物，也帮我买了这个储钱罐。

我把硬币从大象的长鼻子里塞进去，由于鼻子跟肚子有一段距离，所以每次丢硬币的时候我都能听到一声脆响。它这些年吃进过数不清的钱，我把它晃了晃，听到有人将整个宇宙的星辰晃动的声音。我舍不得打碎它，我知道它打碎后就没有办法还原，除非去买一个新的。

我的肚子实在太饿了，我摇晃储钱罐的同时也听到肚子在叫唤。我最终决定打碎储钱罐不让肚子再叫，这样不仅是储钱罐，还是我的肚子，都会不再叫唤，就像我把自己从他们身边遗弃，他们终于会长舒一口气，光明正大地投入别人的怀抱。

我把储钱罐高举过顶，发现高举的双手距离地面不够高，便站在一块石头上，让储钱罐垂直落地。我不想将它砸到地上，因为这样会让里面的硬币四处飞溅，它们会从我面前射到马路对面，飞进别人窗户，滚落井盖。我没有那么多时间去捡齐四散的硬币。我要用一定的高度让储钱罐破裂，最好破一个硬币大小的洞，这样我就能把它们从里面摇晃出来，就像电视里的赌神把骰子从骰盅里摇出想要的点数一样。

2

我听到救护车的声音。我感觉有人把我从地上抱起来，还有人试图夺走我手上的储钱罐。我手抱着储钱罐站在高处，最后掉下来的不是储钱罐，而是我自己，最后摔碎的也不是储钱罐，而是我的脑袋。我的脑袋摔到地上，就像铆足劲儿的两个拳头对撞在了一起。

我没让人抢走我怀里的储钱罐。我的额头摔破了，也磕破了储钱罐，我应该早点儿磕破储钱罐。从储钱罐里掏钱的办法有很多，不应该用野蛮的方法。

我被人抬上了救护车，我听到逃窜的硬币滚到地面，我想将它们抓回来，可我无法动弹。我知道只要储钱罐还在，硬币迟早会再有，就如只要家还在，他们早晚还会回来吃饭。

我躺在一辆开往医院的救护车上。我没在救护车里睁开眼睛，我睁开眼睛的时候已经天亮了。我没有看到医生护士陌生的脸，我看到的是两张熟悉的脸。左边那张是他的脸，我第一次看到他没有刮胡子，没有刮胡子的他不能亲我，因为胡子会刺痛我娇嫩的脸；右边是她的脸，她的脸首次没有化妆，我发现她长得居然跟过去不一样了。从他们不同的嘴里说出了一句相同的话："乖，没事了。"

我抱住了他们。我伸开双手把他们的头跟我的头并排在一起，我的头在他们的头中间，我们一家三口的头又像照片里的我们一样。照片里的我们三张脸都面向一处，现在的我们只有他们的脸朝向一处，我的脸却看向他们背后。我看到他们身后的手没有握在一起，而且他们也离得有些远，于是我把自己当成胶水，将他们黏在一起，永远不分开。

医生推门进来，他们松开了我，让我躺回床上。我看到他们一前一后跟医生出去了。我看到关上门的病房又只剩我一个人，我把头扭向右边的病床，上面空无一人，我又把头扭向左边的病床，上面有一个侧对着我的病人。我问他在看什么，他用手指了指窗上的绿植。我看到这株无人浇水的绿植叶子黄了。

我去找我的储钱罐，它就在我床边的柜子上。它的象鼻断了，断在了昨天夜里。我看到有一枚硬币嵌在伤口处，阻止了里面的硬币逃光。我把储钱罐抱在怀里，抚摸着断鼻，想着要找一个时间补上它的鼻子。我听到有人在哭，哭声来自我左边的病床，我下床跑到他床前，挡住了他看那株被阳光照射的绿植。

"你为什么没有头发？"我问。

"我的头发被病魔拔光了。"他说。

我看到他很瘦，比七岁的我还瘦，他的眼窝很深，我担心他的眼球随时会掉出来，在我面前像一枚硬币一样逃走。我坐到床边听他说话，能清楚地听到他说的每一句话，即便他的声音很小。他说半年前的病魔让他彻底告别了这座城市，他现在虽然躺在城市西北角的一张病床上，却跟这座城市再也无缘了。

"就像你抱着一堆钱却买不到东西一样。"他说。

我觉得我理解他，昨天晚上，我抱着一个储钱罐真的找不到一家便利店。我跟他说，我的父母要离婚了，他们要各自跟我不认识的陌生人生活，我有父母等于没有父母，或者说我有时只有父亲，有时只有母亲，我再也没有办法同一时间拥有他们。

他看到了我额头上的纱布。他对我身上能看得见的伤口表示羡慕，他要为之战斗的病魔始终深藏体内，医生已经无计可施了。

　　我看到他终于笑了，他笑起来很吃力。笑完后他捂住嘴巴咳嗽，从他嘴里发出的咳嗽被他捂回去了，我看到他苍白的脸被咳嗽踢出了血色。他的笑没招来医生，他的咳嗽却招来了戴着口罩的医生。这个医生是个近视眼，戴了一副眼镜，他把眼镜架在鼻梁上，我想着能否用他的鼻子暂时当成象鼻补到我的储钱罐上。

　　他让医生出去，他还有话跟我说。医生叹了一口气，走到门口的时候摘下了口罩，放出长叹的气息。他说家人当初隐瞒了他的病情，告诉他只是普通的感冒，他察觉出普通感冒没有住重症病房的待遇，便让家人如实相告。他在家人用泪水浇灌的实话里发现自己命不久矣，要求从重症病房搬到普通病房。从那以后，他们要隔好长时间才会来一趟，来了也待不久，他现在已经好久没跟医生护士之外的人说话了，直到遇见了我。

　　可是我也要走了。我的父母进来分别牵起我的两只手，我回头看他在冲我笑，我看到窗边的绿植每一片枯叶都做好了凋谢的准备。我随他们离开了这间充满消毒水的房间，我们在医院的走廊看到很多病人，这些病人比我在路上遇到的陌生人还多。

　　我们坐上一辆出租车，我在车窗里看到医院离我越来越远，那个病人所注视的窗户，就是我的出租车离去的方位，我不知道他是否能看到我的离开,但我对他的离开却过了很长时间都无法释怀。出租车停在了一个陌生的地方,我跟着他们进入了一间狭小的房间。

我要在他的新家住上半年,半年后再住回原来的家。我知道这是他们互相妥协的结果,他们担心我再次离家出走,他们知道上天不会眷顾我两次,第一次会有人发现受伤的我,第二次就没那么好运了。所以他们各自用一间房贿赂我,让我觉得他们一直都在,始终都在。

3

过了许久,我才明白,我看上去有两个家,实际上一个家都没有。我跟那个医院的病人一样,被抛弃在了病床上等待死亡。我被两个房间来回驱逐,我在这座人潮汹涌的城市流离失所。当我在他的家里习惯后,我又要动身去住她的家,我好不容易习惯他的另一半的习惯,又要去习惯她的另一半的习惯。

他们的另一半,彼此没有见过面,对我的做法却出奇一致。他在家里时,她会帮我夹菜洗衣服,只要他一去上班,她就会凶相毕露,让我一个人去菜市场买菜,为了避免我走丢,她在我脖子上挂了一个牌子,上面写了我的名字和电话号码。当我把菜买回来后,她会把我脖子上的牌子藏进厕所,接过我手上的菜,让我把菜洗干净。她总能掐准他下班到家的时间,他开门进来,看到她在厨房做饭,我在客厅看电视，就会让我去给她帮忙。而她总会笑着继续让我看电视，饭她一个人做就好。

她在家里时，他会陪我玩闹，只要她一去上班，他就会收回我的玩具，把我关进房间。他不会让我去买菜，他吃饭都叫外卖，他只有吃不完的时候才会让我吃剩饭。他从来不会叫我的名字，我怀疑他是否知道我叫什么。他叫我小鬼。她下班回来后，他才会叫我宝贝儿。她开门看到我们相处融洽，感到很欣慰，我们饭后会看一会儿电视，看完电视会玩一会儿玩具，玩完玩具他会哄我上床。

他们都找到了最合适的另一半。他的她不上班，她的他也不上班，他们都是那种很有事业心的人，所以当他们两人共同生活在一起时，家庭就会被忽视，我就会离家出走。所以他需要另一半留在家里，她也需要另一半留在家里，这样家庭才不会再被忽视，我才不会又离家出走。

他们都觉得我已经适应了两个家庭的生活。但他们不知道，我其实是一块被重复使用的创可贴，经过一段时间的揭下，贴上，揭下又贴上，我已经没有任何药效了，也没有任何黏性了。我总是在两个房间的夜里以泪洗面，我的睡眠被装到两艘漂泊无定的船上，不知何时才能靠岸。

我不管在哪个房间，都会在夜里掀开窗帘，遥望着对面的一切。在他的家里，我看不到对面的万家灯火，对面没有相同高度的三十一层建筑，对面只有一轮残月在破土动工的工地上摇摇欲坠。我发现月亮是夜晚的伤口，星星是天空的弹孔，每月十五，夜晚的伤口就会最大化；每到盛夏，流星就会在天空万箭齐发，星星越密集，弹孔就会越拥挤。

在她家的对面是一盏盏温暖的灯光。对面的楼房也是三十一层，从第一层往上数，一直到最高一层，都会在夜晚发出明亮的灯光。我甚至知道这三十一层的灯光在晚上几点准时开启，在夜里几点开始熄灭。如果将这些楼层里的灯光归拢一处，几乎会让天上的月亮大失其色。

我从没有在对面看我住的这栋楼，我知道我房间里的灯光寿命非常短暂，一到夜里九点，灯光就会被熄灭，我没办法控制自己房间里的灯光，因为开关在客厅。她会在九点到来之际摁下客厅的开关，让我的房间漆黑一团。如果我能从对面看这栋楼，哪怕其他三十层的楼房都灯火通明，也会因为我房间的黯淡无光而失色不少。

秋天的第一天，我从他家来到她家。他家附近多出的一趟地铁表示持续半年的施工完成了，我听人说这是一趟环城地铁，他家是起始站，而她家刚好是终点站。我们没有乘坐出租车，而是跟在人群身后成了体验环城地铁的首批乘客。这趟地铁途经的站点几乎囊括了整片城郊，人们用地铁跑马圈地，让城市变成一个吃撑肚子的大胃王。

从起始站到终点站一共是三十一站，花了三个小时。起初的十几站，地铁里人满为患，后面的十几站只剩下我和他。我们是一对父子，但每个看到我们的人都不会发现这个秘密。因为我坐在座位上，他靠着窗户站在一旁。哪怕后来人少了，他也没有坐到我旁边，依旧靠在窗户旁，让身后的隧道穿梭而过。我看到自己的脸出现在对面的车窗，经过张贴广告的隧道时，我的脸就会消失在明星的脸上。

我看到一辆空荡荡的地铁行驶在地下，我所在的位置正好是在中间，所以我左右的空车厢几乎一样长，我看到那些扶手像根筷子一样插在车厢，刚才扶在上面的人都在属于他们各自的站点下车了。我从肩上卸下书包，将它放到我旁边的空座位上，我的书包里有那本翻烂了的图画书，还有那个象鼻断裂的储钱罐。他们都没有时间帮我修理储钱罐，所以我就用透明胶带贴住了断鼻处，这样里面不安分的硬币才不会争先恐后地跑出来。

我们在中午十二点出发。因为这天的正午刚好是我在他家住满半年的标志，夜晚不是他们判断一天过没过去的界限，正午才是。一过十二点，我就跟他没关系了，即将开始跟她也只能维持半年的关系。他以为地铁最多半小时就能抵达她的小区，没想到却耗了三个小时，他多跟我待了三个小时，所以他表示我这次要在她家里待上半年零三小时。

他们既然已经分开了，凡事都要算清楚才好。

她早在小区门口候着了。她从他身边牵起我的手，她从他嘴里听到了抱怨，她牵着我的手同意了他的提议。因为半年不见让她误以为她可以跟我待一辈子，但我知道，只要过一个月，她就不会再愿意跟我待哪怕一分钟。

4

她晚上给我举行了隆重的欢迎仪式，她不是庆贺自己再次拥有我，而是祝贺我的生日。我的生日是她的受难日，我本来应该在几年前夏天的最后一天来到这个世界，却在她的肚子里多住了一天，直到那年秋天的第一天才诞生。

我过去的生日都有他们在场，但这个生日他却缺席了，多了一个我并不喜欢的替补。这个我没法开口喊他爸爸的男人让我去吹蛋糕上的蜡烛。蛋糕上插了几根象征我年龄的蜡烛，我为了让这一刻维持的时间尽量长一些，吹了几次才吹灭它们。

她用手把生长在蛋糕上枯萎的蜡烛拔出来，将蛋糕切成三块。我们都分到了同样大小的三块蛋糕。没有人在吃蛋糕的时候说话，也没有人在我吃蛋糕的时候将蛋糕弄到我脸上，我们吃蛋糕的样子和吃饭的样子没有区别，都没有发出任何声音。

我的这个生日并不完整，因为几乎有一大半的时间耗在了地铁上，当我来到她家的时候，距离午夜只剩不到六个小时了，我们吃蛋糕花了半个小时，还剩五个半小时，在剩余的时间里，他们让我待在房间，他们则盛装打扮去外面吃烛光晚餐。所以我这次生日的有效时间只有半个小时，也许这是为了让我偿还我当初在她肚里多赖了一天的罪债。

我在房间看着时钟守候我的生日。我看到桌上的时钟在一点一滴地吞噬我的生日。一到半夜十二点，就会将我的生日一口吞下去。要到明年的这个时候，我才能再次拥有自己的生日。我很想把生日挪到跟他住的其他季节，不管是春天，还是夏天，都可以。我觉得他会善待我的生日，会不打折扣地让这个生日持续一整天。我们会在游乐园度过美好的白天，到了晚上以吃蛋糕为我的生日画上完美的句号。

不过我也知道，世界上很多事情都没有办法选择，我不能选择谁做我的父母，同样也不能选择哪一天作为自己的生日。我们在成长的过程中没有发言权，我们如果要有发言权必须要年满十八周岁。我现在离自己的成年遥遥无期，我不知道该如何度过余下这些没有发言权的日子。

幸好我早已习惯独处。我一个人能够与时间和平共处，我会通过看图画书，或者看电视打发时间。我在房间里看图画书不需要掩人耳目，我在客厅看电视的时候才会心惊胆战。因为我知道房间的所有权归我一人所有，客厅却是三个人共同拥有，而我所能分到的只有客厅通往厕所的固定路线、饭桌旁靠墙的那张凳子与其他不值一提的边边角角。

我将他们此刻的离开默认我拥有了整个客厅的使用权。我抛弃房间里的时钟，不再关心它将以沙漏的形式漏光我的生日。我甚至在客厅里摁下我房间的开关，让我房间的灯火彻夜通明。我用遥控器将电视节目来回按了个遍，但我在无人管束的夜晚却丧失了选择电视节目的权利，我不知道哪个电视台能有幸陪我度过我生日的尾声。

我让电视节目像松鼠一样在松枝上来回跳跃。摁下遥控器的那刻，电视机会出现短暂的黑暗，我在黑暗里能清楚地看到自己的脸。我得意忘形的脸出现在电视节目的间隙，就像一个准备从门缝钻入室内行窃的扒手。我没有选择固定的一个节目，我通过手里的遥控器让数十个节目轮番登场，但每个登场的时间都不超过三秒钟，就像我本来应该持续一整天的生日，却被人为限定在了短短的半个小时里。

每一个节目都有不同的画面，这些画面在我脸上来回闪烁，就像有人用开了闪光灯的手机不断对我拍照。我的眼睛被这些五彩纷呈的闪光闪到了，我的眼珠包裹在了半月形的眼睑里。我睁开眼睛发现电视坏了，我用那个长方形遥控器成功让电视报废了。我没想到能控制电视的遥控器将会失去对它的控制。

我颤抖的手摸到电视机的时候，感受到电视机发烧了，它发出的热量只有在刚过去的炎夏才堪比拟。我奋力拔插头，用力拍打机身，用我所知道的一切急救疗法挽救电视机，但它就像医院那个药石无灵的病人一样，再也救不回了。

我不管遇到什么情形，都是紧张的绝缘体。但在我生日的夜晚，在这个我亲手破坏的电视机前，我却感到非常紧张。我破坏的不单单是一个电视机，而是数十个不同的世界。我再也看不到动物世界，听不到枪声响起的异国他乡，更吃不到来自五湖四海的美味佳肴。

我再也无法同时身处两地。

没了电视机，我只能困守在这个几十平方米的空间里，我不敢走到外面的大千世界，因为那些拥挤的人潮，高耸的建筑，呼啸而过的汽车会让我迷路。

5

他对这么快又见到我感到分外不悦。他在她牢骚满腹中得知我亲手破坏了自己的生日,他对我在她家只住了一天感到不可置信,就像当初他不敢相信我会在她肚里多住一天一样。

她认为我破坏电视机是对她有意见,所以她觉得我应该比较喜欢他。既然我喜欢跟他一起生活,那么她没有理由不让我跟他一起生活。

他们不必再通过打官司争夺我的抚养权,我以后老老实实地跟他住在一起,她每个月会出一定的抚养费。为了证明她对我还有感情,她表示抚养费会比说好的多一倍。

他没有片刻犹豫,便同意了这个让他无法拒绝的条件。但他表示我会越长越大,也会越来越叛逆,日益长大的花销和由叛逆造成的物件损坏都要算在抚养费上,因此抚养费每年都要相应增加一些。

她为了尽快摆脱我,没来得及算清这笔账,就让我立即跟他走,她一刻都不想再看到我。我听到她转头离去的瞬间长舒了一口气,我看到她的背影以快进的形式在我面前消失。我看到他看我的眼神就像看着一沓在验钞机里的钞票,我看到他想亲近我这个造币厂,却又担心举动太过刻意而作罢。

我们这次没有乘坐地铁。他在路边招了一辆出租车,我的到来让他的生活不再困窘，他以后出行不管多远，都可以坐车；周末下馆子，不管多贵，都可以多点几个菜。我第一次在秋天入住他的家，我看到他家旁边绿了一个春夏的银杏在秋天落光了叶子。

午后的阳光洒到枝头，让我想起了树叶还未死去的季节。

我们吃了一顿比我昨天生日还丰盛的晚饭。我的生日以这种方式完美收场，我回到不是昨晚的那个房间，听到客厅里那对男女在算账的声音。他们在计算我成年前，能在她的手上赚到多少钱。最后他们算出了一个天文数字，他们同时推开我的房门，对我亲了又亲，抱了又抱。

我在他们两人的脑袋中间说我的大象鼻子断了，他在我的左边说他明天会给我买一个新的储钱罐，她在我的右边说我就是想要一头真正的大象，她都会想办法帮我梦想成真。

他们无限延期给我买储钱罐的日子。我每天都会从抽屉里拿出这头大象，将它放到那张要用两本书垫桌脚才能达到平衡的书桌，桌面又倾斜不平了。我把那本因为翻阅过频变厚不少的图画书垫到里面，让三本书共同维持一张书桌的平衡，这样这头大象就能在上面站稳了，再也不会像踩高跷一样摔下来。

大象的肚子再也装不进一枚硬币，早已到了将它剖腹取钱的时候，但我却忘了钱的用途。我有钱，却没地方花，我有脚，却走不出这间房子。自从他和她有了我的永久产权以来，我已经好久没有在他们的陪伴下出去走一走了。

我拥有价值的代价就是失去自由。他们把我当成储钱罐里的硬币一样轮流看守，我每天都在他们的眼皮子底下吃饭睡觉。我没有出门的权利，就连开窗都不被允许。他每天都问我想吃什么，问完又打电话告知远在城市另一边的她，我的饭量增大了，让她下个月多打一千块过来。我的存在让他们饱食终日，我始终没有开口提醒他们给我买储钱罐。

我看着吃饱肚子的大象，想着要不要掏空它的肚子。他在外面敲门问我想吃什么，我没有回答，我抱着储钱罐藏进了衣柜，我跟一头大象躲在一片黑暗中，他们在外面惊慌失措的声音不断传进我的耳朵。

我听到他们在互相抱怨，他们在打电话报警。他们最后开门出去，我打开衣柜来到客厅，发现他们没有换鞋。他们穿着拖鞋去寻找一个走失的孩子，他们像一对真的丢失孩子的父母，在孩子丢失的第一时间出门找寻。

我从厕所找到那个上面写有我名字的牌子，我把自己的名字从忘记关上的窗户丢下去。我在自己的名字破碎之前，背上里面装了我储钱罐的书包出门去。我从楼上下来时，夜色笼罩了我的视线。

小区路面立了许多蓝色的路灯，我循着蓝色的光线走到小区门口。门卫看了看我，他的嘴巴和手臂都没有阻拦我，他以为我的父母就在前方等我，我知道在前方等我的不是他们，而是一家 24 小时为我营业的便利店。

我将义无反顾地走进便利店，用手在柜台上指指点点，收银员会把所有我指到的垃圾食品卖给我。我的储钱罐会饿肚子，但我的书包将会被装满，我会吃光所有能用钱买到的东西，我将在我的大象的庇护下，度过一段不跟人类打交道的生活。

我走在夜色中的街头，看到四面八方都有一家便利店向我招手，储钱罐里作响的硬币比我的肚子更加迫不及待。我在车辆变少后横穿马路，我在夺目的车灯里听到了无数硬币同时爆炸的声音。

祖母的昼与夜

祖母晚年膝下孤独,大雨使她闭门不出,她时常坐在房里望着雨浇窗棂。

窗外有一条小路,路上栽满了芭蕉和鸡冠花,沿路还有石榴与沙田柚。在不下雨的日子里,祖母喜欢拄拐走在这条小路上。她的拐杖拄在路上的时候,似乎要把坚硬的地面捅向地球的另一端。坐在屋檐下吃饭的人们听到拐杖声后,就会端着饭碗走出来,问这个眉间被忧愁系了一个蝴蝶结的老人要去哪里。祖母端起拐杖指着他们,说她要去生孩子,因为生的三儿一女全都不孝顺。他们听完,把嘴里的米饭咽下去才敢说话,回去吧,别摔倒了让儿女们出医药费。祖母没听他们的话,依旧拄拐往前走去。她用三条腿走路,走得很慢,那些水牛黄狗见了她也要给她让路。一路能看到青芭蕉在树上像长出的六指,鸡冠花被踩倒在地,大地戴上了凤冠。祖母的双脚和拐杖,把红色的鸡冠花带向更远的地方,等她看到石榴树的时候,以为还没到秋天,石榴便坠下枝头,摔出血了。旁边的沙田柚像愤怒的拳头挂在树上,风要它们时刻准备砸过路人的脑袋。

祖母走到这里,不敢再往前走,再往前就是一条刚修的马路。马路很宽敞,她不知道怎么过马路。她只好往回走,走到一半的时候,大雨突然落了下来,她的拐杖回到家里弄湿了地板,就像伞尖拼命往下滴水。她给客厅带去雨水,也给房间带去雨水,等她换好衣服坐在窗前的时候,屋里全湿了。

祖母等着她的满子回来。她晚年跟他一起生活,长子和次子都不乐意接她一起住,因为她没带过他们的儿女,她只带过满子的儿子。住久了,满子就对她不满了,尤其当她丧失劳动力以后,更是看她全身上下都不顺眼。冷眼让祖母的孤寂无处诉说,她只能跟桌椅板凳说话,跟从窗外误长进来的树叶说话,跟从房梁上的蛛网说话。能跟她说话的同龄人都老了,有的被烧成了灰肥田,有的被埋在山上喂蛆。此刻大雨如注,她找到了更好的倾诉对象,那就是这些像针线一样绵密的雨水,她能从中捋出一串最饱满的雨珠,修补自己的愁眉,让眉头像被熨帖的衣服,不再起皱和发霉。

她站起来,走到窗边,看到在雨幕下往回走的人与牛。时值春种,他们要去犁田播种,可一场豪雨的到来,让他们只能往回走。祖母望着头戴斗笠的人们,立即操起扫帚把地板扫干,不然被回来的满子看到,又免不了一顿骂。

满子没有回来,他仍在雨中犁田,儿媳也在田里播种。

家里没有人做饭，她望着清锅冷灶，菜还在地里被大雨浇湿，米倒还在她能够到的缸里，可是只有米没有菜，不能称其为一顿饭。她拄着拐杖，撑着伞去田里摘菜，当伞还没在头顶支起来的时候，她用四只脚走路。菜地里有很多菜，看得到的有苋菜、空心菜和油菜，看不到的有地瓜、萝卜和马铃薯。她蹲在苋菜前面，一手撑着伞，一手去拔苋菜，那根拐杖横在空心菜和油菜的头上，压垮了它们没被大雨压垮的身躯。

饭做好后，满子还没回来，她把吃剩的饭菜放进锅中温着。站在二楼的窗前，一片黑瓦像匍匐的乌鸦映入眼帘，有的瓦片被大雨洗得发亮，有的瓦片被大雨浇破，屋顶的伤口裸露出一盏昏暗的灯光。祖母越过这些瓦片，把视线停留在那条新修的马路周围，两边的农田涨满了春水，一些勤劳的农夫还在驱牛犁田，铁犁把泥水像被窝一样掀起，泥足深陷的农夫犁出了稻穗弯腰的秋收。

熟悉的村庄出现在祖母苍老的瞳孔里，她的眼眸有迅速回溯的时光，一如田里的漩涡把春水带到还没坠落之前。过去的时光都镌刻到了那些稻壳上，而她的身强体壮则像被吃进肚的米粒，早已遍寻不获。

路上有人正在归家，是她的满子。她站在窗前就能把他一眼认出来。她熟悉他的走路方式，他走路喜欢走在路中间，全然不管对面和后面有无摩托车驶来。当他从田里出来后，他就会走在路中间让其他人无路可走。他赶着水牛走在回家的路上，水牛很庞大，身上都是还没干的鞭痕，步履缓慢，笨重的躯体像座山一样摇摇欲坠。满子还在用鞭子让它走快点儿。水牛奋力走快几步，又停下来啃路边的野草，高举的鞭子再次落下来，它继续摇着牛尾往前走。

远处祖母已不站在窗前，她下了楼，去看温在锅里的饭菜还热不热。苋菜的红汁水浸染了整个盘子，逆流到锅中。她徒手把盘子端出来，她的手茧能确保不会被烫到。等她把饭菜端到饭桌上的时候，满子已经脱下斗笠进门了。

他浑身都湿了，客厅里都是从他身上流出的泥水。他弯腰把裤管卷下去，把上衣脱下来，赤着胳膊端起饭碗吃饭。他一边吃饭一边说话，菜怎么这么咸，没放味精吗？祖母说，我放了味精。她走进厨房，看到灶台上那包新买的味精还没开封，悄悄过去撕开一道口子，再走出去说，我真的放了味精。可是满子已经吃完饭了，他放下饭碗，把桌上的饭粒摁到嘴里吃下，说，用饭盒再装一份饭菜，我给我浑家带去，她还留在田里看稻苗，怕两人回来稻苗会被别人的牛啃秃。祖母重新炒了一道菜，这回她没忘放味精。她把米饭装进饭盒里，用饭勺压实，再把菜铺上去，最后合上盖子，把这个发烫的饭盒递给又要出门的满子。

满子已经换上一身干净的衫裤，他把斗笠甩了甩，无数雨滴溅到地上，他抱着饭盒匆匆出门去。屋里头都是泥水，还有满子踩出的鞋印。祖母用扫帚蘸水，扫净泥水和鞋印。疲惫让她直不起腰来，她扶着门框站稳把气喘匀。晚年她有支气管炎，走几步路，动几下手，就会大口喘气，好像脖子里有个风箱坏了。收拾完屋子，她又要开始喂鸡和准备晚饭。她从苦日子过来，可喂鸡却大手大脚，常常把整个簸箕的稻谷撒到地上喂那一只公鸡、五只母鸡和一群雏鸡。它们啄不完的这些稻谷，总会被风吹到院墙，雨过天晴后长出无法抽穗的秧苗。满子知道后，就会骂她，可她下次喂鸡照旧如此，有时怕满子回家再撞见，还会把那些鸡吃不完的谷子用泥土盖住。现在她把半簸箕的稻子往院里一撒，那些出门在外的雄鸡母鸡小鸡全都咯咯叫着回来了。她踏过这些坚硬的稻谷，把院子里的牛牵回牛栏，再抱着菜篮子去地里摘菜。

这次她拔了一个萝卜，徒手旋干泥土，白萝卜像个胖娃娃一样坐在她菜篮里发笑。她走到门边时，回头看到雨已经歇了，晚霞像一团火在天边燃烧。她苍老的脸庞被晚霞烧得通红，像少女的红晕。那头耕牛在牛栏里伸出脑袋哞哞叫唤，她走过去把萝卜叶送给它吃，可它嗅都没嗅一口，依旧睁着一双大眼盯着她。它的睫毛很长，眼窝里镶嵌了两颗灰色宝石，倒映出祖母脸上的纵横沟壑。祖母摸了摸它的牛角，它把牛头一歪，她的眼睛落到它的蹄下，吃了一惊，牛蹄下竟有头裹在胞衣下的牛犊，就像破壳而出的小鸡。

已近黄昏，晚霞照得牛栏光辉四溢，这头耕牛刚刚成为一个母亲，它肿胀的腹部并非是伙食好，而是因为它怀孕了。这家人都没有察觉到它要生了。祖母想起了过去，那个时候她也要托着一个大肚子干活，满子就是她在田里插秧的时候突然生出来的，用她后来一度成为口头禅的话来说，就像屙了一坨屎一样轻松。但这头耕牛生牛犊显然不轻松，牛犊还没度过危险期，依然困在胞衣里无法呼吸。

祖母把门打开，只身进去用嘴把胞衣撕开，就像她从前用嘴咬断满子的脐带那样。嘴里满是血腥味，红紫色的血管像树脉一样遍布胞衣，又如一道闪电殛出了一片破碎天空。

天渐渐黑了，整个大地笼罩着一层倦鸟归巢的夜幕。祖母跪在牛栏里不知黑夜已至。她把胞衣咬开后，让牛犊试着站起来去嘬奶。耕牛也尽量把自己吊瓶似的乳头够到它面前。可牛犊却无法站起来，它的四肢像被春雷劈倒的春笋，无法再支撑一片茂竹投下的阴凉。祖母拍着牛犊的蹄子，就像从前满子出世不会哭拍打他的脸，让他呼吸到第一口空气那样。母牛也跪在地上，不惜把自己的乳房压扁，从里面滋出的乳汁使它俨然大地之母在哺育众生。

这头牛犊没办法站起来，又无法趴在地上去饮乳。它始终在尝试站起来，努力屈起跪在地上的前肢，尽量让自己可以用四肢行走、奔跑、追逐。乳汁流了一地，浸湿了地上铺的稻草，看上去就像冬天的大雪白了田野。祖母慢慢站起来，她的腿弯曲久了，无法再像年轻时迅速伸直，她需要用力捶腿，方能让这双老寒腿重新走路。她站起来的时候，下意识去够靠在墙上的拐杖，可拐杖被她碰倒在地，砸到了铁栏门。砸铁的声音很响，像钟声回响在空旷的夜空，使亘古的星辰都捂上了耳朵。

尾随响声而来的是劳作归家的满子，他回到家踩到满院子没被啄完的谷子，火气瞬间被引燃，又看到桌上没有碗筷，锅里没有米，灶上也没生火，便立即跑上二楼。可是房间里也没有那个老不死的。他跑到屋顶上，眺望着星星点点的灯火，每一盏灯下都有人在吃晚饭，唯独他家的灯下没有热气萦绕，只有蚊虫飞舞。夜空中传出一声脆响，他飞快来到院子角落的牛栏前，看到她趴在地上摸拐。

他把拐杖捡起来，递给她，说，这么晚了怎么还没做饭？祖母把气喘匀，说，牛生了，这几天都不能下地犁田了。

满子把头伸进牛栏，透过月光看到那只羸弱的牛犊，母牛求助似的望着他。他返回厨房，拿出一个长十厘米左右的竹筒，赶到牛栏，把母牛的乳汁挤进竹筒，然后把竹筒里的奶水灌进牛犊的喉咙里。每年昼夜均等的春分，牛要下地耕田，来不及让它吃饱草，便用这种竹筒把煮熟的饲料灌进牛的肚里，好让它能立马干活。他把牛乳灌进牛犊嘴里后，牛犊终于有力气站起来了，叼住一个乳头不撒嘴。

满子把牛犊身上的胞衣揭下，拿上那个竹筒走到水龙头边搓洗胞衣。祖母拄拐靠近，望着在水龙头下低着头的满子，说，明天犁田怎么办，是不是需要去借别人家的牛？满子从流水声中抬起头，月光把他手上的胞衣照得纤毫毕现，说，又不是女人生了孩子要坐月子，牛没那么娇气，明天照样可以犁田。祖母的拐杖在地上戳了戳，戳到几粒谷子，谷子在她拐杖下粉碎，说，不行，牛好不容易生了牛犊，就让它休息几天。满子把胞衣洗净，放在砧板上细细地切成片，说，那田地怎么办？不犁田不播种了？祖母说她现在去借别人家的牛。她说完便上楼换衣服，换完衣服下楼后，她看到满子擦着汗水已经在锅里用蒜煸炒胞衣了，儿媳妇背对着她坐在灶下生火。

祖母穿着换好的衣服走出家门，她跟别人不同，别人求人办事穿得寒酸，她求人办事穿得体面。用她的话说，人活一世，丢什么都不能丢了尊严。她走进第一户人家家里，这家人还在吃晚饭，见祖母上门，慌忙把那碗鸡肉端进厨房，然后盛情邀请她坐下吃饭。

祖母说，我不吃饭，我来找你借几天牛。

对方问，你家的牛出意外了？

祖母说，对不起，让你失望了，我家的牛非但没摔死，还多出了一头，因为它生了。

对方说，我的牛自己要用。

祖母说，我记得你家的田早租给别人了。

对方说，对，我的牛也租出去了，你来迟了一步。

祖母转身走出这家人的大门，往另一家走去，屋里头有人在打麻将，每个人都望着码成长城一样的麻将一言不发，轮到他们抓牌时，还要用指腹先去摸牌，再把牌递到眼前看，发现没有摸准后，脸比锅底还黑。祖母围观了一场暗流涌动的牌局，她的来意被牌桌上的"碰""杠""听""胡"掩盖了，犹如此刻被乌云遮住的白月光。

她走出去，继续往前走，可她的前方不再灯火通明，而是一片漆黑，其他人都上床睡觉了。祖母往回走，每走几步就有一盏灯熄灭，每走几步就有一扇门关上，等她走到自己家门前的时候，只有满子还给她留了一盏灯、一扇门。

桌上还有用防蝇罩盖住的晚饭。祖母把防蝇罩揭开,乌蝇剪着双翅飞走了。她端起那碗只盛了一半的米饭,把饭粒用筷子一粒粒地挑进嘴里,只吃那碟没怎么动的萝卜,没动一筷子另一碟所剩无几的胞衣。院子里的水井熨着一轮明月,照出了六畜轻盈的梦。

祖母吃完晚饭,上楼把衣服换回来,经过满子房门外,站在门边听了会儿,没听到里面有说话声。她换好衣服来到牛栏前,双脚踩到满地的谷子,就像踩在沙砾上,她感到浑身有毕毕剥剥的脱粒声。

她的拐杖缠了一圈牛绳,把牛绳套进牛鼻环里,把牛牵出来,身后跟着那头走路不稳的牛犊。耕牛在低头吃地上的谷子,它用舌头把地上的谷子舔净,呼出的口气模糊了天上月。牛犊去叼晃悠悠的乳头,待耕牛往前走时,还不愿撒嘴,被拖着走了一段。

祖母把牛牵出家,月光照在她与牛经过的小路上,路旁的芭蕉和鸡冠花埋葬在夜色里,不远处的石榴和沙田柚诱惑着月光遍地流淌。祖母走过牛奶般的路面,星光照出了她单薄的影子,身后的牛影则像路上镂刻出的剪影,贴在窗前,便会成全一个六畜兴旺的美梦。

祖母牵牛走到了那条大路上,这回她没再往回走,而是继续往前走去。她循着记忆走过大路两边的农田,刚插的秧苗在水里像碎镜,割伤了天上的星辰与明月。前面左拐便是上山的路,山顶的星光举手可摘。祖母与牛都累了,停在上山的路上休息。虫鸣夜曲轻轻拨动着村庄不为人知的心弦。

那头牛犊已经学会了走路,它此刻走在耕牛与祖母面前,抬头望着远山犬牙交错的轮廓,不知该不该往前走。耕牛肿胀的乳房在它跪地休息的时候,被大地压出了洁白的乳汁。祖母拽它继续赶路,黎明到来之前,爬上了山的肚脐,与头顶的山巅咫尺之遥。牛犊摇着尾巴在破晓时分与祖母和耕牛前后脚爬上了山巅。

山尖还在酝酿那轮交相辉映的旭日,拂晓的晨光切割出了天与地的界限。祖母坐在一块石头上,捶着胳膊休憩。耕牛在吃从石头缝隙里长出的野草,牛犊在嘬耕牛被雾水打湿的乳房。

整个村庄像一张蛛网,出现在祖母疲倦的眼里。她看到蛛网的中心位置,有雄鸡站在墙头报晓,黄狗也从洞里钻出来,一路狂奔。家家户户的烟囱升起了炊烟,融入乳白色的晨雾中。每个人都起床吃饭了,吃完饭,他们又要下地劳作,等到薄暮时分,再归家。有生之年,概莫能外,比太阳更有规律,因为落雨天,太阳还可以休息。

太阳出来了,金光像迸溅的蛋液,撒到树梢,吵醒了倦鸟的睡眠;滴入水中,吸引了游鱼困惑的目光。剩余的阳光在村庄这张网中穿针引线,所有人头上都戴上了一顶终身无法卸下的劳冠。

所有易碎的都将永垂不朽

　　我爸给远在北京的我打电话,我能想象他此刻坐在那套红木沙发上,茶几上有副待客用的茶具,还有一串他自己种的香蕉,这一切都让他得意扬扬。

　　我的声音从电话里响起,让他有些不习惯,因为我的第一句话不是客家话,而是普通话,只有明白过来是我爸给我打电话后,我才会说起好久没说的客家话。不过,我需要在客家话中掺普通话才能说清意思,而我可怜的爸却只能明白他儿子一半的意思。但这就够了,之后他会用自己的理解补充这通电话内容,他会跟每一个上门做客的人说起此事。他先给来人倒上一杯茶,掰下一根香蕉,然后就开始了以"我儿子在北京"开头的谈话。几乎所有人听完的反应都能让我爸满意,唯有我的发小李泉源例外。

　　他很爱上我家玩,如果我从北京回了家,不管他说什么,我都有把握对付,怕就怕他专拣我不在的时候来,那时我的形象会在人前大打折扣。今年我临时有事，没能回去，为免李泉源上我家白话我，我每隔一段时间都会给他发微信，借故打听他当下在哪里，在做什么。他不是给我发来钓鱼照，就是给我发来打牌照，我一看就放心了。最怕的是夜晚，他若打牌赢了倒没什么，就怕他输了，只要一输，他就会在那条马路上逮谁跟谁聊天。一般很少有人会搭理他，他倒也知趣，知道这些坐在马路牙子上食饭的人不是他的目标群体，便直冲我家来，尽管我家并不在马路边。

在马路尽头右拐，穿过一条上升的羊肠小道，躲过几户盛情相邀的人家，就能来到我家。我家在一排老屋上面，开门还能看到老墙上那条标语：战无不胜的毛泽东思想万岁。他从屋檐下走过我家的卫生间和我奶的房间后，会站到大门前铺了水泥的院子里，冲着我家客厅最亮的灯喊我。有时我会在二楼自己的房间探出头来，看看是谁找我，看到李泉源在楼下扯着嗓子喊个没完，便让他闭嘴。有时我会在一楼客厅被他的声音吓一跳，推开防鸡进厅的矮门，让他进来喝杯茶，歇歇脚。

我不在的日子里，我爸也会喊他进去喝茶，给他倒上杯酽茶，分他根香蕉，然后就开始说他在北京的儿子。我若在家，我爸就会说得谦虚一点儿，只要我不在家，他的话就夸张了，其他人听听倒也无妨，就怕李泉源听到，他会当场打断我爸的话，分析我在北京的工资到底有没有那么高，哪怕不得不承认了，也会环顾一眼我家的环境，说："你儿子那么高工资，咋不打点儿钱回来装修？"前几年，我爸还不知道怎么回答这种问题，但现在他能回答了，他会什么话都不说，径直从红木沙发上起身，打开柜中抽屉，柜子上面挂了一个大"福"字，一副对联分挂左右，上联是福如东海长流水，下联是寿比南山不老松。他从柜子里拿出一支手电筒，走五步，到后门，一手开门，一手拧亮手电筒。在李泉源的印象中，后门是一条约莫半层楼高的小路，是供上山砍柴的人走的，手电筒的光直照过去，会被拦腰斩断。可这回，他却看到光亮畅通无阻，直接照到了十米开外的那片乱葬岗。

李泉源吃惊地张大了嘴巴，他起身时撞到了茶几上的茶杯，滚烫的茶水烫到了他的膝盖，不过他没感觉到疼，匆忙之余又将滚到地上的茶杯踢到了后门处，先他一步赶了过去。等他稍后赶过去时，我爸已经关上了门，他忘了关手电筒，只见手电筒的光亮在四十平方米左右的客厅乱晃，好像刀劈斧砍一般。所劈砍之处，皆是未装修的毛坯墙，已经用竹竿包布清理过一遍，但上面还是有许多蜘蛛网。即便如此，我爸还是没有关手电筒，也许刚才的举动让他忘乎所以，他将没关的手电筒放回了抽屉。光亮在窄处黯然回鞘，隐约可见抽屉的缝隙里有光泄漏。

见我屋后的路不见了，李泉源开门再次验证。他也有自己的光，那部最新的苹果手机，他打开手机里的手电筒，这种光较之真正的手电筒光发散，能扩大视野。后门还未开启，发散的光便照得满屋更加亮堂，几乎让客厅那盏蒙尘的白炽灯羞怯。他粗暴地推开后门，将手机对准面前的两眼一抹黑，赫然变得眼明心亮。他用手机一寸一寸地检查，发现那条小路确实不见了,他的面前一片开阔,甚至小路对面的那丘田也消失了,没了路与田野遮挡,他手上的光长驱直入,甚至照清了乱葬岗里的墓碑。他没有收回光线,视线随着轻如纸张的光来到空旷的夜空。

夏夜从头顶划过的流星让他杵在当场,风从四面八方汇聚而来,穿过这扇洞开的后门,旋即吹起了屋内轻盈的尘埃。此外,放在圆桌旋转玻璃上的饭碗也在移动,墙上挂的日历也被风一次性翻到了半年后,转眼一年便所剩无几。风越来越大,尘埃越来越密,饭碗也已掉到地上碎成无数块,弹指之间,日历上的年份也已过完。躲藏在日历后的甲由暴露在众目睽睽之下,但它们的两根触须和六条腿仍像躲在暗处般一动不动。只有我爸的人字拖拍打其上时,幸存的甲由才会从墙上的东西南北四个方位分别逃窜。很快,地上便多了许多甲由尸体,整个客厅散发出一股烂菜叶的味道。

在我爸去拿扫帚清扫的当儿,墙上密密麻麻的甲由早已不见踪影。天花板看似严丝合缝,但这些甲由会用见缝插针的方式告诉我们实则漏洞百出。他把甲由扫进厨房,丢进灶火里,这样就再也不怕打不死它们了。我爸返回客厅的时候,脚不小心被碎碗割伤了,血流成河,我爸皱着眉头喊我妈下来。我妈在二楼看电视,这会儿电视还开着,人却睡着了,她模模糊糊地听到有人在喊她,眼睛睁开一道缝,看到窗外天还是黑黑的,又睡过去了。最后是我弟回应了我爸的呼喊,他匆忙下楼来,看到他爸腿上在流血,立即从抽屉里拿出云南白药给他敷上,然后给他缠上纱布,又下厨房舀了瓢水，把地冲洗干净。

此时李泉源还站在后门，目视着辽阔晶莹的夜空，我弟啪的一声关上门，李泉源差点儿被门撞断鼻子。他悠远的视野被一扇门扼杀，讪讪地回到沙发上落座，看到我爸腿上包的纱布像坐月子的女人，问道："伯父你怎么了？"我爸没有搭腔，反而问他有没有看到我家屋后的变化。李泉源说他看到了，他看到屋后变成了一个篮球场。我爸纠正他说，不是篮球场，而是两座房子，他准备在那里盖两座宅子，一座是他大儿子的，一座是他小儿子的，到时他选择跟我住，让我妈跟我弟弟住。如果住烦了，他们夫妻可以换过来。

这可比装修花钱多了，李泉源听罢不再说话。每个人听到我爸这番话都不再说话，既然这个后辈的反应跟其他人一样了，我爸就觉得没必要跟他废话了，他准备送客。李泉源非常清楚我屋后那块平地的价值，我们生活在一块像蜗牛壳一样的地方，经常为了争一小块平地大动干戈，马路左右的平地早已被人抢先盖了房，要想盖房只能打山与田的主意，像我家这种情况可太少见了。因此，他不得不承认我混得好了。

不过他还是有些疑问，他拨打电话让我帮他解答。我这才知道他刚从我家出来，并在与我爸的交手中不幸落败。我的声音从北京传到他耳朵："我爸说的都真的，我家的确要盖房了。"他的声音从故乡传到北京："你家的房子不是有很多间吗？"我让他风物长宜放眼量，现在我家的房子是够住了，哪怕我们兄弟俩都结了婚也够住，但我们的孩子出生后就不够住了。李泉源在电话那头问道:"这么说,你要回来发展?"我没想到他会有此一问,正不知如何回答,他反倒替我作答了:"也对,北京不好混,回来也好,这样我们又能一起玩了。"我明知他说的有几分道理,但还是不想服软:"那是你,来了一个礼拜就灰溜溜滚回去了,我来了可快有八年了。"

"那又如何?买得起房吗?有购房资格吗?能拿到北京户口吗?"李泉源又给远在北京的我抛了无数个问题,压得我喘不过气来,我不得不转移话题:"你还记得八年前吗?"

"我当然记得,那时我们还是抛硬币去的北京。"说起从前,他不再咄咄逼人。我们的友谊始于八年前,我们虽是同一个地方的人,但小时候对彼此都没有什么印象,因为我们上学没同过班。大学毕业后我们才走在了一起,那时我们正为找工作的事烦恼,听说他也在家到处投简历,便去他家找他。他刚好推着摩托车出门,以为我来找别人,就没在意,直到我开口喊他:"李泉源,你去哪?"他脱下刚戴上的头盔,说:"林为攀,我去县里。"

"能载我一起去吗?"我的脚已经跨上去了。他戴好头盔,让我坐好。在路边店铺门口打牌的人看到我们后,都忘了抓牌,十几双眼睛同时钉在我们身上,我显得有些不自在,但他却很享受别人的眼光,甚至还放缓了速度,与他认识的三姑六婆挨个打招呼。

我们在县里的一家饭店夯实了友谊。在当年的九月一号,我们同时离开家乡,先后来到县汽车站。等各自送我们进城的家人回去后,我们才敢在候车厅接头。我们的行李虽少,仅有一个背包,可我们却觉得我们的前程远大,几乎整个中国都尽在掌握。然而,我们却连去哪都还没取得一致,我倾向北上,上海可以,北京亦可以,他则倾向本省的厦门或邻省的深圳。我们谁也说服不了谁,只好抛硬币决定。我们摸遍全身都没有摸到硬币,只能去候车厅的小卖部兑换。小卖部老板不同意不买东西兑硬币,我只好用五块钱买了两瓶水,让对方找一块钱硬币,然后我把硬币塞到李泉源手里,并分给他一瓶水,但他只喝了一口就把瓶子给丢了。

当时我们身上都怀揣巨款,我带了八千元,他带了七千元,我们两人的钱加起来虽然不能在大城市买一间厕所,但那个架势俨然已经住进了大房子。所以我们对钱都看得很轻,觉得总有办法在花完之前赚上更多。

"如果菊花朝上就去北方,上海或北京我说了算,假如字朝上就到南方,厦门还是深圳你说了算。"李泉源听完我的话,便把硬币捂在手心,使劲地摇晃,然后往空中一抛,没想到掉到地上不见了。我们找了很久,终于在大巴出发前找到了那枚菊花朝上的硬币,我们坐上那辆开往厦门的大巴,穿过数不清的山洞,转过无数道的弯,抵达厦门后,我们的胃里翻江倒海,无暇领略鼓浪屿风光,找了家价格中等的旅店休息再说。

我们决定在厦门玩上三天。三天的时间折算起来,也只有几处旅游景点,几顿美食,转眼三天便过完了。我们收拾好行李准备坐火车去上海,临行前,他却犹豫了。厦门的一切让他流连忘返，我告诉他我们此次出来是找工作，不是游玩的，工作能赚钱，游玩却会花钱。他让我将决定我们命运的那枚硬币掏出来，我说："难不成你想赖账不成？"他说他只是想检查这枚硬币。我问他是不是怀疑我作弊，他说不是，他觉得这枚硬币不是之前那枚，因为看上去比较旧，很有可能我们找到的硬币是别人丢的，而我们的硬币却掉在了无人知晓的角落。这就有点儿强词夺理了，我说要是这枚硬币的字朝上，你就不会有这么多话说了吧。

"行，那我们就再抛一次。"我把硬币拿出来交到他手里，现在是在旅店，再怎么抛都能找到。他把硬币捏在手里，正反两面瞧了瞧，表示这回要反过来，菊花朝上到南方，字朝上就去北方。见我没有反对，他又把硬币捂在手里摇晃，我以为他还会往上抛，没想到他直接把硬币丢到床上，我上前一看，笑得倒在床上打滚，这回是字朝上，看来北方真是我们的应许之地。他脸色很难看，让我抓紧收拾背包，赶今晚的火车去上海。

我们坐上 K198 次列车，于当晚 22：14 出发，次日 22：04 抵达上海南站，将近二十四个小时。我们从厦门的夜晚到达上海的夜晚，好像时间没有任何变化，在同一个夜晚便从南来到了北。但感觉却完全不同，我们面对厦门的景点与美食时尚且还能放松，在面对上海斑斓的霓虹灯时却紧张得大气不敢出。我们分明来到了一个我们无法掌控的地方。我们不敢在市中心下榻，只好来到城郊的一幢别墅前。我们来之前就与房东说好租住这里，每个月只需两千元，看来实物与价格出现了巨大的落差,我们看着黑暗中的别墅,以为自己赚大发了,两千块就能住一栋别墅。

出来接我们的是女房东。她将我们领进别墅,李泉源刚想上楼去,便被她叫住了。她指了指下面,说:"你们在最中间那一间。"我们下了一个楼梯,看到面前出现了三扇门,我推开中间那扇门,倒吸一口凉气,里面只有一张床和一个床头柜,没有空间过人,睡觉需要在门口脱鞋直接躺到床上。我让她退押金,她很嚣张,说爱住不住,还说找遍整个上海滩都找不到比她家更便宜的屋子。我们那时毕竟年轻,真被她唬住了,加上快到半夜了,我们在上海人生地不熟,怕出去迷了路,便暂时住了进去。

李泉源问她厕所在哪,她说在一楼。我们放好背包,不敢同时去厕所洗漱,怕包被人顺走。我让他先去,我躺床上眯一会儿回回神。我睡着了,睡梦中感觉有人在推我。翌日醒来时,我看到李泉源坐在床头抽烟,房门敞开着。我问他现在几点了,他看了看手机,说十二点了。我说怎么才过去这会儿,我再睡一会儿。没想到他一把掀开被子,说:"还睡个屁,现在是白天十二点,昨晚睡得像头死猪似的,害我都没地睡。"

"你不能怪我啊,这张床就这么大。"我起来上厕所刷牙,他喊住我,让我别去,现在楼上正排着队,他已经等了快一个小时还没轮到。"你排在我后面。"他让我老老实实待在床上,我让他散支烟给我,与他坐在一起吞云吐雾,我们在缭绕的云雾中看到有一对男女下楼来,白了我们一眼就钻进了左边那个房间。我们抽完一根烟后,有个刚洗完头的女孩也下来了,走进右边那个房间。

房间不隔音,我们晚上睡觉不堪其扰,左边那对情侣整夜闹腾,右边那个女孩每夜抽泣,我们望着天花板睁眼到天明。我们觉得不能再这么下去,必须马上搬走,但搬走之前先要找到工作。李泉源事先在上海地图上做的攻略对我们找工作无济于事,我们只得去网吧登陆那些招聘网站。我们那时没有任何职业规划,觉得可以胜任任何工作,在每一个招聘网站上都海投简历,最后都石沉大海,毫无消息。

房租到期后,我们站在上海街头,离火车站一步之遥,决定咬牙继续北上去首都。我们在火车车窗里看到外面的平原,舍不得挪开眼,我们两个住在蜗牛壳上的人冷不丁看到平原似竹席,真想尽量撑开四肢躺到上面。我们在十个小时后到达北京西站,坐上那时不管多少站一律两元的地铁,来到四惠一处五层民居旁,打电话通知事先约好的房东。这回接我们的是一个男房东,看上去比我们大几岁,他将我们领到地下室,走过潮湿阴暗的走廊,打开最里面那扇嘎吱作响的门,空间比上海那间房大了一些,竟能在里面转身。

地下室白天也须开灯,我们的钱所剩不多,必须尽快找到工作。我们两人一个在三天后找到一份图书编辑的工作,一个在五天后找到一份平面设计的工作。我们都有三个月实习期,实习工资都是每个月三千元。我们计算每个月能存下多少钱,李泉源的数学比我好,他算出了这一年之内我们都无法存到钱,更不用说搬出这个鬼地方。

我们在来北京的第七天,难得奢侈了一回,找了一家稍微干净的馆子,一瓶冰镇啤酒下肚,李泉源就开始坦露心迹。我听出了他想走的意思,那时他刚通过面试,下周一正式入职,我让他至少拿到工资再走也不迟,再说我们现在就算要走,也没车费了。看他态度坚决,我也不好再说什么,北京的确没我们想象中那么好,我们只要走出地下室,就能时刻感觉到我们与北京的距离,我们的自尊在这种距离面前荡然无存。

"你要不要跟我一起回厦门?"他给我倒满啤酒,散了一根烟给我。我深吸一口,看到烟在酒四周弥漫,透过烟雾看不清他的脸。他喝酒不会脸红,我半杯酒下肚就浑身燥热,脸色通红。我决定挽留他:"要走我们也一个月后再走。"他掐灭烟蒂,直接拿起酒瓶一饮而尽:"你为什么非要一个月后再走?那鬼地方我一天也待不了了。"他卷起袖子,让我看他手臂上的疙瘩。我们睡的地下室常年不见太阳,几乎全世界不能见光的艺术家都流亡到了此处。每到夜晚,弹吉他的弹吉他,唱歌的唱歌。只有我们那间房里没有声音,我们躺在床上等他们消停下来。我们每天晚上都睡不好觉,再这么下去我们即便找到了工作也会很快被开除。话说到这里,一切都不言而喻,我也不再挽留,决定送他去火车站。

从那以后,我们一南一北遥遥相对,每年过年才会在老家相聚几天,一直保持到如今。此刻李泉源的思绪还停留在过去,我几乎能听到他在手机那端的呜咽。我们共同的记忆尽管囊括上海与北京,但我们共同的记忆其实并无多少。我们说起往事总会挑选一些让我们印象深刻的,我们起初在这两座城市的漂泊感让他如今想起仍然不寒而栗。过去让我们恐惧难安,是因为我们对以后同样没有把握,昨天与明天正如我们当年抛掷的那枚硬币,是好是坏完全不由我们做主,全凭运气。

我们每年在故乡见面时,都会聊起这段过去,在此之前,因为我们面对面坐在一起,这期间还有插科打诨,因此并未觉得那段岁月有多么可怕。但现在我们在手机里说起时,通过信号传播的记忆,可能跨越了天南地北,便让过去时而沟壑纵横,时而如履平地,以至于让我们的反应也五味杂陈。我们那时还非常年轻,即便走错几步路也能及时回头,但现在我们都到了而立之年,青春期早已随风而去,所以我们看似在回首往事,其实是在悼念我们逝去的勇气。我们知道,我们不可能再像从前那样奋不顾身,更不能像那时冲动鲁莽,我们已然经不起摔打,经不起试错,我们也已对命运抱随遇而安的态度。我们已经变得非常懂事,不会再像以前那样不告而别,我们现在凡事都喜欢跟家人商量,即便家人一知半解。我们觉得这样即便做错了,也能得到他们的体谅。我们年纪越长,越喜欢找别人分担,好像如此便能预防生命中所有的不可控因素的出现。

我们挂掉电话后已经是半夜了。李泉源走在故乡收割过后的田野里,我在北京的斗室内来回踱步。他的头上是夏天罕见又奇异的流星,我的头顶是逼仄的天花板,住在楼上的那对夫妻又开始了夜复一夜的争吵。我看着屋内的一切,即便来北京八年了,还是没有留下多少东西,最多的还是那些支撑我度过慌乱不安的书籍。我每次都会在这间屋子里接听我爸来自南方的电话,我把精神上的富足视作物质上的优渥,让他觉得他儿子在北京一切皆好。我跟李泉源挂断电话后,我爸又给我打电话了,他从没在这么晚的时候给我打过电话,我以为有什么事情,接听后发现我爸只是想听听我的声音而已。他说起了刚才发生在客厅的一切,比李泉源告诉我的完整不少,我把他们两人的信息合并,还原出了事实的真相,然后我就见到了那支锁在抽屉里还没摁灭的手电筒,它的光无处施展,屋外广阔、盛大的夜空让它顷刻变得如萤火之光,微不足道。

"你的脚没大碍吧。"我爸惊奇于我知道他的脚受伤了。不过他很快猜到了李泉源跟我打过电话。他照旧问了问北京的天气,问了问我今天吃的什么。我说今天的北京阳光普照,我晚饭点的外卖。他听后沉默不语,过后再次提醒我外卖不卫生,最好自己做饭。我没有回答,等着他把电话挂断。我们父子不知何时已生疏至此,也许我们之间的距离让我们不再贴心。犹记得当年他骑摩托车载我去县汽车站时,我们有说有笑,那时我欺骗他我找好了工作,这次出去可以直接入职,他丝毫不知道他儿子当时在外面如无头苍蝇一样乱飞乱撞。当我工作稳定下来后,我才告知自己所在的方位,他也没怪我跑那么远,而是每晚七点半准时坐在电视机前看全国天气预报,然后打电话告诉我添衣,注意保暖。一开始,他的话很多,对北京天安门、长城、圆明园和颐和园兴致高涨，有时还会跟我聊聊他看过的野史，但这些地方我很少去，无法完全回应他的热情，此后他的电话便越来越短，最后甚至只有寥寥几句。我知道他一直想来北京看看，他要借着看北京名胜古迹的机会顺便看看他儿子，不过我一直没有正面回答他，也没给他拍过任何一张关于北京的照片。

　　他在我身上得到的反馈有多少，他反馈给别人的就有多多。他会给每一个来我家的人说起北京，他对北京的了解都不是通过他儿子，而是电视。他尽量说得像是我告诉他的一样。幸喜他没遇到过什么像样的质疑，否则一定会让他脸上无光。我曾委婉地告诉他别这么做，他也再三说好，但转头就全忘了。此后我就随他去了，我不能扼杀他对北京的想象，就如无法消除我在北京的足迹一样。每个人活着都需要一些幻想，我的幻想是将来能在北京真正立足，他的幻想是去紫禁城。我弟会给我致电让我把父亲接到北京玩个十天半月，好让他嘴里的北京能稍微真实立体一点儿。他的确好几次做好了举家来京的计划，他来到我那个年逾九旬的奶奶面前，冲着耳聋的她说："我们要去北京啦。"然后来到正搓衣服的我妈面前："你收拾收拾，我们过几天出发。"最后他叫醒还在赖床的我弟："问问你哥买好机票没？"

　　"我哥说最近不方便，等他忙过这段时间再说。"我弟的话让他垂头丧气，我奶奶穿着每次出门都会穿的新衣服问他："什么时候出发啊？"我妈晾完衣服了，过来问我爸："我们要带多少件衣服？"我爸躺在那张红木沙发上，腿高高架起,墙上挂的日历让他气不打一处来:"还去个屁,现在农闲都去不了,等过几天要割稻子就更去不了了。"我们从不在一个点上的忙碌让他此后不再对北京心生向往。

我爸种了许多香蕉。我们家在丘陵上有四亩地,每亩地都不在一处,有的在半山腰,有的在山脚下,他在地的边上栽上了香蕉树。这些香蕉比市面上卖的短小,用刀砍下来时还是一串青,要放在阴暗的角落一个礼拜才能变黄。我爸等着香蕉变黄,有时还会猴急地剥开青皮,尝尝里面的蕉肉还涩不涩。我妈让他有点儿耐心,要想吃到香甜的香蕉,必须守满七天。一周后,我爸突然瞥见墙角一片黄,一个箭步上前,拎起那串香蕉来回翻看,发现每根香蕉都成熟了。他掰下一根,剥掉皮,吃下蕉肉,味道让他喜出望外。他提着香蕉来到客厅,用刀子切下一串,放到茶几上待客用。

每一个上我家的人都吃过我爸种的香蕉。他们的一致好评让我爸笑逐颜开,有些人甚至建议他把香蕉运到县里卖。但我爸看不上这点儿钱,种香蕉对他来说就像有闲情逸致的城里人养花种草。他还让每个吃过都说好的人自己去砍,想吃多少砍多少。丘陵上的香蕉树被很多贪心的人砍得面目全非,流出的树胶凝结在树上,摸上去就像黏稠的蜂蜜。我爸甜蜜的喜悦总会在这种时刻化为乌有。香蕉树上宝塔般的青蕉早被人运到县里售卖一空,我爸心生倦意,刚好我又常年不在家,便用柴刀把每棵香蕉树砍倒,重新在上面种上地里生长的花生。不过他还是留了几串备用,以防我临时回去吃不到。我之前并不喜欢吃这种香蕉,不仅卖相不佳,味道也一般，后来吃多了就习惯了，甚至嘴淡之时还会下意识地朝我爸索要。我爸最自豪最光荣的就是这一刻，他会迅速钻进房间，打开电灯，从角落拎起一串香蕉，我甚至能想象他穿过屋檐时的得意，他来到院子里，看到邻居从窗户里探出脑袋，热情地喊他过来吃香蕉。

他还会在我每次回北京时，把香蕉塞满我的行李箱。如有可能，他甚至会把家里所有的好东西让我打包带走，可惜活禽无法带上飞机，宰杀后又不能保存那么久。其实从故乡飞北京的飞机只要三个小时，这种速度是能留存鸡鸭的鲜度的，但我每次都以同样的理由拒绝："飞机上规定不能带。"我是嫌麻烦，家人的盛情有时就是人世间最大的麻烦。再一个就是我每次都不会直接飞北京，总要在厦门停留几天。

我以一个游人之姿玩在厦门，吃在厦门，住在厦门，感受自比多年前不同。重要的是我还能与长居厦门的李泉源重拾我们的友谊，因没了对生活的恐惧，我们脸上都喜气洋洋，甚至还有闲心去了解鼓浪屿的历史。石塑郑成功像总会在我们嘴中再三被提起，还有思明区这个名字的由来——思念明朝。我们对厦门共同的记忆只有短短三天，但此后数年不知被我们提过多少回。我每次都会在厦门接到我爸的电话，他问我到北京没，我总会回答到了有几天了。我们隔着电话，他无法知晓我到底身在何方，但我却能知道他尚在家乡。我甚至能从他的声音中听到丘陵上的风，闻到稻谷成熟的味道，他汗流浃背的样子也能一目了然。而我在这端所吃的土笋冻，所走过的中山路，所入住的民宿，他却全然不知，还以为我已在北京的房里准备在电脑上打字开工了。

每年我都会与李泉源见两次面。不过，今年我们还一次面都没有见上，我们刚才打的那通电话并不过瘾，通过语言保持的联系，终究比不上表情交流更有温度。也是奇怪，我在北京差不多淡忘的客家话，每当跟他见面时总会脱口而出，而跟我爸的电话里，却吞吞吐吐，词不达意。我跟他不仅能用客家话交流，还能辅以普通话，甚至有时候夹杂客家话才能让普通话的意思更为准确，而跟我爸的电话里却刚好相反。

我们都到了对过去能坦然面对的年纪。我们终究会随身携带易碎的往昔，让它在我们新一段人生旅途中历久弥新。我们背负着岁月所赠的石碑，终其一生才能在上面刻上适当的字眼。我们出发前成群结队，中途会有很多人离开，也会加入许多人，但最后都毫无例外只能独自前行。我们会忘记我们经历的大多数事，忘记我们所遇到的大多数人，但一些起初不经意的片段总会留存在脑海深处，只待在某一个恰当的时机，亲手掰开层层包裹的时光之茧，亲口品尝里面尚有甜味的过往。

我不知何时才能再见到他们，我的家人所住的两层楼房，每天早晨都会同时打开三扇房门，一扇房门走出我的父母，他们要起床做早饭，一扇房门走出我的弟弟，他要下楼上厕所，一扇房门走出我那个活了近一个世纪的奶奶，她要出来看看哪个死去的故人在敲打她的门窗。只有我的房门始终紧闭。我在北京也会打开一扇门,去楼下散散步,跟遇到的每一个疑似的熟人亲切地打招呼。我说:"爸妈,奶奶,弟弟,以后不用等我一起吃饭,你们先吃就行。"我来到马路上,看到一辆摩托车迎面而来,骑车者脱下笨重的头盔,冲我大喊一声:"走,林为攀,我载你去县城玩。"

蝴蝶效应

1

父亲将我领到堂哥面前,让他教我一门谋生的手艺。那是一个烈日炎炎的午后,我刚参加完高考,在焦灼中等待高考成绩的揭晓,但我父亲显然没了耐心,把我从蝉鸣中叫醒,拽着我来到了堂哥家里。

堂哥是个泥瓦匠,他砌的房子在回南天不潮湿,很多人盖房子都爱找他。堂哥当了十五年的泥瓦匠,砌的房子多得数不清,靠这门手艺,他赚到的钱足够给自己盖一栋不赖的房子。此刻我跟父亲就在他新盖的房子里,看着比我父亲小一辈的堂哥躺在一张清凉的竹椅上,手里拿着一个勺子在挖西瓜吃。

堂哥的嘴像一把机光枪,射了一地的黑色西瓜籽,其中有一些吐到了穿解放鞋的父亲脚上,但父亲不为所动,好像变成了一块肥沃的土壤,正期待着能从上面长出西瓜藤让我以后攀上堂哥的头顶。

我转过身看着门外,堂哥新盖的房子又大又亮,我在里面就像戴了眼镜一样,能看到好远的地方,层层叠叠的热浪让门外走过的行人和动物都汗流浃背。坐在摇椅上的堂哥没有招呼他的叔叔,反而去喊那些人进来纳凉。堂哥头顶的那个电风扇让他们停下了脚步,但看到父亲和我,又走开了。我堂哥这才把注意力放到我的身上。

他没有问我高考成绩,而是问我读四年大学要多少钱,出来后多长时间才能把大学四年的学费赚回来。我还没读大学,有可能这辈子都上不了大学,所以我不知道该如何回答他的问题。

堂哥见我不说话,又去看我父亲,好像才看到他的叔叔一样,他从竹椅上爬起来,给我父亲搬来一个凳子,让他坐在电风扇下面吹凉。电风扇的风把父亲的鬓发吹起,露出了那些深藏不露的白发。他有些局促不安地坐在凳子上,用手指了指我,终于挑明了来意:"我想让他跟你学手艺。"

堂哥皱了皱眉头,他的嘴角沾了一粒西瓜籽,让他胖乎乎的脸看上去更滑稽了。我堂哥是泥瓦匠中罕见的胖子,十五年来不间断的码砖和抹灰的动作非但没让他见瘦,反而像越砌越宽的墙壁那样,就快挡住别人走路了。

他从竹椅上起来,背上留下了几排竹椅的牙齿印。堂哥没有说好,也没有说不好,只问父亲我的高考成绩出没出来，得到他否定的答复后，堂哥让他先把我领回去，等成绩出来再说。

接下来的几天，我一直在期待奇迹的发生。到揭晓成绩的那天，我按捺不住心跳拨通查询电话，在人工语音的提示下，我输入考生号、身份证号和准考证号。其中考生号输错了两次，身份证号输错了三次，准考证号则输错了四次。在这无数次的错误后，我以为自己能听到一个好消息，但事实证明，相比于输错号码，我的高考试卷错得更加离谱，总分加起来只有 372 分。

当晚，父亲将我的课本付之一炬。我看到他在火光中的鬓发，心好像也被烧成了灰烬，正沿着我的口鼻飘散到夜空里。夏日的夜空有许多流星划过，可没有一颗属于我。

2

在那个炎热的夏天，最焦虑的还不是我，而是我的父母。他们向每一个外出务过工的人打听，尤其特别注意跟在上海或广州待过的人打听，最后他们把这些消息归纳分析后，发现种种迹象都指向同一个地方：北京。

人们最常说的一句话就是"有生之年去北京看看"，而不是说"有空去北京走走"。这是一座要做好万全准备才能出发的城市。

在父亲为我的前途奔波的时候，我拥有了一个难得的夏天。记忆里每年的夏天我都在挥汗如雨中度过，这话是指每到夏天我都要去田里收割庄稼，没想到在那个高考失利的夏天，我的父母为了我的前程着想，头一回没有关心农事。他们对我的人生比对此时在地里逐渐腐烂的庄稼更加上心。

"再不收割，稻子就要发芽了。"有人提醒他们。

我的父母没有听，头也不回地继续往前走，像两头蛮牛一样。他们要在酷暑难耐的中午走到别人家去，这个人就是给我父亲带去一座北京城的人。这天父亲接过母亲从店里买来的礼品，与母亲一同来到了这个在北京见过大世面的人家里。

我每天都躲进一片瓜田。我那时毕竟还很年轻，只在查询成绩的那个夜里担心过自己的前途，几天后就彻底忘了此事，尤其当我手里抱着一个刚砸烂的西瓜，开心地掏瓤吃的时候，以为又回到了无忧无虑的童年。

父母用了一瓶白酒，就从对方的酒话中打听到了一个真实的北京。这人喝了几杯我父亲带去的酒后，嘴就没个把门的了，终于将他在北京的悲惨生活一股脑地告诉了我的双亲，最后还拉着我父亲的手不放："要是北京真有那么好，王八蛋才会回来。"

就是这句话让我父亲彻底看清了这个骗子的真面目，也看清了北京的真面目，于是我父亲生气地拿上没喝完的那半瓶白酒，拉上我那个还准备给对方倒酒的母亲气冲冲地回家了。

当晚，在饭桌上，父亲旧事重提，让我去跟堂哥学泥瓦匠得了。从他的话中，我能听出他满腹的不甘与怨恨，他显然还没接受我没能考上大学的事实,其实他早该预料到的。不过他又是一个很乐观的人,他认为我毕竟念过三年高中,起码比没读过书的堂哥更有文化优势,也就是说我堂哥要学十年才能出师的手艺,他的儿子或许两年就能出师,到时就能赚钱给家里贴补家用,如果我能努力一点儿,盖的房子一定会比我堂哥盖的更高更阔。

父亲已然不是在说让我学泥瓦匠的事了,而是俨然看到了新房子在他眼前拔地而起。在这种情况下,他就不是用商量的口吻跟我说话,而是命令我必须拜堂哥为师。别看这只是语气上的变化,里面的门道可深了去了,好像铁饭碗已经放到我面前了,就看我想不想去端了。

母亲看出她丈夫没喝就醉了,觉得有必要提醒他此时想这些为时过早。先不说堂哥能否收我为徒,即使大发善心收了我,会不会这么好心将手艺毫无保留地教给我,也是个未知数。就算都教给了我,我能不能跟他一样赚那么多钱又是另一个未知数。如此多的问号让我母亲忧心忡忡。但我父亲却笑了,他认为堂哥和我是堂兄弟,俗话说上阵父子兵,打虎亲兄弟,出门在外碰到一个老乡都恨不得两眼泪汪汪,更不用说还流着相同血的兄弟了,但我父亲却忘了亲兄弟都要明算账一说。

我不想拜堂哥为师,更不想学什么泥瓦匠。我觉得是时候为自己赌一把了,当父亲听到我要去北京时,眼睛鼓得像灯泡一样亮,嘴巴张得像饭碗一样宽。他不是对我这句话吃惊,而是吃惊于我不是在跟他商量,而是在通知他这个决定。

3

那晚我们僵持不下,他第一次发现我翅膀硬了,我也再次确信他老了。

以前他可不这样。他还年轻时,不会跟我废话,而是直接上手招呼,不过扪心自问,这种情况并不多,现在从记忆的长河里打捞,也只是一些片段,而且这些片段还模糊不清,唯一能肯定的是在那条河里,读六年级的我第一次遭到了我父亲的毒打。

父亲首次发现我下河游泳时,没有动粗,也没有生气,而是喊我回家。我只好不情愿地寻一块大石,背着父亲把湿漉漉的内裤脱下来,然后把裤子穿好,最后拧干内裤的水分,拿着皱巴巴的内裤跟在父亲身后。那天的阳光非常热,跟在父亲身后的我像走在炭火上,小腿被烫得疼痛难忍,可我的父亲却好像不怕热。他沉默不语地走在我面前,每走一步就让大地颤抖一下,尤其宽阔的脊背像太阳能一样,自动吸收着那些咄咄逼人的热量。

回到家后,我躺在床上无所事事,透过窗户看到父亲又拿着一根竹鞭回田里犁地了,躺在水田里歇凉的那头大水牛,看到主人手里的鞭子不管有多不情愿,都会立即站起来。我从没想过有一天这个鞭子会抽在我的身上。父亲一走,我就从床上爬起来,重返河流。我回到河边时,发现忘穿那件已经晒干的内裤,不过我没多想,而是脱光了直接跳到河里。

河流清凉的怀抱让我忘了危险将至。当我在水里像条游鱼时,我的父亲站在岸上成了一个垂钓者,他手里的鱼钩已经锁定了我,那根经常抽牛的鞭子会在几分钟后不断抽在我的身上。

但贪凉的我还有心思炫耀自己的泳技,我在同样在水里躲日头的小伙伴面前变换了好几种泳姿。当我采用蝶泳时,我的臀部似海豚,双臂如蝶羽,自由飞翔在河里;当我仰泳时,我看到类似炸弹爆炸后的高温余波留在当空;当我采取蛙泳这种最古老的泳姿时,我看到河边站了一个人。这人手里的鞭子带着怒气,波及河里的我。

原来是我父亲站在岸边挡住了太阳。我游到了他的鞭打范围,他不等我上岸,便一鞭子抽了下来,我在溅起的水花中发现自己脸上挂了彩。

我脸上的鞭痕让我痛恨了父亲很久,施加在我脸上的惩罚很快消退了,但留存在内心的恐惧却像一张狗皮膏药那样如影随形。最可怕的不是父亲抽打我,也不是当着其他小伙伴的面让我下不来台,而是当时我还来不及穿上衣服,就被父亲抽上了岸。他没有给我穿衣服的机会,那时我的下身将要含苞待放了,我说的是真正的含苞待放,以一种挣脱束缚的形式迎接青春期的到来,但父亲的鞭子却残忍地扼杀了它的成长,以至于它后来变得有些畏葸不前。

当时的我赤身裸体走在太阳下。我离开了河流,经过了农田,途经一片瓜地,里面的西瓜让我吞了吞口水,身后的父亲没让我停留，而是使劲去鞭打西瓜藤。我看到断成两截的藤蔓和留在西瓜皮上的鞭痕，继续往前走。来到人多的地方之前，父亲喝住了我，把我的衣服丢给我，我当时穿上的并不是衣服，而是对父亲的原宥。

那个时候，我没能吃上西瓜，我想象不出一个没有西瓜的夏天，然而那时我即使与西瓜面对面，也无法直接剖开它，让它帮我抵御酷暑。还要过很长时间，一直到我获悉高考成绩的另一个盛夏，我才吃上在心里惦记了多年的西瓜。半个西瓜落肚，让我彻底忘了烦心事。傍晚到来后，我挺着装满西瓜的大肚子回家了，看到了紧皱眉头的父母亲。当我在饭桌上拒绝父亲的提议，提出要去北京后，有一个人在父亲彻底爆发之前来到了我家。

他是那片瓜田的主人，由于只有七根手指，人称老七，小孩叫时会在后面加个叔字，叫他老七叔。老七叔来的原因不是打听我的高考成绩，他的女儿比我早一届，是县一中当年为数不多的考取北京大学的学生之一，所以他不屑打听其他考生的成绩，因为再厉害也厉害不过他的女儿。

他这次来也不是请我父亲喝酒。他以前的确常跟我父亲喝酒，就着一盘花生米他们可以从1989年聊到2008年。1989年是他女儿出生的年份，说他女儿出生后有多么小，其他婴儿都有六七斤，只有她四斤不到，原以为会养不活，没想到喂了几年羊奶，越长越水灵了；2008年是他女儿高考的日子，说他女儿读书有多聪明，从没让他操过心，是骡子是马就看这次高考了。最后的结果是他女儿考到了北京大学，不是北京的大学，而是出过各种名人的北大。这一来就让老七叔不淡定了，一不淡定就不找我父亲喝酒了，理由是我父亲已经不够格了，除非我也能考到北大。

父亲见到久不登门的老七叔屈尊降贵来我家，忙迎他进门，以为他是来打听我的高考成绩，脸上就有些挂不住了。老七叔没有进门，即使我父亲三次开口请他进来坐。他站在门口，身后是漆黑的夜幕，蛙鸣回荡在辽阔的夜空下，前面则是我那面面相觑的一家人。

"你的儿子偷吃了我的瓜。"老七叔说。

父亲看了我一眼，想用钱打发他，因为他还有更重要的事要办。但老七叔不要钱，而是要一个说法，顺便搞清楚我是何时染上这个毛病的，可能真与我就读的破高中有关系。

"百样米养百样人，烂学校可不净出垃圾？"他说。

我的父亲没有说话，从那以后再也没有跟老七叔说过话。几天后，当所有人都围着他那个从北京回来过暑假的女儿，好热闹的父亲死活没有凑上去。在他的心里，曾经与他交过心的老七，已经死了，死在了那个有史以来气温首次达到41℃的夏天。

老七叔的态度让父亲意识到，仅有钱还不够，要让人瞧得起，必须还得有文化。泥瓦匠显然没办法既赚钱又有文化，他儿子的提议或许会改变别人对我家的看法。父亲终于郑重考虑起我的建议，不过他还是有所担心，不是担心北京是一座没文化的城市，而是担心北京因为过于有文化，让我迷失于声色犬马之中。

"爸，我心里有谱。"我说。

父亲没再说话，接下来的几天都没有说话。他第三次去了那个混过北京的人家里，这次不是打听北京的风景名胜和幸福指数，而是打探北京的犯罪率到底有多高。

4

我记得很清楚，我当时不在家里，而是在老七叔瓜田里。这老家伙吃他一个西瓜就拿腔拿调，所以第二天我一口气吃了他六七个西瓜。我一个人吃不了那么多，大部分糟蹋了，就像孙猴子吃蟠桃那样。

瓜田边有个竹寮，外头有张桌子，桌上有顶斗笠，老七叔坐在一边，手拿草帽扇凉，见有人经过，非拉对方坐下来喝口水。对方看了看西瓜，吞了吞唾沫，老七叔就急了，一急就把他跟县领导的关系给抖了出来。

"这些西瓜我自己都不能吃。"老七叔说。

"为啥？"来人问。

"因为县领导全预订了。"老七叔说。

甭管他人信不信，反正老七叔的目的已达到。要没有他女儿，没人会信，但因为有一个在北京念书的闺女，就可信了。来人也认为老七叔转运了，也该转运了，也觉得他不管怎么炫耀都不为过，就是每天拿着扩音喇叭在那条进城的高速公路上早中晚各播放一遍"我女儿在北京念书"，都不会有人眼红嫉妒，更不会盼着他女儿最好出点儿事。受不了的是，他夸自己女儿不好好夸，非损别人的孩子。

比如这次他就说："你的女儿是在读卫校吧？"

来人就不高兴了，走了。老七叔这会儿戴上那顶草帽来到了瓜田，一垄一垄的大西瓜让他乐坏了，他蹲下来聆听西瓜的心跳。成熟的瓜会发出破裂的声响，每个西瓜内部都蕴藏了一方世界，这个世界的形成得益于老七叔这个造物主。没有他在三月犁地，四月播种，就不会出现六月青藤缠绕，七月西瓜骨碌的景象。

他阔步在自己的园中，负着手就像上天在检阅他的伟大成果。阳光照在一个个瓜上，就如医生用听诊器检查每一个新生儿的健康。巡视一圈下来，西瓜的数量就有了数，更为来年的工作提出了新的挑战：瓜与瓜之间既不能太过亲密，又不能过于疏远，要像人一样，保持在令彼此舒服的范围。现在有一垄西瓜就犯了傲慢的毛病，离得远了，以至于白白浪费了这么好的土壤。

豁出的地方让老七叔很不舒服。

他偏偏在这个时候牙又疼了。好在他牙疼，否则他接下来会更加心疼。他是个育女好手兼种瓜能手，平生最得意的是把女儿培养成了名牌大学生，把西瓜种到了领导的饭桌上，他最接受不了的是，女儿嫁给普通人，西瓜地太疏。如今看到自己的手艺出现重大失误，就好像错把南瓜当西瓜种，他不能原谅自己，所以他的牙齿就来惩罚他，让他好几天吃不了饭，只能喝稀粥。

可他没想到不是他的瓜地出了问题，豁了一片的瓜地，不是他的手艺不精，没长出西瓜，恰恰相反，此处的西瓜是整片瓜地里最大最甜的。因为我尝过，所以我能打保票。要是老七叔的牙疼来得晚一点儿，他就会看到那些被拧断的西瓜藤和埋在泥里的西瓜皮和西瓜籽。

我也犯了错，错在不该在同一垄地里偷瓜，应该在整片瓜地里有选择地偷，这样才不会让老七叔对自己产生怀疑，也不会差点儿把我暴露在阳光下。然而就如西瓜开花的部位最甜一样，这片瓜地最好的瓜都集中到了同一垄。在老七叔查看他的瓜田时，我偷偷溜进了竹寮，里面什么都没有，只有一张草席和一卷被子。待他离去，我在草席上躺下来，脚放在被上，看着竹寮外头的阳光逐渐西沉，听到有人走过，爬起来，看了一眼外头，不是老七叔，是一个赶猪的小孩。我从里头出来，单方面把这片瓜地占为己有。

我对小孩说："看什么看，想偷瓜不成？"

小孩说他不敢，但他身边的猪却没说不敢。这头黑白相间、长得像熊猫的老母猪撞翻了小孩，一下冲进了瓜田。这家伙可比我厉害多了，一眨眼的工夫，五个西瓜就被啃光了。

我冲小孩嚷道："愣着干吗？快把猪赶走。"

小孩说："我不敢，怕被猪叼掉鸡鸡。"

我一听，就有些好奇了。我没去管猪，而是来到小孩面前逗他："你被叼过？"

小孩说他没被叼过，他看过他姐姐的手指被叼过。

小孩的姐姐比他大两岁，上学之前的任务是喂母猪。这头母猪肚子饿得很快，还没天亮，就在猪圈里嚎开了，他的姐姐听到猪叫，就会从床上爬起来去喂猪。双手搬着一大桶泔水，吃力地抬到猪圈。猪看到泔水，想跳上去，被她一脚踹回去。他的姐姐是喂完后出事的，她看猪吃完了，就伸手去拿桶，猪还在舔个不停，冷不丁看到她白白胖胖的小手，就一口叼了过去，右手的五根手指全被叼下了肚。

家人知道后，忍痛卖猪给女儿看手，没有生命危险，就是五根手指没了，如没被猪吃进肚，及时去接，还能接回来，但现在只能安假手。没有那么多钱，只好接受女儿残废了的事实。过了一阵子，觉得家里不能缺头猪，借钱又买了头老母猪，还是女儿负责喂，不过会先把泔水倒进猪槽，吃完后再让她把桶提回去。是个很轻松的活，但还是出了问题，小女孩看猪似没吃饱，就用左手将桶里剩下的泔水倒进猪槽，往回提的时候，左手的五根手指又被叼光了。

大家都说问题不在猪上，是他家风水出了问题。请大师来家看过，说是猪圈盖的位置不对，要拆掉重盖。看这家人面有难色，知他家困难，就换了个不拆猪圈的办法，画了一张符，让其挂在猪圈门上。但对方还是不太满意，以为嫌弃他法力低微，就有些生气，一问才知，这家人怕纸上的神符管不了多久，风一吹，雨一淋就坏了，让他把符号刻在木板上，这样才能永保太平。

想得周到，大师没拒绝照办了。但挂木板后又出了问题，他家的猪圈门正对着老七叔家门，老七叔勒令对方把木板挂别处去。这个要求不过分，因为求来的符只对自己有用，对别人则有反作用，不然为什么好巧不巧，老七叔刚好也有三根手指不见了，这不摆明了不想放过他其余的手指吗？理由有些牵强，但胜过没理由，所以这家人把木板往左边挪了十几厘米，老七叔看不冲自家大门了，也就没再说什么。

不能空置猪圈，还是得再养。以后就让儿子负责，这个男孩是个机灵鬼，不愿重蹈姐姐的覆辙，倒不是害怕失去手指，而是害怕失去鸡鸡。既然猪会吃手指，难保不会吃鸡鸡。所以这个小男孩就想出了一个办法，放养这头母猪。效果很好，几日下来人与猪相安无事，直到他赶着猪经过老七叔家的瓜田。

猪把老七叔的瓜田糟蹋得不成样了，小男孩还是站着一动不动，他看了看我，有些不好意思，表示他不是不想管，而是管不了。他让我去找他爸，让他老子该赔偿赔偿，该道歉道歉。我一听乐了，问他想不想去水里玩。

"我的猪吃你的瓜你不生气？"他觉出了不对劲。

"不是我的瓜，吃光了拉倒。"我说。

他说不能就这么走，瓜田不是我的，但猪却是他的。把猪撂在这，不正让瓜田主人顺藤摸瓜找到猪的主人吗？

"那你说怎么办？"我问。

"帮我把猪赶回去，我就陪你去玩水。"他说。

5

在那条父亲鞭笞过我的河里,这天迎来了一个十九岁的青年和一个十岁的少年。青年和少年勾肩搭背走在路上,看上去就像认识多年的好友,其实他们在那天下午才刚认识。他们走在路上的时候,已经是黄昏时分,阳光在地上印出一高一矮两个影子,道路两旁净是一些叫不出名字的植被,有的是挺立的大树,有的是匍匐的野草。大树上有鸟儿在迎接凉爽的黄昏,草叶上有虫儿在等待夜晚的到来。

十九岁的青年揽住了十岁的少年,像一对亲密无间的兄弟。青年在跟少年讲河水的温柔,少年在跟青年讲家庭的不睦,他们互相交换内心的秘密,很快就成了真正的好哥们。在此之前,青年曾帮助少年将那头长得像熊猫的老母猪赶回猪圈,但老母猪耽于享乐,在瓜田上蹿下跳,糟蹋完老七叔的西瓜后,逃到山上去消食了。

青年摸着头问少年:"现在怎么办?"

少年笑着说:"没事,晚上它会回来的。"

就这样,他们来到了那条通往河边的路上。路上的人都在往回走,他们有的扛着锄头,有的拿着镰刀,有的挑着打谷机,他们看到这两个人后,有的停下来问青年高考考了多少分,有的擦着汗问少年姐姐的手指怎么样了。

青年告诉他们,成绩出来了,他很满意,上清华北大一点儿都不成问题;少年告诉他们,他的姐姐很好,现在既不用肩扛,又不用手提,吃饭都有人喂,整天在家享福。

两人说完后,相互看了一眼,然后哈哈大笑起来。他们说的话没让这些人奇怪,反倒是笑声让他们惊讶不已。然后,青年和少年的话就会通过他们的嘴,迅速传遍整个村庄。他们来到青年家里时,正好看到那个在原地打转的男人和那个纳鞋底的女人。

他们对男人说:"恭喜恭喜啊,听说你儿子考到了清华北大?"接着又对女人说,"以后就等着享福吧,再也不用这么操劳了。"

原地打转的男人听后,以为他们走错了门,报错了喜,问:"你们听谁说的?"

"你的儿子啊。"他们齐声回道。

这个男人没再说话,也没再打转,而是操起屋檐下的牛绳,问清他儿子的下落就出去了。

他们问这个还在纳鞋底的女人:"你的男人干吗去?"

女人头也不抬,说:"去把牛绑回来。"

这话让他们又疑惑了,因为牛只能用牵,不能用绑,要杀的猪才叫绑,不过他们没有疑惑多久,因为他们还要去那个少年家里,问他的父母:"听说你的女儿在家里享清福?"

少年的家里很冷清,估计少年家人插秧还没回来。他们乘兴而来,眼看就要败兴而归,往回走的时候,听到那个猪圈里似有动静,就摸过去觑一下,但没看到哼唧的老母猪,倒看到两个撅到天上去的屁股。一个屁股大,一个屁股小,大屁股比较扁,小屁股比较圆。两个屁股就像两个脑袋一样,一会儿挨在一块,一会儿又分开,就像一对热恋中的男女。

猪圈很窄,容不下更多的人,所以他们只好站在外面,等里面的屁股出来,然后再去问他们是不是在里面做好事。天边飘来一朵乌云,盖在他们头顶,他们担忧地望了望天,想着天要落雨了。终于有人认出了这两个屁股,然后喊出了他们的名字:"嘿,周材,李淑,你们在干吗呢?"

周材和李淑同时回过头,看到了猪圈外的人们,吓了一跳。周材先站起来,他转过身问他们来这里干什么。他们没有回答他,而是问周材在做什么。周材摸着头看了一眼手里捏住的老鼠,说:"我在捉老鼠啊。"

他们见过用石头砸老鼠的,放猫逮老鼠的,就是没见过用手抓的,他们本来就有很多疑问,觉得不能再增多了,必须要先解决一些,于是有人替周材回答:"老鼠太多要抓来消灭吧。"

但周材却说:"老鼠太少了不够吃。"

这次轮到他们吓了一跳,他们不是因为他说了和他们相反的话吓了一跳,而是因为他抓老鼠不是用来消灭,是拿来吃的。他们解决完一个小疑问,又招来一个大疑问:"为什么想吃老鼠?"

他们问完后又预设了他的回答,比如家里困难没钱买肉,抓老鼠打打牙祭;又比如老鼠偷吃了太多猪食,气不过,就想把它们抓来吃了。不管哪种回答,都不会违背常理,哪怕这件事本身听上去就挺古怪的。然而周材的回答还是出乎了他们的预料。

周材说:"抓老鼠给我可怜的闺女治手。"

他的闺女十指皆无。早就听说这家人没钱给她安装假肢,到处去打听偏方,不是去求大师的神符,就是去庙里烧香拜佛,现在又不知道上哪找来这么个土方,若是老鼠能让断指复生,那这个世界就不会有残疾人了。所以有个人就明确告诉他:"你被骗了。"

"试试总是好的,万一有用呢。"

"那也不是吃老鼠。"

"那应该吃什么?"

"应该吃四脚蛇,因为四脚蛇尾巴断了会再长回去。"

四脚蛇就是壁虎,因四条腿而得名,是乡村常见的动物。小孩怕蛇怕得要命,但一看到四脚蛇就像捡到钱一样高兴,赤手空拳就敢去抓。但四脚蛇也不是吃素的,扭扭尾巴,晃动四肢,自断尾巴逃跑了。小孩手里只剩一根断尾。即便是断尾,也力大无穷,也会从小孩手里挣脱,跳到水沟里去。几天后,小孩又看到一只四脚蛇出来晒太阳或觅食,刚想伸手去捉,发现这是上次逃跑的那只,因为刚长出的尾巴像兔子尾巴那样短,不禁啧啧称奇。

莫说周材那个调皮捣蛋的儿子知道这事,就是周材自己小时候也没少断过四脚蛇的尾巴,所以他一听这人提起,就觉得有几分道理,便把手头的老鼠放了。这只老鼠好不容易捡回一条命,不想着赶快跑,还在地上吱吱叫唤,也不知道在瞎叫唤啥,也许向那只也被抓的同伴炫耀:"瞧,老子厉害吧，我可是有史以来第一只从人类手里走脱的老鼠。"

它那个同伴在李淑的手里。李淑看上去很弱，力气却很大，她掐住的是这只老鼠的脖子，老鼠的眼珠都突出来了，看上去像吊颈自杀的死者。但它还没死，还能看到同伴不要脸、不讲义气的可恶嘴脸，要不是被其撺掇一起出洞吃下午茶，也不至于被人类当场抓获，以致如今命悬一线。不过那只侥幸逃脱的老鼠不会得意多久，因为李淑听到了它得意的笑，就用另外一只手去捉，呵，它还敢躲，再捉，又被它躲过去了。李淑气不过，抬起那只穿了四十码解放鞋的大脚，一脚踩了下去，比电视上的射击冠军杜丽还准。

抬脚一看，这只得意忘形的老鼠就如被格尔德·坎特掷出去的铁饼砸扁了。这回换李淑手里的那只鼠偷笑了，当李淑听到别人说抓鼠无用的话后，就会想起这只快被自己掐死的老鼠。她随手往外一抛，老鼠在空中来了个高难度的程菲跳，然后摔到地上口吐鲜血死了。

"那我试试。"周材说。

这些人不是来说这事的，其实和这事也有关系，他们是来求证周材和李淑的女儿是不是真在家里享福。周材知晓他们的来意后，想起了那个每天躺在床上，一日三餐都要人伺候的女儿，鼻子一酸，悲从中来。他的女儿叫周芬，看似在享福，其实在受罪。

周芬的母亲李淑一听这话，骂开了："哪个生儿子没屁眼的缺德鬼说这种话？"

"是你的儿子周文说的。"有人说。

周材啐道:"谁让你们来鼓唇摇舌的?是不是还想让我家文文也享福?"周材祖上曾是落第举人,说话带有文气是他家的传统,他希望在儿子周文这代,能重拾断了几代的笔杆子。

这些人悻悻而归,脸臊得跟那天的夕阳一样红。他们前脚刚走,周材夫妇后脚就拿着锄头和竹篓,撬遍了每一处残垣断壁,找遍了每一处水田沟渠,翻遍了每一处大洞小穴,真被他们逮到了一竹篓的四脚蛇。于是他们有说有笑走在回家的路上,肩上除了那个装满四脚蛇的竹篓,还有密密麻麻的星辰。他们停下来歇息,周材为李淑擦去额头的汗,李淑把最后一口水留给周材喝。

周材平时一口能灌下一瓶水,但这次他只喝了一小口,把一大口留给了李淑。

李淑笑了,仰起头喝光了,看到了满天的星辰。这回李淑的想象力就彰显出来了,她指着星空问丈夫:"周材,你说夜空像不像县里卖钻石的柜台,星星像不像柜台里的宝石?"

夫妻俩直呼其名本是亲昵的表现,但周材却皱起了眉头。他皱眉不是因为李淑叫他名字,而是在她的话里想起娶她时没给她买钻戒,以为她翻旧账,是有后悔的意思,所以本是一件浪漫事,生生被周材想龌龊了。他没有回避,而是接过李淑的话头,说:"等文文念了大学我就给你买一颗鸭蛋一样大的钻石。"

他们的儿子周文才十岁,念大学起码还要再过八九年,不过原本就不是为了这事,所以不管是八九年,还是八九十年,对李淑来说,都没有差别,只要周材的心到了就行。想到这,自女儿出意外以来就没好好休息过的李淑,此时便有了倦意,靠在周材肩膀上睡着了。

周材说:"时间是最守信、最准时的诺言,很快会来的。"

说完后听到了呼声响,低头看到妻熟睡了,抬头一看,整个苍穹的光芒都涌进了他的瞳孔。他笑了,从头上摘下草帽,为妻赶跑蚊虫。

6

老七叔的女儿回来了,她是跟她男朋友回来的。她男朋友是个老外,喜欢中国的唐诗,给自己取了个名字叫梅慕甫,意指一个美国人仰慕杜甫。

老七叔的女儿从小觉得自己的名字土,不好听,老想改名,被老七叔打了几回,不敢再提,只敢在试卷上写上给自己新取的名字。老师批卷时看到个陌生的名字,就有些奇怪,不知道班里何时多出个学生,便在课堂上问:"哪位是林格尔?"

一看站起来的是个熟面孔,又问:"你不是叫林奈香吗,怎么改名林格尔了?"

林奈香回:"林奈香不好听,我要叫林格尔,以后成为像南丁格尔一样的人。"

"你爸知道吗?"老师问。

"不敢让他知道，怕他打我。"林奈香说。

老师让她别改名，林奈香比林格尔好听，而且语文成绩这么好，将来应该当个作家或者诗人，从事医疗行业不适合。林奈香想了老半天，终于"噢"了一声。老师不知道她听没听进去，等下次批卷时，看到林奈香这个名字回来了，才笑了笑。

林奈香是读了大学才嚼出这个名字的滋味的，也不是她自己想明白的，是有一个洋学生送了她一瓶香奈儿香水后，她去网上查了价格，才明白自己的名字原来这么金贵。奈香和香奈儿虽然只是掉了个个儿，却让林奈香觉得香奈儿就是她，她就是香奈儿，就像她给那个洋学生的建议一样："既然你喜欢唐诗，一定要取一个跟诗人有关的名字，这样你就会觉得你就是那个诗人，那个诗人就是你。"

对方让她说几个诗人的名字，但林奈香照着自己的喜好，只说了杜甫。洋学生取名叫梅慕甫没几天，就跟林奈香在一起了。当林奈香提出要带他回去看她爸时，正好到暑假了。梅慕甫对中国大地很感兴趣，尤其对沿海的福建，所以他当即点头同意。林奈香的话其实有另外一层意思，说是带男朋友回去看她爸，其实是让她爸看她男朋友。这里的顺序颠倒，就不是跟名字颠倒一个意思了，看样子要准备谈婚论嫁了。

以往，林奈香返乡也有很多人围观，但这次的围观群众尤其多，人们被她旁边那个高鼻深目黄头发的老外吸引了，每个人都冲他指指点点。

梅慕甫用熟练的汉语跟他们打招呼，没想到却没得到回应，便好奇地问林奈香："你不是说我的中文口语已经很好了吗，怎么他们听不懂？"

照理说，一个福建人教的普通话，在福建本地应该用得上，问题就出在，林奈香这个福建人的普通话说得太好了，以至于教出的普通话反倒在福建不好使了。

林奈香不想跟男友解释汉语在中国各个地方的微妙区别，因为她太累了，每次回家一趟都要脱层皮。先是要提前两个小时赶到北京机场 T2 航站楼，然后飞两个半小时到厦门，到了厦门还得花三个小时到县里，到了县里又得再花一个小时才能到家。

倒是男友，一到厦门就像个小孩一样兴奋，指着道路两旁北京不常见的棕榈树和长满胡须的榕树使劲摇晃她的胳膊："亲爱的，这些是什么树啊？真神奇。"

林奈香没回答，出租车司机接过话茬："这些是棕榈树和榕树，厦门欢迎你，希望以后像你这样的国际友人常来旅游。"

"我很快也是中国人了。"梅慕甫看了一眼女友。

"做中国人好。"司机竖起了大拇指。

鞍马劳顿，林奈香一进村便泄了最后一口气。很多围观的小孩去帮他们提行李，发现太重，就一路拖到了老七叔家里。老七叔坐在屋檐下还在思考西瓜疏密问题，看到这些小孩，脸上就不耐烦了："要吃西瓜找你们老子拿钱去。"

"老七叔，我们这回不是来吃瓜的，是来告诉你，你的女儿回来啦。"有个小孩说。

"还带了一个洋鬼子回来。"另一个小孩说。

老七叔一听,乐坏了。他让这些小兔崽子快把行李搬进去,两个人搬,别在地上拖坏了,还有,不能叫洋鬼子,没礼貌,应该叫国际友人。

老七叔对女儿交外国男友没什么意见,对梅慕甫的长相也满意,就是太高了,太瘦了,进到屋里像根竹竿一样戳着。好在房子挑高够高,不然女婿进门还得低着头。只有一样,让他觉得不得劲,就是女儿将来要是嫁到了外国,要见面可就更难了。他还是老思想,觉得女儿嫁人总要到男方家里生活,没想到老外不流行这一套,所以当老七叔听到洋女婿要在中国定居,做一个中国人后,就笑得合不拢嘴了,不停地说:"你们坐着,坐着,我去买you。"

梅慕甫奇怪了,问女友:"你爸去买的you是什么东西?"

林奈香笑了,她说:"肉。"

这一笑,就笑走了周身的疲乏。也是命中注定跟他有缘,平平常常的事情经他嘴说出来,就有一种令人发笑的意思,平时自己没留意的事物,经他一提醒,还真觉得有那么一点儿意思。看来中西结合真有意想不到的化学作用。

梅慕甫在给女友捶腿,林奈香让他爸先别忙着买肉,去买点解渴的饮料,最好是冰镇可乐。老七叔一听,有些为难,村里的小卖部没可乐卖,要买只能蹬那辆运西瓜的三轮车去县里,又怕耽搁太久,渴坏了宝贝女儿。看到那辆三轮,终于想起了地里的西瓜,一拍大腿,问:"香香,西瓜可以吗？"

"有吗？有的话更好。"林奈香说。

"好咧。"老七叔屁颠屁颠地出去了。

老七叔轰散了挡路的小孩，一分钟都没有耽搁，就跑到了瓜田边。那天对老七叔来说，可以用两个成语来形容，一是喜从天降，一是晴天霹雳。后者是指当他来到瓜田时，还没把气喘匀，就发现那些又大又圆的西瓜全都不见了。瓜田成了刚杀完猪的屠宰场，血红一片，要不是还能看到西瓜藤和西瓜籽，他都以为走错了。但整个村子只有他种了西瓜，所以他没有走错，唯一的可能是有人暗中搞破坏。

老七叔是个嗜瓜如命的人，不过这回他很冷静，因为他还有更重要的事要做，即千方百计解决女儿和准女婿的口渴问题。他慢慢走进瓜田，想从里面找出幸存者，这回他就不像上天在检阅自己的子民了，而像被毁灭的索多玛之城的幸运儿罗得，跟罗得不敢回头看毁灭之城所遭遇的劫难一样，老七叔对瓜田的惨状也不忍直视。

最后还是被他找到一个西瓜，个头不大，中间还裂了，不过聊胜于无。老七叔用草帽兜住，匆忙往家赶。林奈香看到她爸捧了个西瓜进来，先是看到个头小，然后又用手去摸瓜皮，脸就拉下来了，说："这瓜怎么跟个残疾似的，还发烫，让我怎么下口？一点儿都没有咱北京的瓜好。"

才去北京一年，林奈香就喜欢说"咱北京"。老七叔对女儿早晚会变成北京人一点儿都不奇怪，他是被女儿话中的"残疾"二字伤了心，因为他自己就缺了三根指头，可不就是一个残废,所以他的热情就降了几度,但没表现在脸上。

他说:"不然用井水冰一冰?"

林奈香没有说好,也没有说不好。老七叔把西瓜放到井边,打了一桶水,把西瓜放进去,女儿见了,又咋呼开了:"不能直接放进去啊,水会跑进去的,用东西装。"没找到装的东西,找到的也太大,不能放到桶里,老七叔只好先把西瓜切成块,然后用盛菜的碗装,最后把碗放到桶里。碗在水面晃荡着,老七叔不敢离身,怕狗去舔,鸡飞上去屙屎。

"爸,这是给你买的。"老七叔一看是个手套,笑着接过去。林奈香让他试穿,老七叔把手套穿好后,右手的那个手套有三根手指耷拉下来。他把右手藏在身后,不敢让女儿发现,估计她早已忘了她父亲就是一个残疾人。"这是在北京买的橡胶手套,洗碗洗衣服穿上可以保护手指。"每一句话都提到手指,老七叔心里不喜欢,嘴上却在责怪女儿乱花钱。

"不贵,也就八百块钱。"林奈香说。

老七叔倒抽一口凉气,在背后悄悄把手套脱下来,然后放到手上细细摩挲。真不愧是八百块钱的手套,瞧这质地,看这手感,还就是跟几块钱的不一样。老七叔终于笑了,在一双来自北京的橡胶手套上,他又再次找回了自身价值。

"你们突然回来,我也没来得及准备,我现在去买菜做晚饭,很快就好。"这次确实是真心实意的话。

"别忙,我们晚上去县里吃。"林奈香说。

老七叔更高兴了。他从没去县里的大酒店吃过饭，这回沾女儿的光，也要做一回城里人了。但他却在林奈香接下来的话中掉入了冰窖，"我跟男朋友一起去，爸你留在家里等我们回来。"压根就没想带他进城，老七叔很失望，强笑道："去看看也好，县里这一年的变化可大了。"

毕竟是年轻人，休息了半个小时就恢复了精力，洗了把脸，刷了个牙就准备出发了。一年的北京生活，林奈香的生活习惯改变了很多。在家里本来是先刷牙后洗脸的，在北方却刚好反过来，开始不习惯，慢慢也就习惯了，并把北方的习惯带回了南方。有小孩觉得奇怪，就问这个穿着丝袜，染了头发的姐姐："你刷了牙怎么不洗脸？"

林奈香笑了，用毛巾擦掉嘴边的泡沫说："以后你去了大城市就知道了。"

小孩这才明白，原来大城市的人是不洗脸的。

梅慕甫很有活力，周身洋溢着热情，很快就跟这些小孩打成了一片，教他们西瓜的英语发音是"我特妹冷"，教一遍，这些小孩就捂嘴笑，梅慕甫不知他们为何发笑，以为自己的英语到了中国水土不服，成了中式英语，就问："我没教好吗？"

"你教得顶呱呱，我只是想起了家里打摆子的妹妹。"有个小孩说。

梅慕甫不懂什么叫打摆子，以为又是中国特有的文化，就拿起笔认真记下来，就像中国学生读文言文会把生僻字记下来一样。俗语某种程度就是这个老外的文言文，林奈香已经收拾好了,看到男友还在跟那群小孩胡闹,生气地问:"打上车了吗?"

梅慕甫马上拿出手机准备叫辆出租车,但定位点和目的地都不知道,便去问女友。林奈香没好气地说:"定位在古楼,目的地是上杭县建设路。"

梅慕甫在手机上没有手动更换地址,把定位点定在了北京鼓楼,过了好久都没看到出租车进村,倒是接到了司机的电话:"你有病吧,一外地人竟把车打到了鼓楼,是不是吃饱了撑的?"

梅慕甫一头雾水,林奈香见久久没动静,一把抢过男友的手机,发现他把古楼写成了鼓楼,一股怒气噌就上来了:"你这个短命子,吃饭你最积极,做事就懒驴拖磨,老娘瞎了狗眼才会看上你这个洋鬼子!"

老七叔看不过去,让女儿消消火,别把国际友人吓回美国去了,搞不好会变成一件影响中美关系的国际大事。

林奈香一听,更生气了,戳着老七叔的鼻子骂道:"你在这装什么好人,你懂什么叫中美关系吗?别以为看个新闻联播就成了国家领导人,告诉你,中美关系还轮不着你来破坏。"

老七叔的脸红一阵,青一阵,觍着脸来到井边,把桶里的西瓜拿起来,拿了一块送到女儿手边,却被她打掉了。老七叔吓了个趔趄,蹲下去捡地上的西瓜。林奈香冲着男友嚷道:"打到车没?"

梅慕甫不敢说话,把手机交给女友。林奈香接过手机,更换正确地名,把手机按得噼啪响,打完字后发现没有车来接,这才明白村里还没通出租车,便口气缓和了些,问她爸:"村里谁有车?"

"太麻烦了,还是我踩三轮车送你们去吧。"老七叔吹了吹落在西瓜上的沙子。

"我在北京出门都坐有空调的车,坐三轮车你想让我热死吗?"林奈香翻了个白眼。

老七叔一听,便明白不是三轮车的事,而是女儿看不起三轮车了,怕坐上去影响她大学生的身份,便小声地嘀咕:"你小时候可没少坐。"但又大声说,"你承宗哥刚买了辆车,我去问问他。"

承宗全名叫林承宗,是我那个在村里首先富起来的泥瓦匠堂哥。他的车是在盖完房后买的,天天锁在马路边的车库里。他的房子盖得很气派,但车库却只用铁皮支了个顶,四周没有砌上墙,每个过往行人都能第一时间看到这辆车。堂哥没让他们去数里面有多少个座位,也没让他们去听方向盘边的音乐播放器有多劲爆,而是让他们去留意车头蓝白相间的标志,单凭这个标志就足以证明这辆车的价值。

可这帮人一看到这辆车就大失所望,说还没有周材家那辆龙马车大,也没有龙马车装得多。我堂哥哭笑不得,只好驱散这些什么都不懂的乡巴佬,每天抱着一个西瓜躺在竹椅上,看看有没有识货的。这些老乡让他失望,他已不抱希望,准备过几天把车库的墙砌上,现在最后让他们再看一眼,以后想看就难了。我堂哥终于不躺着了,他站了起来,准备开车去县里买几包水泥。他把电风扇关掉，光着上身，趿拉着拖鞋，车钥匙扣在手指上，不断地旋转，在旋转中他看到了着急忙慌的老七叔。

我堂哥一看到老七叔，就啐了口唾沫："不是说好过几天把瓜钱给你吗，怎么又来催？还有，你的瓜可不比往年甜了啊，再这样下去，我可不会出一分钱。"

"不是来催你钱的，是我闺女回来了，想进城又没车，想借你的车使使。"老七叔说。

"大学生归来了啊。"我堂哥眼睛放光。

我堂哥会把车借给林奈香，跟老七叔完全没有关系，也对老七叔提出的用借车抵瓜钱没关系，这点儿钱他压根瞧不上。最重要的原因是，林奈香毕竟在北京念书，见的世面一定比别人多，肯定会明白他那辆车的价值。所以我堂哥爽快地把钥匙丢给老七叔，说："没问题，大学生回来了，家乡也不能给她丢脸不是，开我的车进城有面。"

"那个，我闺女还没考驾照。"老七叔说。

"没事，那我今天就做一回大学生的专车司机。"我堂哥说。

走到车库边时，我堂哥让老七叔等等，他有东西落在家里了，等我堂哥再次走出家门，老七叔就想笑了。只见林承宗在大夏天换了一身西装，脚上穿的皮鞋擦得锃亮，脸上不停地流汗，不一会儿后背也湿了一大片。

"穿这么多不热吗？"老七叔好奇地问。

"头回给大学生当司机，就得穿得称头点儿。"称头是方言，意指气派。我堂哥的口头禅之一。

我堂哥让老七叔回去通知大学生在路边等，因为车开不进老七叔门前。林奈香在等待的过程中，跟洋男友吃光了碗里的西瓜，梅慕甫一个劲地夸这个西瓜"真添（甜）"。林奈香一脸嫌弃，看到父亲一脸汗水跑进来，问："怎么样了？"

"你承宗哥答应载你们进城。"老七叔擦了擦汗，看了看空碗。

"别老是我哥我哥的，我可没哥。什么车？"林奈香问。

"什么车我不知道，听说车里有空调。"老七叔用毛巾擦着汗。

"那就先凑合着坐吧。"林奈香压根没抱希望。

"哟，林妹妹现在好大的口气啊。"说话的是我堂哥。他觉得在车里等有些不体面，还是下车去接她比较晓事。于是他熄灭火，拔掉钥匙，走下车。车外热浪袭人，让他又出汗了，他边走边擦，却越擦越多，走到老七叔家门口时，刚好听到屋里的对话，便用了一声自以为高明的双关语"林妹妹"缓解尴尬，没想到林奈香不买面子，嘴一噘道："真受不了，林妹妹是林黛玉都不知道。"

我堂哥更尴尬了，不知如何解释，索性没再言语，依旧把车钥匙扣在手指上。

林奈香见了，问："你的是什么车？"

我堂哥的兴致来了，他说："你猜，我提示一下，跟'别摸我'三个字有关。"

林奈香"哦"了一声，失望地说："原来是宝马啊，那走吧。"

说着就挽着男友的胳膊迈出了门槛。我堂哥这时才看到这个洋鬼子,吓了一跳,对方太高了,我堂哥需要仰起头才能看清楚他的脸。当林奈香挽着洋鬼子走出去时,我堂哥看到两人悬殊的身高,冲老七叔揶揄道:"老七叔啊,你的后代终于长高有望了。"

老七叔摸着脑袋没理解,刚想细问,就看到林承宗已经在路边帮他们开车门了,然后驱车驶离了乡村公路。

老七叔看到排气管排出的黑烟,一时有些恍惚。他走在夕阳西下的马路上,见到了很多人,每个人都停下来向他打听林奈香的情况。有人在老七叔的笑脸中看到了阴霾,这人皱着眉头问:"你女儿怎么一回来就进城?"

"县城变化大,是我让她去看看的。"老七叔说。

老七叔告别了这些人,又迎来了另外一拨人,这些人是在肉铺打麻将的闲人,他们把麻将搓得震天响,看到老七叔在买肉,问道:"你女儿回来就买这点儿肉?"

"肯定他女儿不想跟他一起吃。"有人吐了口痰,算是替老七叔回答。

老七叔脸颊发烫,付完钱急忙离开了肉铺。天快暗了,老七叔走到那个岔路口时,想起了被糟蹋的瓜田,心口终于疼了。他快步来到瓜田,却在中途看到那辆车停在了路中间,以为出了车祸,吓得把肉一丢就跑了过去。

7

林奈香坐上那辆开着空调的车后,终于舒展了眉头,话也变多了,看似在跟男友聊天,却几乎每一句话都关乎我堂哥。林承宗在后视镜里与她对视了一眼,接过话茬:"我赚的都是小钱,将来你大学毕业后赚的那就是大钱了,希望到时可别忘了我。"

这话让林奈香很受用,她咯咯笑了起来,娇嗔地擂了男友一拳,说:"听到没有,我承宗哥让你赚大钱。"

梅慕甫一头雾水,每个字他都听得懂,但组成一句话就让他蒙了。他跟他们聊不到一块,就把车窗摇下,把视线放到车外。暮色中的乡村一派祥和景象,北方少见的山在此地绵延千里,几乎围住了整座村庄。红色的晚霞下是翠绿的树林,蜿蜒的马路旁是依次闪过的农舍。暮归的牛在路旁吃草,戏完水的鸭子排成队。

"真妹(美)啊。"梅慕甫赞叹道。

车里的两人完全不赞同他对美的理解。

林承宗说:"票子车子房子才美。"

林奈香说:"香水包包钻石才美。"

两人在后视镜里默契地对望一眼,同时说道:"美是吃喝不愁。"

车行驶到那个岔路口时,突然从山上跃出一只没长角的山羊。这头山羊拖着鼓胀的乳房跳到了路中间,脖子上挂的铃铛还在响个不停，乳汁洒了一地，冲着这辆车咩咩叫唤。林承宗刚踩下刹车，又从山上跑出一只黑白相间的母猪，此时正冲着山羊龇牙咧嘴。

林承宗使劲按喇叭，羊和猪还是对峙在路当中。他只好从车上下来，从地上捡了块石头，赶跑拦路猪羊，却不小心被母猪一嘴拱到了路旁的小水沟，那身头一回穿的西装就这样开裂了。我堂哥气不过，打开车后座，从里面拿出一把劈砍砖块的砖刀。

梅慕甫要下车，被林奈香死死按住。林奈香让他待在车里，她挪到前座，看到林承宗急红了眼，手里那把砖刀先劈母猪头，后砍山羊脖，几刀下去，这对挡路的猪与羊，都命丧我堂哥之手。不过我堂哥也吃了亏，他的胳膊被母猪咬了道口子，大腿被山羊踢青了。梅慕甫看不到路上的状况，只能透过挡风玻璃看到我堂哥一会儿蹲下，一会儿站起。当他最后一次站起时梅慕甫看到许多血。这些血从刀锋上往下滴，这些血从林承宗身上往下流，把晚霞染得更红了。

林奈香这才敢下车，打开车门，便闻到一股血腥味。她捏住了鼻子，身子却无法动弹，一看丝袜被车门钩住了。情急之下用力往外一拽，撕拉一声，她的丝袜被扯出了一道口子，露出了雪白的大腿。她生气地来到前头，脚又崴了，只好蹲下来脱掉高跟鞋，使劲按摩着脚踝。

我堂哥从兜里翻出一盒烟，捏出一根点燃。林奈香让他给她一根，我堂哥走过去，拿出一根放在她嘴里，然后弯腰给她点上，一双眼睛却停在了她的大腿和裙子深处。

林奈香让他扶她起来，叼着烟来到那头山羊面前，觉得似曾相识，在夕阳下喷出一个烟圈，骂道："谁家的羊，妈的，把老娘的玩兴都败坏了。"

接着脸上就挨了一巴掌，定睛一看，原来是一脸愠色的老七叔。

他说："要没有这只羊，哪会有你！"原来这就是那头奶大她的母山羊。

老七叔不是为羊打她，也不是为她抽烟打她，而是为她故意让林承宗这王八蛋看打她。好的不学，坏的一沾就会，不能再让她去北京了，否则指不定会变成什么样，看来北京真应了我父亲的担忧，让人学坏的指数名列前茅。

有些话，老七叔不能说得太透，想来想去只能提那只羊，找的外国男朋友也不行，看着挺高，但关键时刻掉链子，女朋友被人看了还在车里看风景。

挨了巴掌的林奈香噙着泪水望着她爸，不发一言丢下高跟鞋就往回走。梅慕甫从车里下来，捡起地上的高跟鞋，追上女友，问："你怎么了？"

"这里一刻也不想待了，马上回北京。"林奈香说。

老七叔打完女儿后，当场就后悔了，看着女儿转身离去，想追上去哄哄她，就像她小时候，每次惹她生气，老七叔都会去小卖部买颗糖攥在手里，然后来到负气的女儿面前，伸出两个拳头，让女儿猜哪个拳头里有糖。女儿一看到她爸的拳头，就不哭了，眨着圆溜溜的大眼睛先去指左边的拳头，没有，又去指右边缺了三根指头的手指，还真有，剥一颗糖塞到嘴里,闹着要举高高。

老七叔把女儿高高举起,举累了就让她坐在自己的脖子上,双手扶着她一路回家去。女儿其实知道每次的糖果都在右手,因为她爸故意让她可以通过缺指的右手看到里面的糖果,倘若换到左手女儿可能会找不见,而她之所以每次都故意先去找左手,就是为了让她爸可以把这个魔术变长一点儿。

但这种爱却在女儿长大成人那刻消失了。老七叔想到这,内心一阵刺痛,他没去追女儿,而是来到林承宗面前,跟他说:"以后我的瓜不卖你了,你要吃就去城里买,那些瓜钱不用给了。"说完走了几步,捡起地上的猪肉,回到肉铺前。

肉铺老板钟勇武正在收摊,一个袋子突然抛到了案板上,拿起来一看,发现是自家猪肉,正疑惑,看到地上现出一双脏兮兮的解放鞋,抬头一看,发现是老七叔。

"这肉不新鲜?"钟勇武问。

"我一个人吃不了这么多。"老七叔回。

"刚才那些人的话你别往心里去,我这里剩了个猪蹄,你拿回去给你女儿煲汤喝。"钟勇武说。

"不用了,她已经喝不惯我煲的汤了,对了,我来是告诉你,你家那只羊死在了路边。"老七叔说。

"活了二十多年,再不死就成精了,今天不死,明天我也会宰了它。走,到我家喝一口?瞅你有心事。"钟勇武说。

老七叔有些哽咽了:"下回吧,我回去看看她。你快去把羊背回来,别被人顺手牵羊了。"

老七叔说完,没拿肉,一步步往家走去。天已经黑了,他在熟悉的路上深一脚浅一脚地走着,还是熟悉的地方,还是熟悉的气味,还是熟悉的声音,但对今天的老七叔来说,却透着陌生。女儿没回来,整天盼着她回来,现在回来了,又像隔着千山万水。也觉出了电话里的女儿不太对劲,老是说不了几句就挂断,跟自己说话,还用普通话,听得是一头雾水,本来想知道女儿的近况,打完电话更担心她了。电话里出现的乱七八糟的声音也让他揪着心,女儿隔三岔五要钱更让他皱着眉,本来以为想多了,结果女儿一回来,发现比想象中的更坏,不仅染了发,打了耳洞,还学会了抽烟。本来这些都没什么,也许大城市就时兴女性抽烟,但不检点可不是大城市的时尚。

越想越担心,人一旦心里藏了事,就会害怕回家,害怕看到家里的灯光,如是小孩,就会想离家出走,但老七叔年过半百,这里就是他的家,不想逃,也逃不了。不过他还是想放缓回家的速度,好像晚一点儿见到女儿,就会晚一点儿让自己彻底失望。走着走着,突然传来一声咒骂:"瞎了你的狗眼,怎么走路的?"

忙从兜里掏出老人机,往前一照,竟是周材夫妇,像见到亲人似的,问道:"怎么这么晚才回家?"

周材发现是老七叔,抱歉地说道:"不好意思,没看到是七叔。对啊,忙了一整天,现在才想起回家。"

"现在地里这么忙吗?"老七叔问。

"谁说不是呢，不像七叔有个在北京念书的女儿，七叔很快就要享福了。"周材前半句是假话，后半句是真话，他真希望自己的女儿也能跟七叔的女儿一样，享真正的福。

老七叔不知如何回答，两人一时无话。老七叔不想与他们告别，还使劲盯着他们看。周材被他看得心里发毛，没话找话地说："听说你女儿回来了？"

每句话都和他女儿有关，女儿没回来前，他十分希望别人看到他就会想起他女儿，但现在他却希望他是他，她是她，最好别把他和她混为一谈，所以他回道："你为啥老是关心我的女儿，我这么个大活人站在你面前看不见吗？"

老七叔说完后，心里松快了不少，背着手走了。周材夫妇却纳闷了，不知道这老头哪根筋搭错了，净说胡话，于是继续往家走，走了几步，老七叔在后头喊："对了，你家那头老母猪死在马路上了，快去看看，甭便宜了别人。"

周材夫妇一听更奇怪了，他家的老母猪一直是儿子周文负责放养，怎么会无缘无故死在路上？不是七叔老糊涂了，就是儿子让猪跑了。周材让妻子李淑把四脚蛇背回去，他去路边看看。

"我怕。"李淑说。

"捉的时候都不怕，怎么现在怕了？"周材卸下了肩上的竹篓。

"我总感觉会爬到身上。"李淑小心地接过竹篓，不敢背在肩上，而是提溜在手里。

周材没再多说，转身消失在夜幕下。李淑面前伸手不见五指，用锄头探着路，磕磕绊绊地回到家里，发现家里也黑灯瞎火，打开电灯，喊了一声："文文。"

没回应，只好先去房间看女儿，发现女儿睡着了，两只胳膊没有手指，只有手腕和手臂，就像断了钳的螃蟹一样，她鼻子一酸，抹着眼泪捡起地上的破碗，回厨房生火做饭。

老七叔回到家后，发现女儿在收拾行李。林奈香换了一身衣服，那件被撕破的丝袜丢在了地上，梅慕甫一直用夹杂着英文单词的中文劝女友。老七叔发现一个问题，梅慕甫说英文时很机灵，但只要一说起中文，就变得笨嘴拙舌。他说的英文和中文最后加起来有一箩筐那么多，但对林奈香却一点儿用都没有。梅慕甫只好放弃劝说，看到老七叔，冲他耸耸肩，摊摊手，表示你来吧。

老七叔捡起地上的丝袜，说："我去找人补补。"

8

我堂哥有了钱，就有些迷信，手腕上戴佛珠，车里供神佛，看到倒在地上的猪与羊，觉得有事发生，以为会是坏事，但因为是左眼皮跳，所以他认为会有好事发生，于是他兴高采烈地进城了。

林承宗的预感向来很好，就拿房间安装的空调来说，他是村里第一个安装空调的人，别人装空调是为了避暑，他装空调是为了讨个彩头。空调需要添加一种叫氟利昂的制冷剂，他不管氟利昂会对臭氧层造成什么破坏，固执地认为氟利昂的氟听上去很像福气的福,为了让自己的福气更旺,他在一个傍晚用宝马车运了台空调回来。装完后,真如他所愿,接活更频了。

后来别人问他为啥老往城里跑,他就回:"给我空调加点儿福。"

这话挺招人烦,不知道的人以为他是说空调的事,知道内情的人则认为他是变相骂别人没福气。再问他为什么不在客厅里也装台空调,他反问对方:"客厅常有外人来,装了岂不就把福气分给别人了?"

但抠门归抠门,每次他进城一趟,回来后都会买点儿吃的给从他大门前故意停留的小孩。所以我堂哥虽然不太受大人待见,在小孩堆里却很有人缘。许多小孩只要看见他的车不在车库,就知道他进城了,等在他门口肯定会有好果子吃。这天傍晚,又有一群小孩来到了我堂哥家门口,他们先是去看他家的大门打没打开,发现没打开,心里的雀跃便有了三四分,等看到车库里也不见车的踪影,内心的激动就有了七八分,等看到车远远从路上驶来,就能百分之百保证会有惊喜了。

他们一窝蜂地拥过去,可这回看到的却不像之前看到的林老板,因为林承宗身上绑了纱布,额头上贴了膏药,他们的心立马凉了,看我堂哥脸上还有笑容,又生出了半分希望。

我堂哥拿出一张单子,扬了扬,对这群小孩说:"你们看到这张纸了吧,这张是医院的发票。你们也看到了我身上的伤，告诉你们，我没有出车祸，我是被周材家的老母猪和钟勇武家的母山羊同时咬了。周文呢？今天怎么不见这兔崽子，回去告诉他老子，让他准备好医药费。钟祥呢？也不在啊，哦，我忘了他是个准大学生，早不跟你们这班王八蛋瞎混了。"

这些小孩没有说话，因为这些不是他们想听的话，相比我堂哥说的话，他们更喜欢他做的事。但这回我堂哥说多做少，让他们急死了。于是就有小孩提醒他是不是忘了什么。

我堂哥手臂绑了纱布，不能抬手挠头皮，便翕动鼻翼，皱了皱眉。他说："小王八蛋，讹上我了是吧？这么着，谁要是能他们叫来，我就给他一个想都想不到的好处。"

有小孩说话了："我不敢。"

我堂哥给他壮胆："怕什么，有我在你背后撑腰，你还怕他的杀猪刀把你给剁了不成？"

"反正我不敢一个人去。"这个小孩低声道。

"你们大伙一起去，就说他的羊被人毒死拖走卖了。"我堂哥说。

"这不是骗勇武伯吗？我可不干，再说了，他知道是你把他的羊杀死的，你一进城，老七叔就告诉他了。"这个小孩说。

"他真知道是我杀了他的羊？别去叫他，去叫周材。"我堂哥害怕钟勇武的杀猪刀。

"叫周材叔我更不敢了，起码今天我不敢去叫。"这个小孩说。

"周材那个胆小鬼你们也怕?"我堂哥有些生气。

"以前的周材叔我们不怕,我们怕今天的周材叔。因为他的儿子周文淹死了,刚从水里捞起来。"这个小孩哆嗦着牙关。

这个小孩说完,其他小孩变了脸色,缩了脖子。有比较胆大的当场向我堂哥形容周文的惨状。这个小孩讲得绘声绘色,不是说周文的眼睛鼓出来了,就是说他的嘴唇像紫药水一样紫,更可怕的是,肚子像牛饮饱水一样,一按就会爆炸似的。

我堂哥一听,拔下车钥匙,锁好车门,轰走小孩,走进客厅,来到房间,换了套素服,直奔周材家。

9

作为一个杀猪的,钟勇武在村里能受人尊敬,他的儿子钟祥功不可没。

钟勇武在云霞山养了上百头猪,云霞山是村里海拔最高的一座山。新中国成立前,云霞山有个土匪窝,进攻古楼受挫后,土匪连夜搬到别处,留下一路走兽与飞鸟皮毛。新中国成立后,云霞山久不闻虎啸与狼嚎,猿啼与马嘶。直到钟勇武在上面盖了座大型猪场,云霞山才又传出动静,这回是上百头猪的叫声。

村民每天都在猪叫声中醒来,起初还有些不适应,时间一长也习惯了,有时听不到猪叫,夜里还会失眠。钟勇武每天早上都会进山一趟,在上百头猪中挑出一只,就地绑了,扛到肩上,下到山来。两三百斤重的猪在他肩头就像害羞的新娘子,动也不动,叫也不叫,别人没有这个本事,只有力大无穷的钟勇武才能胜任。别人都劝他去借周材家的龙马车进山载猪,也省得白白浪费力气,可钟勇武偏不,依旧闷头把猪扛下山。

如果没有钟祥,钟勇武充其量只是一个力气大,杀猪手艺不错的屠夫,虽不会低看他,可也不会高看。父凭子贵的原因是他儿子钟祥从小到大学习就倍棒,年年三好学生,次次总分第一。

钟勇武这个人不会读书,但脑子快,不然也不会生出一个文曲星,所以许多人就跟他取经,让他把育儿秘方分享出来。钟勇武拿不出秘方,又说不出个所以然,这些人暗地里就骂他吝啬鬼,但面上还是蛮尊重他。经过多方打听,他们先是以为他家风水旺,庇护了后代。

对每个村民来说,风水旺主要体现在两处,一为祖坟选得好,二是房子盖得好。钟家的房子跟其他房子差不多,都是建在马路边,不过他家的祖坟就不同了,在云霞山高高的山顶上,正俯瞰着那条进城的高速公路,是风水学上所说"禽星两耳翰林院,狮象把门点状元"的绝佳宝地,所以他们就把自家祖先的骨殖也移到云霞山山顶,然后好像终于能挺直腰杆做人一样,见到钟勇武,喘气声都大了不少。

钟勇武知道后,哭也不是,笑也不是。他家的祖坟只葬了他的祖父,他的祖父叫钟玉国,在新中国成立前夕,由于夜探云霞山土匪窝，不小心踩到了野猪夹子，从而被土匪发觉，最后惨死在云霞山。草草埋在山上纯属当年家里穷，没有钱买棺另葬。

"云霞山的风水真要这么好的话，那当年土匪怎么败得那么惨？"钟勇武道。

他们看不到坏的，眼里只有好的，是一群将乐观主义诠释得最好的农民。在他们看来，钟勇武说这话，是怕他们把好运抢光了。他不说这话还好，一说更让他们觉得迁坟迁对了。

不过最后的结果可不容乐观，他们这些活人非但没有转运，反而日子越过越紧巴。他们深信自己的做法没错，应该是云霞山出了问题。虽然山顶是一块风水宝地，但就像西瓜只有开花的部位最甜一样，山顶只有，也只能有一小块地方风水最佳，那就是钟祥祖父钟玉国的埋骨之地，所以他们就叫他把祖坟让出来。

对一个人来说，平生有两件事是最犯忌讳的，一是被戴绿帽，二是祖坟被挖。现在虽只是商量，但对钟勇武来说，无异于已经要挖他祖坟了。所以他动了怒，发了火。钟勇武发火可不是闹着玩的，他会双目圆睁，青筋暴起，然后手提一把杀猪刀，要不是这些人跑得快，就会像每天死在他手里的猪一样，被他当场开膛破肚。

这些人侥幸拣回一条命，在路边扶腰喘气，骂道："还说祖坟没冒青烟，现在狐狸尾巴露出来了吧，摆明是要跟我们玩命，不能再让他家祖坟冒青烟了。"

他们交头接耳一阵密谋，想出了一条孔明计，几日后将家里的破鞋、永不枯萎的塑料花与石头丢到钟勇武祖坟的四周。这些东西从风水学上来说，不能摆在家里，说是会影响室内的气运，同理可得，丢到坟头上也会影响坟墓的运势。

接下来他们便开始负曝闲谈。他们这么做的目的是坐等家里转运，他们对转运的理解是坐着什么都不用干，每天还能吃喝不愁。

那是七月的一天，坐在屋檐下的人正聊得热火朝天，也热得汗流浃背。树上的知了叫个没完没了，暑气可以蒸熟一头猪。路面的扬尘让他们误以为起风了，从扬尘里开出几辆车，停在了钟家门口，从车里下来两个很气派的人。他们一前一后走进了钟家大门。

那天钟勇武在家里午睡，光着膀子四仰八叉躺在客厅的凉席上，旁边是一个风速很快的手提电风扇。来人挡住了电风扇，钟勇武被热醒了。他睁开眼睛一瞧，一个戴眼镜的男人在看着他笑。钟勇武没见过对方，倒认识旁边那个，这人就是儿子的数学老师。

他一骨碌从凉席上爬起来，想去跟他握手，发现自己没穿衣服，只穿了件三枪牌的蓝色内裤，回房把衣服穿上，出来喊道："什么事要劳烦吴老师亲自跑一趟？你打个电话，我会去学校。"

"差点儿忘了介绍，这是我们学校的校长。"吴老师说。

钟勇武一听，吓了一跳，手在衣服上擦了擦，伸过去跟校长握手，然后招呼他们坐在红木沙发上，接着想去把家里最好的茶泡上，一时找不到茶，婆娘又去别家闲谈还没回来，急得不知如何是好。

钟勇武的婆娘尤擅闲谈，但有个毛病，聊起来时间过长，聊完常把饭碗落在别家，若跟别家饭碗颜色不同还能拿得回来，若是相同想拿回来就难了。现在快到下午一点半了，钟勇武的婆娘还没回来，平时聊多长时间都无所谓，现在家里来了客人，还不见人影。

钟勇武说："家里婆娘不在，找不到茶叶，让你们见笑了。校长大老远来一趟，却连茶都没喝上一杯，莫怪，莫怪。"

"哪里话，我们之间不要这么客气。我们这回来是告诉你两个消息，一个是你的儿子钟祥为校争光了，考到了县一中；二是县里刚建完的五中想招你的儿子，不要学费，包吃住，还会给他十万元奖励。"校长说。

"还要多谢校长栽培，既然考上了一中当然去一中念，别的地方出再多钱也不去。"钟勇武说。

"我也是这个意思，没来前担心你家情况，怕你在十万块面前……但现在我放心了。"校长看了看钟家的陈设。

"校长，那可是十万块啊。"数学老师说。

"多谢老师关心，对我家来说，就是一百万也比不上好的教育。"钟勇武说。

"对了，钟祥呢？"校长问。

"祥祥去玩了，我去叫他回来。"钟勇武对儿子的称呼变了。

"算了，他也辛苦了，让他好好玩玩，我们先走一步。"

校长摆摆手走出大门。

钟勇武送他们上车,开口说道:"希望校长和老师到时来喝祥祥的毕业酒。"

"一定,一定。"校长关上了车窗。

钟勇武目送着车辆离开,终于笑了起来。傍晚的时候,全村人都知道了钟祥考上县一中的好消息,全村人也知道了我落榜的坏消息。我父亲的脸色很难看,这里有两层意思,一是他儿子考坏了给他丢脸,二是钟祥考好了让他嫉妒。但不管怎么说,当着钟勇武的面,父亲还是会恭喜他。钟勇武知道我什么高中都没考上,便安慰我父亲:"没事,行行出状元嘛。"

当着钟勇武的面,我父亲还是一副很看得开的样子,但一回到家,他就开口骂人了。坏瓜最怕好瓜衬托,如果两个都是坏瓜,再坏也不打紧,两个都是好瓜也无所谓,就怕一个特好,一个很坏,这让坏的一方面子往哪搁?现在我父亲就碰到了这种挺丢面子的事。

以前听说谁谁如何了,由于离得远,就只有羡慕,现如今眼前出这么一档子事,就只剩下嫉妒了。对陌生人的祝福就如做慈善,越多越好,对熟人的祝福却像守财奴,一个子儿都不愿拿出来。

但在面上,还不能表现出来,不然就是见不得别人好,气量窄。这就是几日后,我父亲接到钟家请帖时,会这么纠结的原因。

钟勇武用一场喜宴,让那些想看他家走背运的人失望了。父亲知道我成绩不好，便把希望寄托到我的作文成绩上，指望我能凭借一篇作文把他失去的面子抢回来，所以当他知道钟祥的成绩时还没怎么样，即便很多人去钟家道贺。但当他拨打查询电话查到我的语文成绩后，就再也坐不住了，这也是三年后他让我自己查询高考成绩的最大原因，因为太恐怖了，心都要跳出来了。

父亲戒了多年的烟瘾在那个夏夜又复发了，他下意识地去摸裤兜，在里面没找到烟。在他戒烟的那些年里，只要空闲下来，他都会习惯性地去掏兜，发现烟已戒后，他就会笑一笑，不去想。那天他没摸到烟，没有笑一笑不去想，而是凭借记忆，在衣柜里找到了一包当初藏起来的烟。

他的脚边很快丢满了烟头，一阵急促的电话铃声，让父亲中断了续烟的动作。他跑去接听，以为是学校打来的，接起来一听，发现是我堂哥林承宗打来的。

我堂哥在电话里问起我的中考成绩，还用半开玩笑半认真的口吻让我当他学徒。林承宗那个时候刚出来单干没多久，还没怎么赚钱，我父亲粗暴地撂了电话。这个举动被我堂哥永远记住在了心里，三年后，他终于找到了报复的机会。

钟家摆的毕业酒很阔。很多人都让他去城里大酒店摆宴，一来省事，二来接到请帖的人也能顺便开开眼界。但钟勇武没听他们的，仍把酒宴摆在家里。他家摆不下，就托他婆娘来我家，问我父母能不能把我家暂时让出一天。我父母同意后，我家里很快摆满了圆桌，我在自家客厅没了容身之所，便走出家门，站上台阶。对面的钟家已经很热闹了，所有人都走进去朝钟勇武道贺，我父亲也不例外。

钟勇武在家里摆酒宴的原因不是城里的酒店比较贵，而是邀请的校长老师酒店吃腻了，希望能吃几口农村菜换换口味。

别人想不到这点，只有钟勇武能想到。但他没有直接挑明，他要让校领导在酒桌上说出来，到时人们自会佩服他想得周到、看得长远。说话间就到了中午，校领导的车一进村，钟家的鞭炮就点着了，把他们请到主桌，其他人按辈分或亲疏依次落座。就像在升旗台上一样，校领导照旧要起来讲讲话的，都是一些台面话，但每个人都很给面，掌声雷动，酒杯碰撞，人人脸上都红光满面。

我父亲当时坐的位置有些偏远，需要站起来才能一睹校长的神采。席间，校长没往他那看一眼。说是按辈分或亲疏排的位置，但明眼人一看就知道是按收到的红包大小排的。我父亲被特意安排到钟家落座，就是要让他亲眼看看钟家有多风光。

酒宴转眼到了尾声，最后一道霉干菜扣肉还没端上来，校长就与钟祥边走边说，来到了车前。

校长嘱咐了钟祥几句，上车了。钟祥擅长念书，但不擅长察言观色，比如那天他居然没有主动给校长开车门，被他爸说了很久，还说了一句我认为可以成为乡村经典语录的话："读书好是一时，会做人才是一世。"

这些年，乡村一直有十大经典语录广为流传，其中大部分都是我堂哥后来贡献的。我堂哥赚饱钱后，无意间说出的一句话，成功把钟勇武的语录挤下头名的位置："你今天给空调加福了吗？"

"你接下来怎么办？"钟祥说这话的时候已经到了八月中下旬，过几天他全新的高中生活就要开始了。

"懒得去想，反正还有时间。"洒脱这种面具，不是谁都能戴的，一旦揭下就会面目全非。

"不然花点儿钱去读四中吧。"他并没有恶意，只是担心年纪尚轻的我外出打工说不定会沉沦一世。

"费那钱干吗？"其实我家里根本拿不出四万块的赞助费。

也是老天怜惜我，几日后，父亲用五百块押金帮我占了一个读五中的珍贵名额。钟祥知道后，坐在一中的校园里给我写信，信的内容与我给他回信的内容完全像两个世界。

时间和距离是友情的试金石，我与钟祥的友谊半年后就走到了尽头。他每年寒暑假都不在家，不是去夏令营，就是去别的城市交流学习。我逐渐被一张叫高考的血盆大口吞噬，最后连渣都不剩。

那些急于转运的村民，后来觉得问题出在钟勇武养的那些猪身上，也养了几头猪，先驱者就是周材。他儿子一到上学年纪，他就先后养了好几头母猪。之所以不养公猪，是因为母猪能下崽，公猪只能杀了吃肉。

"子宫包含着世间万物。"这句是他贡献的一条乡村经典语录。

10

有人为赌博而生，有人为赚钱而生，但从没有人为喜宴而生。可怕的是，钟祥就是这样一个为喜宴而生的人。多年以来，钟勇武给他儿子办的酒宴早已数不清，如果说初中毕业酒还是螺蛳壳里做道场，没打开大场面的话，那么高中毕业酒将会是一锅完全烧开的沸水。

由于所请对象会换成一中校领导和老师，而且连县领导都可能会来参加，所以钟勇武便觉得三年前的做法行不通了，最好与时俱进到市里大操大办一番。但算完账后，吓了一跳，花销甚巨，几乎要把家底掏空。但又不能不办，不办等于白考了710分，不办等于白生了这个儿子。钟勇武不知道去市里请客具体要花多少钱，因为市里可能用的是金碗金筷子，吃的是仙丹妙药灵芝草，喝的是路易十三，抽的是古巴雪茄。

见老七叔没心情过来吃饭，钟勇武便进屋关上门，拉下窗帘，把昨天取的钱全部倒到桌上，在桌子上码了高高一堆，一边蘸口水数，一边寻思去找谁借钱。他的婆娘每次去存钱都对钱没有概念，现在冷不丁看到家里所有钱都堆到面前，非但没欢呼雀跃，反而皱起了眉头。这是一个一生中很少皱眉头的女人，因为她的家庭和睦，儿子争气。

她问："死鬼，你不打算过日子了？"

钟勇武还在数钱，这个女人见丈夫有些疯魔，更加担心了，她提高了音量："死鬼，你真不打算过日子了？"

"怎么了？"这点儿钱被他来回算了好几遍，浪费的口水比整条长江水还多。

"如果不打算继续过日子，我们一起去借钱，最后风光一把拉倒。"她说。

这话让钟勇武有些纳闷，不过他很快明白了，老婆是一个不愿意铺张浪费的女人，是那种过好自己的日子，让别人去逗能的好女人。要搁在平时，这会是一个站在成功男人背后的优秀女人。但在这种有可能是一生中最光辉的时刻，说出如此扫兴的话，就有点儿不识大体、不顾大局了。

"呸，头发长，见识短。"钟勇武骂道。

这个女人见无法说动丈夫，便把儿子钟祥叫到跟前。钟祥毕竟是读过书的人，不爱说家乡话，有事没事就爱引经据典，证明自己考到高分没有作弊。

"爸，你要学会参孙断发，抵御外界的诱惑。"钟祥说。

见父亲没反应，钟祥又说："不知爸你听过阿喀琉斯之踵没？他是一个刀枪不入的人，只有脚底有破绽，最后被箭射穿了。我的意思是，爸你太注重面子了，最后说不定会折在面子上。"

这些话对一个普普通通杀猪的，哪会明白，不过他听出了儿子和婆娘是同一个意思。

"把你这些话留到酒桌上跟县领导和校长说，他们听得懂，我听不懂。我只负责组一个你们能面对面说话的局。"钟勇武说。

"死鬼,你就消停消停吧,儿子上大学不用钱啊?"女人说。

"怕什么?县里不是还会奖励二十万元吗?到时祥祥上了大学,再争争气,每年拿奖学金,这不学费和生活费就都有了吗?"这是羊毛出在羊身上的最新注解。

钟勇武说完后,看了一眼儿子和老婆,继续说道:"你把钱收起来,祥祥快去睡个午觉,你昨晚睡得晚。我出去一趟,看看林承宗那里能不能借点儿钱,不管是打欠条,还是付利息,我都要把这钱给凑齐了。"

"我睡不着,去河边走走。"钟祥说。

钟勇武没听到这句话。他把钱锁进抽屉,拉上窗帘,打开大门,走进了犬吠蛙鸣的阳光里。

11

我的父亲只会唯结果论,既然高考我又一次失败了,就不能怪他心狠让我出去打工了。他给过我机会,有整整三年的时间让我改变命运,要怪只能怪我自己不争气。

不过话又说回来,高考失败不算什么,关键是我不以为耻,还对别人讲大话,骗他们说清华北大就像我手里翻的牌子,随便我上。我的父亲听到这些话后终于坐不住了。

每次教训我他都会拿出驯牛的那一套,不是用鞭子抽我,就是作势要绑我。在高考结束的那个夏天,我的父亲通过别人之口得知我满嘴瞎话后,终于不再原地打转,而是拿着一根绳子出门"绑"我去了。

他把绳子挂在肩上,像一个行色匆匆的屠户。那天太阳很大,路面的沙子能把人的脚底烫熟,父亲鞋里进了很多沙子,他靠在一棵树上,倒掉鞋里的沙子,继续往前走。但那些沙子又跳进他的鞋里避暑,于是他只好脱下这双解放鞋,用鞋带将这两只鞋系起来,挂到脖子上。几乎没有人会这么装扮自己,所以在屋檐下纳凉的人们见了,都用好奇的眼光打量他,好像第一次见到他似的。

我父亲是一个害羞的人,他在众人的注视下有些举步维艰,之所以能够继续向前,是因为脚底实在太烫了。对一个习惯毒日头的人来说,全身上下都犹如铜墙铁壁,他们的身躯夏天不怕暴晒,冬天不怕严寒,能让他们害怕的只有脚底。脚底是他们的破绽所在,因此他们要一年四季都穿上军绿色的解放鞋。

只有穿了鞋,他们才能去到任何想去的地方,才会觉得几十里的山路不在话下,最终也才能明白用自己的脚走的路才算数,借助交通工具走完的路总是差点儿意思。

没有人知道我父亲的脚底在冒烟,看到他风轻云淡地走在烈日下,都有些羡慕他。他把希望寄托在前方的那条河流。河流也是夏天的脚底板,也是夏天的软肋,夏天的酷暑可以让万物束手就擒,唯独拿一条河流没有办法。这条起源于云霞山的河流就像山脉流的哈喇子,最终流入广袤的太平洋,中间会流经好几个县市,是一条在本地很起眼,在外地常被人忽视的河。夏天我们待在河里的时间比在家里长,在别处找不到我们，去河里准能找到。

我父亲在那块巨石上坐下来，石面很烫，他没敢久坐，站起来后径直来到河岸。他看着自己的倒影，对于深渊的恐惧令他头皮发麻。他不怕淤泥田，不怕荆棘林，唯独害怕一条温柔的河，甚至没洗脚，他就穿上鞋往回走。走着走着，他发现路面消失了，这才明白天已经黑了。我父亲把鞋子脱下来，走在残留余温的路面。

他在路上撞到了钟勇武。他本不想与对方打招呼，但后者却格外热情，且紧紧拉住了我父亲的手。我父亲感到很纳闷，因为大家都知道他的儿子钟祥已经考到了北京大学，大家都知道过几日他们家将会举办一个比他儿子考上一中时还阔气的酒宴，这举动倒让我父亲以为我也考上了什么重点大学。

钟勇武没有直接说话，而是递给我父亲一根烟，等我父亲抽了一口，他才笑道："你跑去哪了？我找你半天了。"

"怎么了？"父亲头回受到重视。

"找你借点儿钱。"钟勇武说。

我父亲说："你不是在开玩笑吧，找我借钱？谁不知道你家的钱多得连验钞机都数不过来啊。"

"说笑了，说笑了。"钟勇武脸上分明是一种得意的神情。

等钟勇武说完，我父亲才知道他借钱不是救急，而是为了摆阔。非要去市里最好的酒店请客，难怪需要借钱。

我父亲说："我的钱还不够你塞牙缝的。"

"不是找你借,是想找你的侄子林承宗借。"钟勇武搓着手说。

"那你应该找他啊,找我干吗?"我父亲很生气。

钟勇武以为我父亲和我堂哥是亲戚关系,应该好说话,却不知道我堂哥对我父亲,跟对待一个外人差不多。让我父亲去找他借钱,还不如钟勇武直接开口有用。想是这么想,但我父亲没有说出来,而是拍胸脯说此事包在他身上。为了证明自己的分量,他领着钟勇武来到了林承宗的家门口。

他们站在门口喊了几声,没有人回应。旁边有人端着饭碗探出头告诉他们林承宗在周材家。钟勇武一听笑了,拽着我那个不情愿的父亲大步流星地赶到周材家,还没进门,我父亲就感到不对劲。那个时候天已经完全黑了,周材家灯火通明,走到门槛边,发现前面躺了一个人,没穿鞋,脚底沾了水草和沙子,身上盖一张白布。

钟勇武没有多想,看到我父亲进了门,也抬腿迈进去,发现里面站满了人,其中我堂哥林承宗身上绑着纱布,正皱着眉头抽烟,周材浑身湿漉漉的,淌了一地的水。他的婆娘李淑趴在尸体上,嗓子已经哭哑了,眼睛也肿得像鸡蛋。我父亲偷偷拽了拽我堂哥的手。

"怎么回事?"我父亲问。

我堂哥示意我父亲出去。他们一前一后来到屋檐下,林承宗给了我父亲一根烟,给他点燃。

"哦,不小心被猪咬的。"我堂哥以为我父亲在问他身上的伤。

"不不，我是说那个。"父亲指指里面。

"听说在河里淹死了。"我堂哥有些不高兴。

"前几天还活蹦乱跳一人，怎么说没就没了？"我父亲抽了一口烟。

"对周材来说，儿子没了就没了……"我堂哥说。

"你怎么能这么说话？毕竟是条人命。"我父亲说。

"我不是这个意思，你听我说，我的意思是，钟家更倒霉，他的儿子钟祥为了救周文也淹死了。"我堂哥说。

我父亲愣住了。

"真可惜，听说刚考到北京大学。"我堂哥强调了一句。

"你别瞎说八道。钟祥读书这么好，怎么会去河边？"我父亲被吓得不轻。

"不信你自己去看。"我堂哥伸手指向客厅。

我父亲这才看见客厅里还有一具尸体，比第一具尸体长一些，脚上穿了一双耐克鞋。钟勇武还在不停地让周材节哀顺变，我父亲跨进客厅，握上钟勇武那双粗壮的双手，从眼里挤出几滴眼泪，说："要想开一点儿，路还长。"

钟勇武对我父亲的举动百思不得其解，以为拿他开涮，正想发作，我父亲就提醒他去看另外一具尸体，钟勇武这才看到客厅里还有一具。他不安地走过去，哆嗦着揭开白布，看到儿子钟祥的脸，以为他睡着了，就拍拍他的脸，笑着说道："祥祥，不是让你去午睡吗，怎么睡这了？乖，快起来，我们回家。"

但钟祥没有说话，看样子永远都无法说话了。

钟勇武尴尬地看了一眼众人，说："都是大学生了，还这么调皮，快起来，别在这睡。"

众人都不敢看他，有的默默饮泣，有的在抽烟。钟勇武扯掉盖在他儿子身上的白布，看到他脚上那双刚给他买不久的耐克鞋，眼眶就红了。钟勇武把他儿子扶起来，要背他回家。

我父亲和堂哥跑过去阻拦："人死不能复生，节哀，节哀。"

"谁他妈说我儿子死了？谁敢再说一句，休怪老子的刀没长眼。"钟勇武此时双目圆睁，青筋暴起。他把钟祥的手放在自己的肩上，发现儿子的手不听使唤，试了几次钟祥的手还是没有抓握力。钟勇武又改抱他儿子，但钟祥已经不是个小孩子了，而是一个身高一米七，体重六十公斤的大小伙，抱不动了——能扛起一头两百斤猪的钟勇武现在却背不动自己一百二十斤的儿子，看来他的力气终于到了用完的这天。

钟勇武瘫倒在地，看着他的宝贝儿子一时手足无措，然后像想起什么似的，从地上蹿跃而起，一把将地上的周材提溜起来，质问道："这他妈的怎么回事？"

一群人凑过去解围，却被周材拒绝了。周材看着丧失理智的钟勇武，过了很久才吐出几句完整的话："我也不知道，我跟我婆娘去逮四脚蛇刚回来，在路上碰到老七叔，他告诉我，我家的老母猪死在了路上。老母猪平时都是我儿子负责放养，我感到很奇怪，就去路上看看情况，走到半路发现河边围满了人，挤进去一看，发现文文和祥祥都躺在岸上，没了呼吸……"

说到这,周材已经泣不成声。

其他人也给周材作证。钟勇武这时才冷静下来,确实不是周材的过错,没有人会拿自己儿子的命开玩笑。他松开周材的衣领,慢慢坐到一张椅子上,下意识去摸衣兜,却什么都没摸到。他已没了主心骨。

我堂哥害怕他问猪死羊亡的原因,悄悄把医院的报销单藏起来,然后强忍着手上的伤痛,拿出一根烟送到他嘴边。钟勇武看了我堂哥一眼,笑得有些勉强。

突然从门外传来一阵笑声:"哟,今天是什么日子,怎么这么多人围在一起,比过年还热闹啊?"

说话的是老七叔的女儿林奈香,她跟我那个打着手电筒的母亲一同走进周家客厅,她们身后跟着老七叔和他那个洋女婿。

我父亲瞪了一眼林奈香,林奈香此时感觉到了屋里气氛不对,立即把嘴闭上了。我父亲来到我母亲身边,把她拥到一旁,问道:"儿子回来没?"

"没,怎么了?"我母亲问。

"钟祥和周文淹死了,快去找儿子。"我父亲低声说道。

我母亲一听,当场捂住嘴巴,一脸惊恐地望着我父亲,末了才想起往外跑。手上的手电光亮始终照不准路面,我父亲快步跟过去。

老七叔看到钟祥,轻声跟他女儿说道:"从现在开始,你就是这里唯一的北大学生了。"

然后换上一副戚容,以符合此时的肃穆气氛,而林奈香看到客厅里躺的两具尸体,忙拖着男友跑出客厅。老七叔追出来,问:"我明天去给你拿补好的丝袜。"

"不用了,留着你自己穿吧,这里一刻也不能待了,我们要马上走。"林奈香说。

老七叔自讨没趣,回到客厅,默默地跟众人站在一起。

我的父母亲走在夜色里,去找那个虽然成绩不怎么样却从不让他们担心的儿子。他们肩并肩,手拉手,在蛙声中讨论到底让我复读还是跟我堂哥林承宗学一门手艺。他们各执一词,谁也没说服谁,最后两人同时说了一句:"平平安安最重要,做什么不重要。"

12

那天,我跟周文像一对身高悬殊的铁哥们走在路上。我们给好事者带去了两个虚假的消息,周文带去的是他姐姐躺在床上享福的消息,我带去的是我考上名牌大学的消息。说完这两个好消息,我们心里顿时变得像中了彩票一样高兴。

我那天之所以要去河边,不是为了避暑,而是为了反抗我父亲。从小到大,我一直在按照他的指示活着,到头来却发现自己成了一个彻头彻尾的失败者,而且父亲还把责任推到了我身上,好像他的指示一向都正确无比,是我这个实践者走歪了一样。在那条河里,父亲第一次抽了我,把我抽得颜面无存,在哪里丢的尊严,就要在哪里拿回来,我要在河里向父亲证明,我已经长大了,以后我的事情他少管。

当时我甚至巴不得有人去告诉我父亲,他的儿子又到河里游泳了,这样我就能当着他的面再变换几次我那美妙的泳姿。在这种情况下,当然需要个见证者,周文就是那个最好的见证者,我要当着这个小屁孩的面,看我是如何反抗我父亲的,说不定他会以我为榜样,以后也会这样反抗他老子。

我们很快来到了河边,清澈的河水让我的心情变好了不少。我指着那座峭壁,豪气干云地跟周文说:"你敢从那上面跳下来吗?"

"我敢,你敢吗?"周文被我感染了。

我们是一对天不怕地不怕的好兄弟,说干就干,于是我们卷起裤脚爬上峭壁,望着被我们踩在脚下的河流。周文这小子比我猴急,已经把自己扒光了,从这方面来说,我不及周文,我还没完全放开,尚有一丝羞涩。

脱光了的周文站在我面前,我看着他小小的屁股,突然忍不住想上去拍打一下,但我没这么做,因为我的肚子突然疼了,铁定是刚才西瓜吃多了。

我跟周文说:"嗨,哥们,不好意思,我有点泻肚,我先去拉个屎,你等我下。"

说完后,我左看右看,终于在峭壁上看到一片草丛。我躲进草丛里,褪下裤子,排空肚子,而后一身轻松。我记得当时的太阳已经钻进了云里,还没到一天中最热的时刻。

我看到周文伸展着手臂,回头冲我一笑。我用手捂住裆部,让他别看,把头转过去。

他朝我吐了吐舌头,说:"有什么大不了的,好像谁没有似的。"

他说完这句话后,当着我的面跳了下去。我穿好裤子来到峭壁边,看到河面激起好大一朵水花,像有头奶牛失足掉了下去,这要去参加跳水比赛,肯定一分都拿不到。我准备跳时,才发现峭壁竟这么高,担心自己会摔死,但不跳,面子又没处搁,我思考了足足十分钟,最终决定不跳了。我穿好衣服,从峭壁后返回,来到河岸的时候,意外发现岸边围满了人,听声音好像是谁淹死了。我不敢停留,又不敢马上回家,而是没命地跑,拼命地跑,最后跑到了云霞山钟勇武的猪场后头,在那里躲了几个小时。

月亮出来后,我才敢沿着山路下山。在那条乡村公路,我看到一个模糊的手电筒光亮,慌忙迎上去。对方把光亮冲我脸上一照,然后我就听到了熟悉的声音:"你死哪去了?"

"我,我去云霞山玩了。"我撒了平生最大的一个谎。

"回来就好,回来就好。"这是母亲的声音。

我抱住母亲,死死地抱住她,浑身不断地发抖。

"儿子,你怎么了?"母亲担忧地问。

"我没事,我们回家吧。"我说道。

"你听说了吗?周文和钟祥淹死了。"父亲说。

"是吗?钟祥好端端地怎么会死?"我以为只有周文一个人死了,没想到多年来始终压我一头的钟祥也死了。

"听说是为了救溺水的周文死的。"父亲说。

"太可惜了。"

"对了,我还是想让你去跟你堂哥学一门手艺。"父亲用商量的口吻跟我说道。

"行,一切都听爸的。"我说。

"看来儿子真的长大了。"父亲很欣慰。

我们一家人走进夜色里,月亮已经钻进了一片乌云里,很快路面就下起了前几天就该下的雨。在这个美好的夜晚,我们一家人头一回如此连心。我的脚步也逐渐变得轻快起来,夜色中的山脉不再压抑,而像为我遮风挡雨的手臂,我能在它温柔的臂弯里长眠不醒。

图书在版编目（CIP）数据

偶合家庭／林为攀著. —济南：山东文艺出版社，2023.4
ISBN 978-7-5329-6591-5

Ⅰ.①偶… Ⅱ.①林… Ⅲ.①小说集—中国—当代 Ⅳ.①I247

中国版本图书馆CIP数据核字（2022）第060991号

偶合家庭
OU HE JIATING

林为攀　著

主管单位	山东出版传媒股份有限公司
出版发行	山东文艺出版社
社　　址	山东省济南市英雄山路189号
邮　　编	250002
网　　址	www.sdwypress.com

读者服务	0531-82098776（总编室）
	0531-82098775（市场营销部）
电子邮箱	sdwy@sdpress.com.cn

印　　刷	肥城新华印刷有限公司
开　　本	890毫米×1240毫米　1/32
印　　张	8.25
字　　数	165千
版　　次	2023年4月第1版
印　　次	2023年4月第1次印刷
书　　号	ISBN 978-7-5329-6591-5
定　　价	49.00元

版权专有，侵权必究。如有图书质量问题，请与出版社联系调换。